btb

Buch

Finnland, 1918: Der Bürgerkrieg ist beendet, die Weißen haben die Roten besiegt und in Lager gesperrt. Aaro Harjula von den Weißen erhält den Auftrag, Miina, eine rote Gefangene, in ein anderes Lager zu überführen, wo sie vor ein Standgericht gestellt werden soll. Das Gericht, das sich in einer ehemaligen Irrenanstalt befindet, ist nur über den Seeweg erreichbar. Über eine Woche vergeht, ehe die beiden ihr Ziel erreichen. Was ist in dieser Zeit geschehen? Sowohl Aaro als auch Miina hüllen sich in Schweigen. Richter Hallenberg, der nun nicht nur die Schuld der Angeklagten juristisch zu klären hat, sondern auch, was in dieser einen Woche vorgefallen ist, gerät immer mehr in den Bann dieser geheimnisvollen Frau …

Autorin

Leena Lander, geboren 1955, ist eine der erfolgreichsten Schriftstellerinnen der finnischen Gegenwartsliteratur. Sie ist vielfach preisgekrönt, ihre Bücher wurden in mehrere Sprachen übersetzt, zahlreiche Verfilmungen ihrer Romane sind in Arbeit. Leena Lander lebt mit ihrem Mann und ihren drei Söhnen im Südwesten von Finnland in der Nähe von Turku.

Leena Lander bei btb

Der Schatten des Richters. Roman (72216)
Mag der Sturm kommen. Roman (72133)
Die Insel der schwarzen Schmetterlinge. Roman (72131)
Das Gut in den Wäldern. Roman (72721)
Im Sommerhaus. Roman (72770)

btb

Aus Freude am Lesen

Leena Lander

Die Unbeugsame

Roman

Aus dem Finnischen
von Angela Plöger

btb

Die finnische Originalausgabe erschien 2003 unter dem Titel »Käsky« bei Werner Söderström Osakeyhtiö, Helsinki.

Für die deutsche Ausgabe hat die Autorin den Text an einigen Stellen ergänzt oder geändert.

FSC
Mixed Sources
Product group from well-managed forests and other controlled sources

Cert no. GFA-COC-1223
www.fsc.org
© 1996 Forest Stewardship Council

Verlagsgruppe Random House FSC-DEU-0100
Das FSC-zertifizierte Papier *Munken Print* für Taschenbücher aus dem btb Verlag liefert Arctic Paper Munkedals AB, Schweden.

1. Auflage
Deutsche Erstveröffentlichung Januar 2006

Umschlaggestaltung: Design Team München
Umschlagfoto: Zefa
Satz: IBV Satz- und Datentechnik GmbH, Berlin
Druck und Einband: Clausen & Bosse, Leck
EM · Herstellung: AW
Made in Germany
ISBN-10: 3-442-73403-7
ISBN-13: 978-3-442-73403-0

www.btb-verlag.de

FÜR MEINE MUTTER

»Wäre es nicht die richtige Urteilstaktik, auch von dem
anderen Geschlecht des Feindes ein paar Prozent
zu nehmen – um auf diese Weise die Mitschwestern
dieser Elenden moralisch zu warnen?
Bei der Wolfsjagd eignet sich gerade die Wölfin als Zielscheibe,
vielleicht mehr noch als das Männchen,
denn der Jäger weiß, dass die Wölfin böse Junge gebiert,
die eine ewige Plage darstellen.
Es hat sich erwiesen, dass die Rotgardisten im finnischen
Freiheitskampf Bestien und viele ihrer Frauen
Wölfinnen, ja Tigerinnen sind.
Ist es nicht ein Irrsinn,
die Bestien nicht abzuschießen, die uns bedrängen?«

Ilmari Kianto,
KESKISUOMALAINEN 12.4.1918

Der Mann steht auf. Knöpft sich die Hose zu und auch seinen Mantel. Holt die Zigaretten hervor.

»Rauchst du eine?«

»Nein, danke.«

Der Mann zündet sich seine Zigarette an, er steht da mit gespreizten Beinen in seiner ganzen soldatischen Stattlichkeit. Seine Stimme jedoch klingt wie die eines Schuljungen, der seine neueste Zeichnung zeigt.

»Na, wie hat es sich angefühlt?«

Die Frau richtet sich auf, zieht den Rock über die nackten Beine, ordnet sich die Haare, vermeidet es aber, sich die Augen zu wischen.

»Ein Fick fühlt sich an wie ein Fick«, sagt sie ausdruckslos.

Der Mann zupft sich Tabakkrümel von der Zunge, macht Lungenzüge. Zwischen seinen Augenbrauen haben sich Falten gebildet. In seiner Haltung hat sich eine feine Veränderung vollzogen.

»Soso.«

Draußen ist es dunkel. Im Zimmer still. Man kann das Ticken der Uhr hören. Es ist zu still.

Soso.

Der Mann geht zur Tür, marschiert fast, öffnet sie.

»Wieso gibt's keine Musik? Wann habe ich erlaubt, damit aufzuhören?«

Gelber Rauch schwebt über der Lampe, dem Mann perlt der Schweiß im Nacken. Er ruft – kommandiert – die anderen Männer bei ihrem Namen herbei.

Als sie kommen, denkt die Frau an eine windige Eisfläche, ein darüber hin eilendes Hundegespann. An Sehnen, die vom Brucheis blutig gerissen sind. An Schmerz und Dunkelheit. Sie denkt an Wolken, die den Mond passieren, und an die Peitsche des frierenden Reisenden. An eine Gegend, in der sich ein Schneemensch bewegt. An das einsamste Wesen von der Welt. Klobig, gefühllos und immer hungrig.

Wer daran glaubt.

Und siehe da, wieder erklingt das Klavier.

Und es klingt.

Es klingt.

Es klingt.

Es klingt.

Als ich noch ein Kind war, fiel aus Opas Album ein Foto heraus:

Vier Frauen in weißen Sommerkleidern und hinter ihnen ein ernster junger Mann in Militäruniform. Sie saßen auf Kunstrasen, neben sich einen Proviantkorb. Im Hintergrund ein Wasserfall und belaubte Bäume.

Hinter dem herausgefallenen Foto befand sich ein zweites. Ein unscharfes, in der Mitte wieder zusammengeklebtes. Ein langes, dunkles Etwas, das an einem beschneiten Baum hängt.

Opas Bewegungen waren für die Hände eines so großen Mannes erstaunlich flink. Die Jahreszahl bekam ich gerade noch mit.

Es war 1918.

Letztes Frühjahr im Pflegeheim – an einem Freitag – sagte er:

»Zu Hause, im Schlafzimmerregal, hinter den Wolfsbüchern, ist der kostbarste Schatz unserer Familie. Ein Kästchen der Uhrenimport AG. Das sollst du haben. Ich vermache es dir.«

»Du darfst mir nicht deine goldene Uhr schenken«, sagte ich, »die ist zu kostbar.«

»Nun hör mal, Mädel ...«

Er erinnerte sich daran, wie er mich huckepack getragen

hatte, als ich noch klein war, und wie er mich dem Bankdirektor und den Tanten an der Kasse vorgestellt hatte. Wie er von mir kartonweise Fotos und meterweise Schmalfilme gemacht hatte. Er erinnerte sich an meine komischen Aussprüche und an die Geschenke, die er zum Geburtstag bekommen hatte, an die Fahrradpannen, die Urlaubsreisen im Sommer, die gemeinsam gelesenen Bücher. Aber nicht an den Namen. *Denn Liebe ist stark wie der Tod, ihre Glut ist feurig wie die Flamme des Herrn. Aber wieso, zum Teufel, fällt mir der verdammte Name nicht ein!*

Er gab es auf; von sich selbst enttäuscht schickte er mich fort.

»Und denk daran, das verdammte Kästchen an dich zu nehmen, bevor die anderen Termiten ins Revier eindringen. Das ist nicht irgendeine Scheißuhr.«

Dies geschah nur einige Monate vor seinem Tod. Ein zäher Starrkopf, der noch im Alter von über neunzig den Befehl erteilen wollte, ihm käuflichen Sex zu verschaffen, wenn angeblich anders keiner zu haben war.

Das Kästchen der Uhrenimport AG fand sich genau da, wo es sein sollte. Versteckt hinter den Wolfsbüchern, ein alter Pappkarton.

Da hinein war eine schmuddelige Armbinde gestopft, die einstmals weiß gewesen war.

Sonst nichts.

Es gibt solche und solche Geschenke.

Opa hatte es nie gern gesehen, dass ich schrieb. Letztlich aber auch nicht, dass ich nicht schrieb.

Wie kann eine Armbinde des Schutzkorps der kostbarste Schatz einer Kommunistenfamilie sein?

Die Falle eines Jägers.

Dachte er an mich? Oder vermisste er seine Toten?

Während ich dies schreibe, peitscht der Regen die Blüten von den Apfelbäumen. Die Nacht war hell, aber der Tag dunkel. Nicht alles hat Sinn. Es ist zwecklos, immer nach den Gründen zu fragen. Alles hat irgendwann ein Ende, die Spuren verwehen, Stille senkt sich herab.

Ich möchte eine Geschichte erzählen. So, wie ich sie sehe.

Wahr oder nicht, egal.

*»Viele von den Lesern, die jetzt schon im mittleren Alter
oder darüber hinaus sind, erinnern sich noch daran,
wie sie als Hemdenmatz quengelten und greinten
und für ihre Wutausbrüche manchmal die drohende
Prophezeiung zu hören bekamen: ›Der Wolf wird kommen
und dich holen!‹ In diesen Sprüchen,
mit denen man den Kindern Angst machte und die als Überlie-
ferung von Generation
zu Generation weitergegeben wurden, nicht nur bei uns,
sondern fast überall in Europa,
zeigen sich der Abscheu und der Hass, den die Menschen
durch alle Zeiten dem fraglichen Hundetier gegenüber
empfunden haben und die gänzlich dem Gefühl und der Ge-
mütslage vergleichbar sind,
mit der die Bewohner der Tropen auf Tiger
oder Leopard reagieren.«*

Sie kommen am letzten Samstag im April gegen Abend nach Ruukkijoki, der als verschollen gemeldete Jäger Aaro Harjula und die unbekannte Gefangene.

Der Frühlingsabend ist fahl, der Boden nass vom Schmelzwasser. Vom Meer her weht ein günstiger Segelwind, aus der Küche des Hauptgebäudes wallt der Duft von gebratenen Zwiebeln und Fleisch herüber.

Beider Kleidung ist schmutzig. Der Jäger, ein großer, ein wenig gebeugter Mann in ausgebeulten Hosen, wirkt völlig übermüdet. Auch der Gang der Frau ist nicht ohne Mühe, aber dennoch aufrecht. Sie ist Kämpferin, immer noch Kämpferin. Diesen Eindruck will sie vermitteln, während sie den von Bergahornen gesäumten Sandweg entlanggeht.

Am Tor müssen beide vor dem Wachmann Halt machen – die Heilanstalt Ruukkijoki hat vor einigen Wochen den wichtigen Status eines Gefangenenlagers erlangt –, und der Jäger trägt seine Sache vor. Er will die mit ihm gekommene rote Gefangene dem offiziellen Standgericht übergeben, das in diesem Fall ermitteln soll.

Der Hund des Wachpostens bellt dumpf auf. Sein Herrchen schnippt mit den Fingern. Der Hund setzt sich und verstummt. Die Frau sieht dem Hund in die Augen.

Sie lassen nicht ab, sie lauern noch immer.

Richter Emil Hallenberg wäscht sich am Brunnen.

Obgleich der Abend kühl ist, hat er den Oberkörper entblößt. Das Ritual ist akribisch. Er genießt den Duft der Seife, die sauberen Fingernägel, das glatte Kinn. Im Spiegel sieht er das am Tor wartende schäbige Paar und den Wachmann, der erwartungsvoll zu ihm herüberschaut.

Er winkt.

Wider Erwarten hat er sich hier eingelebt. Sicherlich deshalb, weil der Frühling anbricht und es bis spät in den Abend hinein hell ist.

Als Hallenberg nach Ruukkijoki kam, war Winter. Das Meer war nicht mehr zugefroren, aber es herrschte hoher Wellengang, und die Schutzplanen der Boote bauschten sich im Wind.

Er stand allein auf dem öden Hof der Heilanstalt, auf den alles bedeckenden Falten des Schneelakens, und die Vergangenheit dieses Ortes kam ihm vollkommen unwirklich vor. Keine Spur mehr von Patienten. Keine verlassenen Liegestühle, keine leeren Arzneigläser, nicht einmal die Abdrücke von den Rädern der Rollstühle auf den Hofwegen.

In dieser weißen Leere, im Verschwinden der Irren schien ihm ein unerklärlicher Zauber zu liegen. Es hatte etwas allzu Eisiges, Nacktes, eine Heilanstalt ohne Patienten. Es war, als hätte jemand auch den letzten armen Kerl hinweggezaubert, der mit seiner Anwesenheit an die elementare Zerbrechlichkeit des menschlichen Gemüts, seine dunklen Kräfte, seine Manie erinnern könnte.

Emil stellte sich vor, wie die Patienten auf eine geheimnisvolle Weise beseitigt wurden. Wer weiß: indem sie einem bösen Rattenfänger folgten, gehorsam und ohne zu klagen. Er sah vor seinem inneren Auge, wie selbst die elendsten Fälle aus ihren Zwangsjacken gelöst wurden und die steif gewordenen Körper, auf Stärkere gestützt, mühsam lostrotteten, er stellte sich die taumelnden und sabbernden Reihen der Irren vor, wie sie durch den stillen Garten, dessen dichte Schatten wanderten, ungeschickt hantierend das Tor öffneten und zum Strand hinuntergingen und schließlich ein Schiff bestiegen, das langsam in den Horizont hineinglitt, um in unbekannten Gewässern zu verschwinden.

Aber auf einem Raum liegt immer der Druck, sich zu füllen. Das Vakuum ist eine Unmöglichkeit. Nicht lange, und der Ort wimmelte von Gefangenen und ihren Begleitern. In kleinen Bächen, in großen Schwallen. Oder überraschend in die Abendlandschaft tröpfelnd, so wie jetzt diese beiden abgerissenen Gestalten, die sich ihm näherten.

Unbestreitbar eignet sich der Ort hervorragend zum Verwahren von Gefangenen. Er liegt in einiger Entfernung vom Kirchdorf, an der Spitze einer Halbinsel. Quer über das Gelände wurde schon im 17. Jahrhundert zur Isolierung von Leprakranken eine hohe Mauer aus Natursteinen mit Eisenpforte errichtet. Die Mauer zieht sich im rechten Winkel weiterhin um einen kleinen Friedhof und eine Kapelle herum. Die ehemaligen Patientenhäuser wurden in dem geschützten Winkel gebaut, wo die Mauern aufeinander treffen. Vor diesen niedrigen, roten Ziegelbauten für die Patienten gibt es einen Staketenzaun, der jetzt mit Stacheldraht verstärkt ist. Eine vernünftige Lösung, auch wenn sie dem Auge nicht gerade schmeichelt.

»Jäger Harjula bittet, den Herrn Richter ansprechen zu dürfen.«

Emil legt den Spiegel und das Rasiermesser auf den Brunnendeckel. Er streckt die Hand zu dem Schützen Paasonen aus, der das Handtuch hält.

»Ach, Sie sind es. Jägerleutnant Manner war sehr in Sorge, als Sie verschwanden.«

»Es ist leider ein Unglück passiert. Das Boot kenterte, und wir mussten einige Tage auf einer Insel verbringen, die –«

Emil bearbeitet sein Gesicht mit dem Handtuch.

»Acht Tage! Ein Wunder, dass Sie überlebt haben. Wie geht es der Gefangenen?«

»Nicht sehr gut, Herr Richter.«

»Das ist ja ärgerlich. Wie heißt sie?«

»Ich weiß es nicht, Herr Richter.«

Emil runzelt die Brauen, sieht die Frau an.

»Was heißt, Sie wissen es nicht? Wie heißt du, Mädchen?«

Die Frau sieht ausdruckslos vor sich hin wie eine Schlafwandlerin und antwortet nicht.

»Der Weg war anstrengend«, sagt der Jäger. »Sie hat wahrscheinlich Fieber.«

Der Jäger hat den Mantel angezogen, den er noch am Tor über dem Arm getragen hatte. Sicherlich hat die Frau ihn unterwegs angehabt, und er hat ihr an vielen Stellen zerrissenes Kleid geschützt.

Emil nimmt das im Frühlingswind getrocknete Hemd vom Brunnendeckel.

Irgendetwas ist geschehen, dort auf der Insel.

»Was Wunder! Dies ist wirklich nicht die richtige Zeit, um im Meer zu plantschen. Sie sollen jetzt nicht weiter strapaziert werden. Wir werden noch Gelegenheit haben, in aller Ruhe zu reden. Paasonen, zeigen Sie der jungen Dame ihren Schlafplatz in der Kaserne.«

Emil betrachtet kritisch den vor ihm stehenden Jäger. Ob

sich unter diesem Gestank und dieser Erschöpfung ein brauchbarer Gesprächspartner findet?

»Sie möchten sich sicherlich vor dem Abendessen waschen? Sie bekommen saubere Kleider und was Sie sonst noch brauchen. Sie sind ja ein Held, Sie.«

»Nein, ich bin gescheitert. Das Boot ist gekentert. Ich hatte die Situation nicht im Griff.«

Der Richter lächelt wie ein barmherziger Vater über ein ungebärdiges, aber aufrichtig bereuendes Kind und bindet sich die Krawatte.

»Im Gegenteil. Jetzt sind Sie ja hier, und alles ist gut. Sie müssen an meinen Tisch kommen und Ihr ganzes Abenteuer erzählen. Bis in die kleinsten Einzelheiten.«

Es ist gut, denkt Hallenberg, während er zu der von der Abendsonne übergossenen Glasterrasse geht, dass der Winter, seine Strenge, jetzt vorbei ist. Und dass der Frühling da ist. Auf dieser schönen Halbinsel, die vor kurzem noch vor Leere schrie.

Die Gruppen der Soldaten und der Gefangenen haben sich hier angesiedelt wie zwei nebeneinander gelegene kleine Dörfer. Alle haben ihren Platz und ihre Aufgabe. Niemand ist auf Abwegen.

Nicht mehr.

Der sauber gewaschene, relativ junge Mann im weißen Hemd, die noch feuchten Haare zurückgekämmt, schaufelt das Essen in sich hinein. Er schlingt so, dass er kaum dazu kommt, die ihm gestellten Fragen zu beantworten.

Emil Hallenberg greift, in einer Hand ein Weinglas, in die Tasten eines verstimmten Klaviers. Sein Teller wartet unberührt auf dem Instrument.

»Es scheint Ihnen ja zu schmecken …«

Der Jäger hebt beschämt den Blick.

»Verzeihung.«

»Aber nicht doch. Nach so einem Abenteuer!« Emil schließt den Klavierdeckel. »Essen Sie, so viel das Herz begehrt.«

Er hält sein Glas dem Schützen Paasonen hin, der sich beeilt, es wieder zu füllen. »Und sehen Sie sich in Ruhe um. Wussten Sie, dass dieser Ort noch vor kurzem eine Irrenanstalt war?«

»Nein.«

»Aber so ist es. Oder eine Nervenheilanstalt, wie es feinfühlig heißt. Freifrau Louise Carpelan kaufte die Halbinsel vor etwa zwanzig Jahren für eine private Nervenheilanstalt. Also als Klapsmühle, wo man die Verrückten der besseren Leute versteckte. Oder, besser gesagt, die gnädige Frau kaufte den Ort wohl als wissenschaftlichen Tummelplatz für ihren

Sohn. Sie müssen wissen, Otto Carpelan war ein Doktor, der auf die Behandlung der Patienten die tolstoianische Ideologie anwenden wollte. Bei allem wurde größtmögliche Natürlichkeit angestrebt.«

»So«, sagt Harjula.

»Die Glas-Erker dort sind seine Erfindung«, fährt Emil, unbeeindruckt von dem lauen Interesse seines Gesprächspartners, fort. »Ihn interessierte nämlich die Auswirkung des Lichts auf die seelische Gesundheit des Menschen. Lichtbäder wurden auch als eine Form der Behandlung eingesetzt. Recht speziell, was? Ich habe mich mit der Frage beschäftigt, sogar ausführlich, mit welchen Mitteln man versucht hat, die menschliche Psyche zu reparieren. Eine verdammt faszinierende Sache. Sie sind bestimmt schon in einer Irrenanstalt gewesen?«

Der Jäger muss gestehen, dass er die Nervenkliniken völlig vernachlässigt hat.

»Carpelan hatte eine bestimmte Vorstellung davon. Dieser Ort erinnerte in keinem Sinne an eine gewöhnliche Pflegeanstalt. Hier wurde Fischfang und Gartenbau getrieben. Es wurden Baumhäuser installiert, in denen man in Ruhe seinen Gedanken nachhängen konnte. Und sei es splitternackt, wenn einem danach zumute war. Und sommers wie winters wurde im Meer gebadet. Im Sinne von Abhärtung. Na, Ihnen braucht man nicht zu erklären, wie sich das anfühlt. Hat das kalte Tauchbad Sie abgehärtet?«

»Hoffentlich.«

Emil klopft auf den Klavierdeckel: »Paasonen, besorgen Sie jemanden, der den Kasten hier stimmt. Aber nicht jetzt. Heute Abend wollen wir unsere Ruhe haben. Wie finden Sie den Wein?«

»Danke, gut!«

»Dann müssen wir noch mehr davon haben.«

Die untergehende Sonne flimmert in den zahllosen kleinen

Glasscheiben des Erkers. Das Aprillicht, das verspricht, dass der Frühling nicht mehr lange säumen wird. Bald wird die Erde grün, die Bäume schlagen aus, und die ersten Blumen lugen hervor.

»Der Besitzer dieses ausgezeichneten Weinkellers«, sagt Emil, »also Doktor Carpelan, hat sich vor einem Monat erhängt. Gott allein weiß, warum.«

Er steht auf, deutet in unbestimmter Richtung hinaus.

»Konsta hat ihn gefunden. Ein freigehender Patient, der damals und auch jetzt noch Aushilfstätigkeiten versieht. Dort im Wald, ein paar hundert Meter entfernt. Stellen Sie sich vor, was für ein entsetzlicher Anblick das gewesen sein muss: der von Schneekristallen bedeckte tote Vorgesetzte, der an einem Kiefernast hängt.«

»Ja, bestimmt.«

»Was für ein Anblick. Der arme Kerl hat es mir ein ums andre Mal beschrieben: wie der Mantel des Doktors zerrissen war und sich über dem Körper wölbte wie ein vereister Flügel. Das Gesicht blau, marmorhart erstarrt. Konsta hat es berührt. Der arme Irre. Diese zu Eis erstarrte, dort im verschneiten Wald verborgene Erscheinung hat sich dem Schwachsinnigen als etwas beängstigend Übernatürliches, Dämonisches oder Biblisches einprägen müssen wie auf dem Altarbild, das wir dort in der Kapelle haben.«

»Herr Richter Hallenberg, wie wäre es, wenn –«

»Meine Güte. Ich tratsche hier, und Ihr Glas ist leer.«

Er schenkt beiden Wein nach.

»Verstehen Sie mich nicht falsch. Solche schrecklichen Geschichten faszinieren mich vor allem von Berufs wegen. Habe ich erwähnt, dass meine zivile Arbeit das Schreiben ist?«

»Wir haben ein Buch von Ihnen.«

Hallenberg lächelt überrascht.

»Welches denn?«

»Das weiß ich nicht mehr. Will sagen, es steht bei meinen Eltern im Regal. Ich habe es leider nicht gelesen.«

»Wie interessant«, sagt Emil ein wenig lau. Er hat nie aufgehört, sich darüber zu wundern, warum so viele Leute die Zwangsvorstellung hegen, sich in der Gesellschaft eines Schriftstellers übertrieben ehrlich geben zu müssen. Fürchten sie, er könnte sie einem Verhör über den Inhalt seiner Werke unterziehen, falls sie nicht sofort ihr mangelndes Interesse bekunden?

»Ich habe aber Ihre Zeitungsartikel gelesen«, sagt Aaro Harjula, während er Messer und Gabel handhabt.

»Aha. Aber wir brauchen nicht über meine zivilen Beschäftigungen zu sprechen. Greifen Sie doch zu.«

»Ich glaube, Sie haben viele Männer in ihrem Eifer bestärkt, sich in Deutschland ausbilden zu lassen.«

Emil Hallenberg verbirgt nur mit Mühe seine Zufriedenheit.

»Wirklich?«

»Na ja, das war nur eine Vermutung, alle wollten doch die Russen loswerden.«

»Und Sie? Was hat Sie dorthin gelockt?«

»Die Arbeit.«

»Wie das?«

»Der Krieg hat meiner Geschäftstätigkeit den Boden entzogen. Die Werber gaben mir zu verstehen, dass eine militärische Ausbildung mir in Deutschland gute Arbeitsmöglichkeiten eröffnen würde. Das war natürlich der reinste Beschiss.«

Hallenberg beschließt, Aaro Harjulas unpatriotische Motive mit Schweigen zu übergehen.

»Was für geschäftliche Aktivitäten?«

»Alles Mögliche im Kleinformat.«

Der Jäger fährt konzentriert fort zu essen, den schweren Oberkörper über den Teller gebeugt. Sollte auch er zu jenen maulfaulen Männern, zur Kaste der Soldaten gehören, die angeblich schon alles erlebt haben?

»Waren Sie an der Ostfront?«

Harjula nickt.

»In Libau.«

Er lässt auch nicht den geringsten Eifer erkennen, etwas über seine Fronterfahrungen mitzuteilen. Emil erinnert sich an Geschichten, die er über die rebellische Stimmung der Jäger gehört hat, die nach Russland geschickt worden waren, um für Deutschland zu kämpfen.

»Sie werden feststellen, dass ich wie das Feuer bin«, sagt er. »Ein schlechter Herr, aber ein guter Knecht. Zieren Sie sich nicht. Nach Ihrer Heldentat haben Sie nur das Beste verdient. Einen Médoc von dieser Qualität bekommt man nicht alle Tage. Mit den Weinen ist es so wie mit den Menschen: Der Nährboden bestimmt den Charakter. Château Lafite-Rotschild, premiers crus … Cru bedeutet die Lage, wie Sie sicherlich wissen. Vom Feinsten. So wie Sie. Ein Retter des Vaterlands, der die allerbeste militärische Ausbildung genossen hat. Oder?«

»Wie bitte?«

»Ja, Sie sind doch sicherlich mit mir darin einig, dass aus der Gegend von Bordeaux die köstlichsten Weine kommen? Leider litt die Gegend dort Ende des vergangenen Jahrhunderts unter einer Reblaus, die die Wurzeln aller Rebstöcke fraß … Doktor Carpelan war ein vorzüglicher Weinkenner. Es ist der blanke Wahnsinn, sich umzubringen, wenn man im Keller solche Schätze hat. Allerdings sagt man ja, der Irrsinn stecke genau so an wie Mumps, Syphilis und Patriotismus. Aber auch mit der Reblaus ist nicht zu spaßen. In Bordeaux hat sie mittlerweile fast alle Weinberge zerstört … also genießen Sie bloß diese Seltenheit!«

»Danke.«

Die Tür geht auf. Paasonen steht fragend auf der Schwelle.

Der Richter nickt.

Die Tür schließt sich.

»Also«, ruft er heiter, »auf Ihre Rettung! Sind Sie jetzt bereit, über Ihren Schiffbruch zu berichten?«

Die Hände des Jägers Harjula halten einen Moment beiderseits des Tellers inne.

»Eigentlich gibt es nichts zu erzählen«, sagt er. »Man musste etwas Essbares finden. Und darauf warten, dass ein Boot in Hörweite kam.«

Emils Blick folgt dem heimlichen Zucken seiner auf dem Tisch liegenden Finger. Er ergreift seinen Stuhl und stellt ihn neben den des Gastes.

»Na, also wirklich. Das kann man doch kaum glauben. Das muss doch ein richtiger Überlebenskampf gewesen sein, noch dazu mit einer Gefangenen ...!«

Der Jäger sitzt da, fast ohne sich zu rühren.

»Genau.«

»Nun lassen Sie sich durch meine Neugier nur nicht beim Essen stören.«

Er rückt seinen Stuhl etwas weiter weg und sieht hoffnungsvoll nach der Tür. Harjula greift wieder nach Messer und Gabel und verspeist die letzten Reste des Steaks.

»Darf ich fragen, wie ist die Lage beim Standgericht?«, fragt er zwischen zwei Bissen. »Wie lange warten die Gefangenen auf die Verhandlung ihres Falls?«

Ach so ist das, denkt Emil, hier in dem warmen Zimmer, mit voll geschlagenem Bauch, den Rücken der Vergangenheit zugewandt, hofft der junge Soldat, sein fragwürdiges Abenteuer möge so bald wie möglich dem Vergessen anheim fallen.

»Ich verstehe Ihren Eifer, aber, ehrlich gesagt, finde ich es schade, bei einem so guten Wein über Arbeit zu sprechen. Können wir das nicht auf morgen verschieben?«

Harjula schluckt ein Kartoffelstück hinunter. An der Wand tickt die Uhr. Sonst ist es ganz still.

Die Tür geht auf. Paasonen stellt eine schon geöffnete Flasche Wein auf den Tisch.

»Ich finde die Geschichte dieses Ortes ungewöhnlich faszinierend«, plaudert der Richter, während er die Gläser füllt. »Ich habe gerade von Probst Suomi gehört, dass es hier, so ziemlich an derselben Stelle in alter Zeit, vor einigen hundert Jahren, ein Spital für Leprakranke gab. Damals war diese Halbinsel eine Insel. Also nicht nur abgelegen, sondern auch schwer zugänglich. Aus jener Zeit stammen nur noch die Kapelle und der Friedhof. Daran sind Sie vorbeigekommen auf dem Weg hierher. Der Turm der ursprünglichen Kirche hat das Gewicht der Glocken, die dem Krankenhaus geschenkt wurden, nicht ausgehalten, und sie zu läuten hat auch sonst Schwierigkeiten bereitet, weil man das den Leprakranken überlassen hatte, und das versteht man ja … Weitere Notwendigkeiten waren ein eigener Pfarrer und ein Friedhof. Einen Arzt gab es nicht. Der Pfarrer war wichtiger, weil Krankheiten als Strafe Gottes für schwere Sünden galten. Ein Patient, der hierher kam, wusste, dass er bis ans Ende seiner Tage hier bleiben würde. Deshalb kaufte er den Pflegeplatz für eine Pauschalsumme, die ihm die Pflege für den Rest seines Lebens garantierte.«

Hallenberg stimmt ein melancholisches Gelächter an.

»Wie Sie sich sicherlich denken können, war das meistens nicht lang.«

Harjula lächelt steif.

»Da wir gerade von einem Arzt sprechen, möchte ich die Hoffnung äußern, dass die Gefangene, die ich hierher gebracht habe, möglichst bald von einem Arzt untersucht wird. Sie leidet an schlimmer Unterernährung und außerdem an Fieber, und ich habe auch den Verdacht, dass –«

Hallenbergs Glas hält in seiner Bewegung an den Lippen inne, er stellt es so heftig zurück auf den Tisch, dass etwas Wein überschwappt.

»Jäger Harjula! Wieso, zum Teufel, wissen Sie den Namen der Frau nicht? Sie waren tagelang mit ihr zusammen und haben sich nicht die Mühe gemacht, ihn herauszufinden. Hören Sie mal, mein junger Freund: Wir mögen von unseren Feinden denken, was wir wollen, wir mögen Zeugen ihres noch so primitiven, barbarischen Verhaltens geworden sein, wir müssen diesen Mördern dennoch Menschenwürde zubilligen. Und ein Mensch, anders als die meisten Tiere, hat immer einen Namen. Merken Sie sich das.«

»Jawohl, Herr Richter.«

Hallenberg legt dem Gast versöhnlich die Hand auf die Schulter und wundert sich über die steifen Muskeln, die er dort spürt.

»Was den Arzt betrifft, so würde ich gern Ihrer Bitte entsprechen, lieber Freund, wenn ich einen zur Verfügung hätte. Aber das ist nicht der Fall. Ich habe nur einen Pfarrer, so wie in jenen fernen Zeiten des Lepraspitals.«

Er löst seine Hand und greift wieder nach dem Glas.

»Übrigens würde ich mich nicht wundern, wenn einer dieser Unglücklichen hier immer noch als Gespenst umginge, so wie der arme Konsta es behauptet ... Neulich habe ich den Jungs vorgeschlagen, wir sollten doch zur Wiederbelebung der Traditionen dort an den Torpfosten dasselbe eisenharte Urteil schreiben wie in den venezianischen Gefängnissen: *Lasciati ogni speranza!* Kommst du hierher, lass alle Hoffnung fahren!«

Emil steht auf. Es kommt ihm so vor, als schwanke das Zimmer ein wenig. So als ginge er über ein Schiffsdeck und als wogten die Wellen unter dem Boden, gegen seine Füße.

Er öffnet das Fenster, atmet tief die frische Luft ein, lauscht auf das Geräusch des Meeres. Sehen kann man es nicht, wegen der Bäume. Sie – die Kiefern, Fichten, Birken, Eschen, Eichen, Ahorne – ragen an den seltsamsten Stellen auf, wild durcheinander, sie umringen das Gebäude und beschatten die

Hofwege. Doktor Carpelan hatte die Patienten sie im Namen der Natürlichkeit pflanzen lassen, wo immer es ihnen einfiel. Im Lauf der Jahre hat Hopfen die Bäume überwuchert. Viele leiden unter dem falschen Standort oder unter der allzu großen Nähe zu den anderen Bäumen. In den hohen Kiefern gibt es noch Reste eines Baumhauses als Erinnerung an die Zeit, da die Patienten sich zum Nachdenken in dessen philosophische Einsamkeit zurückziehen durften.

»Sie war natürlich absurd, die Sentimentalität des Doktors«, sagt Hallenberg, ohne sich umzudrehen. »Überhaupt wundert man sich, wie ein Arzt mit nur einiger Selbstachtung es fertig brachte, sich irgendwo im Wald als Seelenklempner eines Haufens verrückter Zivilisten zu verkriechen, während die tapfersten jungen Männer des Landes ihr Blut zur Rettung ihres Volkes vergossen. In diesem Licht besehen wundert einen seine Entscheidung nicht.«

»Genau.«

Er schließt das Fenster, setzt sich auf den Tischrand, wählt vom Ständer eine Pfeife.

»Sind Sie Pfeifenraucher?«

»Nein.«

»Nun ja, es ist keine schöne Gewohnheit. Aber ich verstehe all diese Gesundheitsfanatiker auch nicht. Der Mensch kriegt Gehirnerweichung, wenn er jahrelang nur von Sauermilch und Salat lebt. Wahrscheinlich dämpft das die Lebensfunktionen, aber zugleich nimmt es einem Mann den Schwung. Oder was meinen Sie?«

Der Jäger, der immer noch mit seinem Brotkanten den Teller auswischt, sieht ihn verstohlen an:

»Ich weiß nicht, Herr Richter.«

Kein Zweifel. Die Frau oder etwas anderes dort hat ihm einen Schaden zugefügt. Der arme Mann ist wegen seines Abenteuers immer noch unruhig. Selbst so lange danach. Aber er will sich nicht öffnen.

Ich muss geduldig sein, befiehlt Emil sich selbst, muss ihm begreiflich machen, dass es einen erleichtert, wenn man sich jemandem anvertrauen kann. Und dass er sich darauf verlassen kann, gleichgültig, was dabei herauskommt, dass alles unter ihnen beiden bleibt. Von der Frau einmal abgesehen.

»Sie wirken müde«, sagt Emil.

Aaro Harjula kann als Antwort nur nicken.

So begnadigt Richter Hallenberg ihn erneut und erlaubt ihm, sich für die Nacht zurückzuziehen. Als der Jäger gegangen ist, schüttet er den Wein aus dessen halb vollem Glas in sein eigenes.

Er schmeckt schal, fast bitter.

»Auch einige Wolfsjäger haben zu allen Zeiten bewusst den Wolfsbestand geschont, damit diese ergiebige Einkommensquelle nicht versiegte.
So ließ ein berühmter Wolfstöter aus West-Götaland immer ein Wolfspaar am Leben und erzählte offenherzig von der Beziehung zu seinen Schützlingen: ›Wenn ich ihnen begegne, dann verbeuge ich mich vor ihnen und nehme richtig die Mütze ab, denn sie verschaffen mir alljährlich gute Einkünfte.‹«

Dein Name?«

Keine Antwort. Die Gefangene starrt den Richter mit leeren, glänzenden Augen an. Sie liegt still und ohne sich zu rühren da; sie könnte ebenso gut tot sein. Was sie aber nicht ist, das sieht man an ihrem dampfenden Atem.

»Bist du durstig? Konsta, Wasser! Zu essen bekommst du, sobald du deinen Namen sagst.«

Der Gehilfe mit dem langen Gesicht, der einen abgewetzten Pullover und eine Pelzmütze trägt, erscheint atemlos an der Tür. In der Hand einen Blechbecher, um den Hals eine an einem Gürtel befestigte Mahagonikamera.

Der Becher schwankt von einer Seite auf die andere, die durstige Gefangene hat alle Mühe, ihn zu ergreifen.

»Wasserwodawasserwodawasserwoda ...«

Konstas Finger sind knotig und verkrümmt. Die eine Hand zerrt unkontrolliert an seinem Hemd.

Die Frau nickt.

»Danke«, sagt Emil an ihrer Stelle.

»Darf der Unterzeichnete ein Foto machen?«, fragt Konsta.

»Nicht jetzt, Konsta. Zuerst das Essen. Hol etwas Gutes aus der Küche im Haupthaus. Sag, ich habe es angeordnet.«

Emil beugt sich zu der Gefangenen, senkt die Stimme.

»Vor Konsta brauchst du keine Angst zu haben. Der einzige Lohn, den er für seine Dienste möchte, ist, dass du für ihn posierst. Aber unter uns gesagt: Im Apparat ist kein Film.«

Zum ersten Mal blitzt in den Augen der Gefangenen etwas auf. Ein Blick, der Emil veranlasst, sich aufzurichten. Sorgfältig wägt er seine nächsten Worte ab.

»Eigentlich eine ziemlich traurige Geschichte«, sagt er leicht stockend. »Der Mann ist in führender Position in einer Reedereigesellschaft. Auf der Hochzeitsreise platzt eine Ader in seinem Kopf, als er sich bückt, um sich irgendwo neben Eiffelturm oder Triumphbogen den Schuh zuzubinden. Vielleicht will er ein Foto machen? Stell dir vor: Ein verliebter Mann, wie er an der romantischsten Stelle von der Welt seine junge Frau verewigen will, und peng! platzt die Ader! Der arme Kerl. Seither ist er ziemlich verwirrt. Aber sehr selbstständig. Er blieb hier als Gehilfe, als die anderen Patienten fortgebracht wurden … Auch ich hab es nicht übers Herz gebracht, ihn fortzujagen. Er ist für mich ein bisschen wie ein Poem des Mitleids … Du solltest das arme Würstchen mal bei seiner anderen Lieblingsbeschäftigung erleben, wenn er Flaschenkorken und anderen Müll vom Boden aufsammelt, Schätze, die er sorgfältig in seinen Verstecken aufbewahrt.«

Emil zieht die grüne, kaputte Bank unter sich. Die helle Aprilmorgensonne dringt durch das vergitterte Fenster herein.

»Findest du ihn nicht auch rührend?«

Keine Antwort. Natürlich nicht. Hallenberg findet es deprimierend, diese öde Sitzung fortzuführen. Meistens weinen die Frauen beim ersten Verhör oder beschimpfen ihn. Vor dem vollkommenen Schweigen fühlt er sich wehrlos.

»Hat Jäger Harjula dich schlecht behandelt? Unterwegs oder dort auf der Insel?«

Die Tür geht auf.

Konsta balanciert über die hohe Schwelle einen dampfenden Suppenteller in der einen und eine Scheibe frisches Brot in der anderen Hand. Mit hilfloser Miene stellt er seine Mitbringsel vor die auf einer Rosshaarmatratze liegende schweigende Gefangene hin.

»Na, wie ist es? Hast du Interesse an dem Essen?«, fragt der Richter.

War das ein Nicken?

Der Blick jedenfalls ist wach und forschend geworden. Und er richtet sich auf ihn, so als hielte sie Ausschau nach einem Fleck oder einem Anzeichen von Schuppen auf seiner grauen Tweedjacke. Hallenberg unterdrückt seinen Drang, sich über die Schultern zu wischen und nachzusehen, ob alle seine Knöpfe geschlossen sind, wie es sich gehört.

»Dann brauchst du nur noch aufzuhören, die Stumme zu spielen«, sagt er gereizt. »Sonst kommen wir in der Sache überhaupt nicht weiter. Kannst du dich aufsetzen?«

Die Frau kommt so schnell hoch, dass Konsta erschrocken zurückspringt und sich heftig und krampfhaft über die Ärmel streicht.

»Wasserwodawasserwodawasserwodawasserwoda …«

»Alles in Ordnung, Konsta«, beruhigt ihn der Richter. »Es ist genug Wasser da. Geh raus, frische Luft schnappen. Oder Schätze suchen oder Bilder machen mit deiner schönen Kamera, wie hieß sie doch gleich?«

»Eclipse Appratus«, kräht Konsta gequält. »Der Unterzeichnete kann gern erklären, wie sie funktioniert.«

»Nicht jetzt, Konsta.«

Im Sitzen bietet die Gefangene einen noch deprimierenderen Anblick. Auf der schmutzigen Haut sind Abschürfungen und blaue Flecke, die Haare sind verfitzt, unter den Armen Schweißflecke. Und in den Augen liegt ein Glanz, der Fieber sein kann, aber ebenso gut glühender, lebensgefährlicher Wahnsinn. Aber ihre Stimme überrascht, ein klingender Alt und völlig klar:

»Eine englische Balgkamera.«

»Wie bitte?«

»Scheibenverschluss und einstellbare Belichtungszeiten. Kristallsucher. Plattengröße neun mal zwölf?«

Konsta nickt, vor Geschäftigkeit ganz außer sich:

»Genau, und die Linse ist ein Paria Planigraph von Darlot.«

»Brennweite zehn Komma fünf?«

»Zwölf.«

»Aha«, sagt die Frau.

»Du kannst jetzt gehen, Konsta«, sagt Hallenberg, bemüht, sich seine Verblüffung nicht anmerken zu lassen. »Wie du siehst, habe ich keine Probleme.«

Der Richter legt Konsta die Hand auf die Schulter und führt ihn resolut zur Tür hinaus. Er spürt ein Kribbeln im Nacken. Die Gefangene ist plötzlich interessant geworden.

»Ich kenne nur die Box von Kodak. Du weißt doch, so eine nach dem Motto ›Drück du auf den Knopf, wir erledigen den Rest‹.«

»Auch damit kann man Bilder machen.«

»Na ja. Aber die Bilder von Konsta sind eher ein Produkt seiner Fantasie. Aber das brauche ich dir ja wohl nicht zu erzählen.«

Etwas wie ein feines Lächeln.

»Hör mal, ich fände es viel angenehmer zu plaudern, wenn ich deinen Namen wüsste. Und es ist doch verdammt schade, das gute Essen kalt werden zu lassen, oder?«

»Ich weiß, wie das hier läuft«, sagt die Frau und betrachtet prüfend den Teller mit der Suppe. »Eine Kugel in den Kopf und Erde drauf. Was tun da unsere Name zur Sache?«

»Im Gegenteil«, sagt Hallenberg geduldig wie zu einem Kind. »Meine Aufgabe ist es, deinen Hintergrund zu untersuchen. Wenn es sich herausstellt, dass du unschuldig bist, kannst du in aller Ruhe von hier fortgehen. Aber es wird dir sehr schwer fallen, deine Unschuld zu beweisen, wenn du nicht bereit bist, deinen Namen zu nennen.«

Er nimmt die Pfeife aus der Tasche.

»Stört es dich?«

»Nein.«

Hallenberg konzentriert sich gemächlich auf den Genuss des Anzünderituals.

»Weißt du, ich möchte lieber an das Gute im Menschen als an das Schlechte glauben«, sagt er und folgt verstohlen dem Blick der Gefangenen. »Vielleicht hast du Dinge auf dem Gewissen, die dir Angst machen. Aber wer hätte das nicht. Es erleichtert einen, wenn man sich öffnet. So pflegte auch der frühere Hausherr dieses Ortes, der selige Doktor Carpelan, zu sagen. Ein bedeutender Mann. Ein Reformator der Psychohygiene. Er berücksichtigte die Gefühle des Patienten, nicht allein das Krankheitsbild.«

Eine Fliege summt in dem vom Gitterfenster gefilterten Licht und findet den Weg zum Rand des Suppentellers. Mit einer einzigen raschen Handbewegung fängt die Frau sie ein und zerschmettert sie am Boden.

»Du hast sicherlich gehört, wie man die armen Irren, die sich in ihre eigene Welt zurückziehen, normalerweise behandelt?«, fragt Emil.

»Kaum.«

»Na, zunächst einmal lässt man sie ständig auf der Stelle liegen«, erzählt Hallenberg, von dieser Aufklärungsarbeit begeistert (nach der anfänglichen Unsicherheit fühlt er sich endlich stark). »Oder man weicht sie in stundenlangen Bädern unter einem eisernen Netz ein. Man trichtert ihnen Abführmittel ein, Stimulantien, Tonikum, macht Einläufe, traktiert sie mit ätherischen Ölen, Kampfer, spanischen Fliegen, Phosphor, Baldrian, Quecksilber, Ammoniak ... Wusstest du, dass Quecksilber in einer zehnprozentigen Salbe Hautentzündungen, ein starkes Anschwellen des Gesichts und Vergiftungen verursacht, aber funktioniert? Die Patienten erwachen aus ihrem katatonischen Schweigen …«

Im Schutz der Rauchkringel beobachtet der Richter die Reaktionen der Frau. Außer Angst dürfte sie gern ein wenig Bewunderung zeigen. Wie viele andere Richter an Standgerichten würden sich die Mühe machen, so feinfühlige Druckmittel einzusetzen? Wie viele verfügten überhaupt über die dafür erforderliche Allgemeinbildung?

»Ebenso wirkt Brechweinstein, wenn man ihn in so geringer Dosierung gibt, dass der Patient sich nicht erbricht, ihm aber ständig übel ist. Ich finde das alles entsetzlich, unmenschlich. Ich bin ganz auf der tolstoianischen Linie von Doktor Carpelan: Mit Toleranz erreicht man mehr als mit Zwangsmitteln. Oder?«

Die Frau führt die Hand an die Schläfe, an die Haargrenze, und kratzt sich. Dann hinters Ohr, von dort in den Nacken. Läuse. Was sonst.

»Miina Malin.«

Ihr Blick weicht nicht aus.

Der Richter nimmt aus der Brusttasche einen Füllfederhalter und Papier, öffnet sein Brillenfutteral und setzt sich die Brille, ein Metallgestell mit runden Gläsern, auf.

»Ein schöner Name. Aber ist es wirklich deiner?«

»Ja.«

Ein Saugen an der Pfeife.

»Geborene?«

»Ich bin nicht verheiratet.«

Der Mann wirft einen forschenden Blick über seine Brillengläser hinweg.

»Eine ideelle Entscheidung, ja? Aber es gibt einen Auserwählten?«

Keine Antwort.

»Kinder?«

»Nein.«

Diese Antwort kam schnell. Schneller und nachdrücklicher als zuvor. Lügt sie? Schützt sie ihre Angehörigen?

»Weitere Vornamen?«

»Natalia.«

»Wo geboren?«

»Die Suppe für den Namen. Das haben Sie versprochen.«

»Na gut«, willigt der Richter ein. »Du kannst essen.«

Einigen wir uns also darauf. Miina Natalia Malin sitzt dort auf einem Bett der ehemaligen Heilanstalt, dem jetzigen Gefangenenlager, halb wahnsinnig vor Hunger und offenbar auch vor Gier nach Tabak.

Dem Richter geht der Gedanke an einen kleinen Vormittagstrunk durch den Sinn. Oder zwei. Unter diesen Verhältnissen kann man doch wohl nicht an normale Zeitabläufe denken?

Er steht auf, betrachtet breitbeinig, die Hände auf dem Rücken, den über die Suppe gebeugten Frauenkörper. *In welche obskuren Gefahren mag sie geraten sein? Man denke, ihr Schicksal liegt jetzt völlig in meiner Hand.*

Aber im Wesen der Gefangenen ist auch ein unauslöschlicher Stolz zu spüren. *Eine heimliche Sehnsucht, als Heldin begraben zu werden?*

Der Richter dreht sich um und klopft seine Pfeife an der Blockwand aus. Wie konnte es nur sein, dass er so leidenschaftlich-dumm der Vertreter eines so herzlosen Systems hatte sein wollen? Deshalb, weil er sich schon lange als Sklave der Arbeit, als ewiger Gefangener der vernichtenden Eintönigkeit gefühlt hatte? Damals am Anfang, vor vielen Jahren, war ihm das Schreiben als eine beneidenswert freie Art und Weise erschienen, sich seinen Lebensunterhalt zu verdienen. Wenn man sich aber vor den Verlockungen, die mit der Berühmtheit einhergehen, nicht genügend in Acht nimmt und nicht ständig den Überblick über die politischen und wirtschaftlichen Schurkereien behält, kann man in fatale Situationen geraten.

»Konsta kann dir Wasser und Seife bringen.«

»Danke.«

»Aber vorher möchte ich doch verdammt gern wissen, woher du kommst.«

Die Gefangene hat ihre Mahlzeit beendet, sitzt mit geradem Rücken auf dem Bett und wischt sich mit dem Ärmel die Mundwinkel.

»Aus Turku.«

Emil nickt, notiert sich die Angabe. Also niemand, der von Natur aus ein Schmutzfink wäre, diese Miina Malin.

»Du scheinst dich gut mit Fotoapparaten auszukennen«, sagt Hallenberg. Wieder kommt ihm die verlockende Aussicht auf einen Vormittagsschluck in den Sinn. Von einer unerklärlichen Wehmut ergriffen blickt er durch das vergitterte Fenster zu dem Hügel hinauf, wo zwei Elche schemenhaft durch das dunstige Wacholdergesträuch springen.

»Was weißt du sonst noch?«

Die Gefangene schlingt die Arme um ihre angezogenen Beine und legt den Kopf auf die Knie.

»Wasser und Seife«, sagt sie. »Als Gegenleistung für den Wohnort. Das haben Sie versprochen.«

Was ist?«

Aaro tapert schlaftrunken zur Tür seines Zimmers und öffnet sie. Von der anderen Seite war schon seit einer Weile ein eigenartiges Knarren zu hören.

Auf dem Gang steht Konsta mit einer Türklinke in der Hand.

»Was wollen Sie damit?«

»Der Unterzeichnete hat sie gefunden. Der Unterzeichnete darf alles Überflüssige behalten, was er findet. Hat der Doktor versprochen. Wasserwodawasserwodawasserwoda?«

Aaro sieht ihn verblüfft an, steif vom langen Schlafen.

»Aber die war doch fest an der Tür dran. Sie haben sie abgemacht.«

»Ich tu sie zurück. Darf der Unterzeichnete dann von dem Herrn Jäger ein Foto machen?«

Aaro fährt sich durch die Haare. Nach dem Abendessen war er in Kleidern aufs Bett gefallen und sofort eingeschlafen.

»Warum? Ich möchte nicht fotografiert werden.«

»Der Herr Jäger würde ein sehr gutes Bild abgeben. Der Herr Jäger ist sehr stattlich und fotogen. Wasserwodawasserwodawasserwoda?«

»Häh? Ich kann nicht recht …«

»Gute Fotos. Ich verwende anstelle von Kollodium Gelatine als Basis der lichtempfindlichen Schicht. Die Gelatine wird aus Klauen und Häuten von Rindern hergestellt, sodass sie – anders als Kollodium – wasserlöslich ist.«

»Ja, genau.«

»Sie ist empfindlich genug, um Gespenster und so was zu fotografieren.«

»Gespenster?«

Der Mann muss der schwachsinnige Gehilfe sein, von dem Hallenberg gesprochen hat.

»Es tut mir Leid, Sie zu enttäuschen, aber ich bin wohl kein Gespenst«, sagt Aaro. »Auch wenn ich so aussehen sollte.«

»Das weiß man noch nicht, weil ich Sie nicht fotografiert habe.«

Aaro steckt sich das Hemd in die Hose. Der am Abend genossene Wein dröhnt immer noch im Hinterkopf, und er ist bereit, auf jeden Vorschlag einzugehen, wenn er dadurch nur den Störenfried loswird.

»Na gut. Hauptsache, es geht schnell. Und Sie sollen mich nicht Herr Jäger nennen.«

»Ist es Ihnen lieber, wenn ich nur Herr sage?«

»Harjula genügt. Und es ist bestimmt das Beste, wenn der Türdrücker sofort an seinen Platz zurückkommt.«

»Wenn keine Türdrücker da sind, können keine Gespenster reinkommen.«

»Das Risiko nehm ich in Kauf.«

»Konsta, was belästigst du Jäger Harjula?«

Hallenberg kommt forschen Schrittes auf sie zu, und dabei strahlt er die Energie des Frühaufstehers und Naturfreundes ab. Er trägt einen grauen Mantel und Reithosen, seine Wangen sind gerötet. Von der durchwachten Nacht ist ihm nicht das Geringste anzusehen.

Konstas Kopf schwingt schuldbewusst vor und zurück, seine Finger zerknautschen die Hemdbrust: »Wasserwodawasserwodawasserwoda?«

»Geh jetzt mal.«

»Wir wollten hier nur die Klinke befestigen«, sagt Aaro. »Irgendwie hat sie sich aus den Halteschrauben gelöst.«

Der Richter lächelt.

»Waren da Gespenster am Werk? Haben sie an den Türpfosten der ahnungslosen Siebenschläfer gezerrt?«

Aaro schließt den obersten Hemdknopf und versucht, die Gemütsverfassung seines Gegenübers zu erraten.

»Verzeihung, ich habe zu lange geschlafen.«

»Ach was«, sagt der Richter sanft. »Ihnen hat man doch angesehen, dass Sie todmüde waren.«

»Vielen Dank für die Gastfreundlichkeit«, sagt Aaro. »Jetzt muss ich schnell zu meiner Einheit zurückkehren.«

Hallenberg schüttelt triumphierend den Kopf.

»Das kommt gar nicht in Frage. Ich habe gerade mit Jägerleutnant Manner telefoniert. Er hat versprochen, den Wagen zu schicken. Er meinte, nach Ihrem mutigen Abenteuer sei dies das Mindeste, was Sie verdient haben. Aber erst dann, wenn das Auto nicht für eiligere Operationen benötigt wird. Es kann spät werden.«

Aaro nickt. Das muss bedeuten, dass man kein Vertrauen zu ihm hat. Sei's drum. Egal.

»Haben Sie«, er räuspert sich die raue Kehle frei, »haben Sie schon die Gefangene verhört?«

»Schon mehrere. Das ist doch meine Arbeit. Während Sie sich hier im Bett geaalt haben, habe ich schon sieben Leute in seligere Gefilde geschickt.«

»Häh?«

Der Richter schiebt sich an Aaro vorbei ins Zimmer, nimmt die am Fußende des Betts liegende Jacke und reicht sie dem in Hemdsärmeln dastehenden Jäger.

»›Schön war das Tal, voller Soldaten, Pulver und Tod, klar war die Luft.‹ Das Töten ist ein unvermeidlicher, wenn auch kein erhebender Teil dieses Amtes. Gehen wir zusammen nachsehen, ob es in der Küche noch heißen Kaffee gibt?«

Aaro krampft es die Brust zusammen, er hat das Gefühl, dass sein Herzschlag gerade ausgesetzt hat.

»Sind auch … Frauen erschossen worden?«

Sie gehen nebeneinander durch das lange Vestibül. Unter den hohen Gitterfenstern steht eine traurige Reihe von Keramiktöpfen mit toten Grünpflanzen. Im Innenhof, zwischen verwilderten Sträuchern, sieht man einen Streifen vom Schwimmbecken. Dem Grund ist irgendwann ein blauer Anstrich verpasst worden, jetzt ist die Farbe verblasst und blättert ab. Im Becken ist nur so viel Wasser, wie Herbstregen und Schnee hinterlassen haben.

»Die Frauen«, seufzt Hallenberg, »was soll ich bloß mit ihnen machen? Ich habe gerade in der Fachzeitschrift für Armenpflege gelesen, wo es heißt, dass die Frauen der Roten, die auch früher schon Monster herangezogen haben, immer noch eine große Gefahr darstellen, und dass die Gesellschaft dafür sorgen muss, dass solche Monster ihre Brutalität nicht an die neue Generation weitergeben. Das ist der Zeitgeist …«

Er bleibt vor einem Fenster stehen, fasst den Jäger am Ärmel und zeigt auf einen Wagen ohne Räder, der neben der Mauer liegt.

»Sehen Sie sich diesen Erinnerungsschrott aus der Vergangenheit an. Ist das alles nicht entsetzlich traurig?«

Aaro blickt zerstreut in die Richtung, in die die Hand weist. Tatsächlich traurig.

»Persönlich bin ich der Meinung«, sagt der Richter, »dass die Kriege vor allem ein Projekt der Männer bleiben sollten, dem Frauen und Kinder sich einfach unterwerfen müssen. Nun haben aber diese Frauenbataillone der Roten so gekämpft wie die Männer, ohne Gnade, und da müssen wir entsprechend handeln. Deshalb haben Sie doch diese Frau auch hierher gebracht? Fräulein Miina Malin, wenn man ihren Worten Glauben schenken darf. Mir scheint der Name erfunden. Was meinen Sie?«

Aaro zuckt die Achseln. Sie treten in die Küche ein, wo es nach gebratenen Eiern mit Speck duftet. Aaro hat das Gefühl, sich gleich übergeben zu müssen.

»Wie steht es mit ihr?«

»Sie schweigt sich aus zu den Einzelheiten. Aber nicht mehr lange. Das kann ich wohl versprechen.«

Die stämmige, recht prosaische Wirtschafterin frühstückt neben den blank gescheuerten Töpfen und den Stapeln frisch abgewaschener Teller.

»Findet ein später Vogel hier noch einen Wurm?«

Die Frau sieht den Richter säuerlich an. Dass er sich spaßig gibt, verfängt bei ihr nicht.

»Das bedeutet?«

»Was die gnädige Frau Wirtschafterin auch immer zu unserer Freude zu zaubern geruht«, fährt Hallenberg fort, ohne sich entmutigen zu lassen.

»Kaffee?«

»Ja, bitte. Könnten Sie das Frühstück in den Speisesaal bringen? Wenn es nicht zu viel Mühe macht?«

Das Kinn der Wirtschafterin entspannt sich immerhin so weit, dass man das als ein Nicken deuten kann.

Die Männer gehen hinaus, Hallenberg sieht Aaro forschend an.

»Warum beschäftigt Sie das Schicksal der Frau noch? Sie haben doch wohl dort auf der Insel mit Miina Malin nichts Böses getrieben? Ich kann mir gut vorstellen, dass mehrere Tage unter solchen Umständen, ohne die moralische Unterstützung eines Vorgesetzten und der Kameraden, einen Mann zu unüberlegten Handlungen verleiten können …«

Aaro setzt sich, ohne die Aufforderung dazu abzuwarten. Ihn schwindelt. Es dünkt ihn, als käme die Stimme des Richters aus weiter Ferne.

»Nein«, sagt er.

»Gut. Dergleichen wäre in meinen Augen außerordentlich

schädlich für den Ruf eines weißen Soldaten. Egal, was die roten Fanatiker anstellen, wir müssen an unserem tadellosen Verhalten und unserer Selbstbeherrschung festhalten.«

»Natürlich.«

Der Richter betrachtet ihn mit gerunzelter Stirn.

»Ehrlich gesagt, Sie wirken richtig elend. Was ist los?«

»Bestimmt der Wein.«

»Quatsch, Sie haben doch kaum etwas getrunken.«

»Ich vertrage keinen Rotwein«, sagt Aaro und macht sich am Tischtuch zu schaffen. »Davon bekomme ich Kopfschmerzen.«

»Dann brauchen Sie einen ordentlichen Schluck«, ruft Hallenberg triumphierend und holt einen Flachmann hervor.

»Vielen Dank, aber jetzt nicht.«

»Ich nehme zur Gesellschaft auch einen, wenn es das ist.«

»Nein, danke.«

Ein Stirnrunzeln. Ganz offenkundig gefällt Hallenberg die Antwort nicht.

»Na gut, vielleicht ein ganz kleines Schlückchen ...«

»Das meine ich doch auch«, strahlt der Richter. »Aber auf einem Bein kann man nicht stehen. Genieren Sie sich nicht. Bald sind Sie wie neugeboren.«

Er hält es nicht für notwendig, darauf hinzuweisen, dass es sich bei dem Getränk um Spiritus handelt, und beobachtet amüsiert Aaros Hüsteln.

»Übrigens ist es höchst interessant zu sehen, wie unterschiedlich diese Schurken sich auf dem Hinrichtungsplatz verhalten«, fährt Hallenberg fort. »Von denen heute Morgen waren nur zwei ganz kaltblütig. Der eine hat sogar spöttisch gelacht, obwohl ich vor seinen Augen zuerst zwei seiner Kameraden habe erschießen lassen. Drei flehten vor mir auf Knien um Gnade, schon vor den Mündungen der Gewehre. Einer war so feige, dass er den Herrgott anrief! Das sagt eine Menge über solche Kerls, oder was meinen Sie?«

»Ich … Mir ist tatsächlich ziemlich übel. Wenn es Ihnen recht ist …«

Der Jäger verstummt unter dem schweren Blick des Hausherrn.

»Zum Glück ist die Mannschaft verdammt gut«, fährt Hallenberg tadelnd fort. »Die Burschen haben in kurzer Zeit viel gelernt. Und bei ihnen herrscht der richtige Geist. Anfangs, als sie noch unerfahren waren, habe ich die Gnadenschüsse selbst abgegeben. Jetzt wetteifern sie schon darum, die Hinrichtungen ausführen zu dürfen. Stellen Sie sich vor, ich muss sie unter den einzelnen Kompanien aufteilen, damit keine zu kurz kommt.«

Aaro spürt den schlaffen Druck seines Körpers gegen die Stuhllehne. Schon allein das Nicken verlangt von ihm eine gewaltige Anstrengung.

»Die Hinrichtungen haben die anderen Gefangenen natürlich verdammt ängstlich gemacht«, erklärt der Richter. »Der eine fing an zu weinen und bat um Verzeihung, als ich eintrat, um mit ihm zu sprechen. So eine weiche Gemütslage ist andererseits eine günstige Voraussetzung, jemanden vorsichtig auszuforschen. Er hat zugegeben, zumindest in Kyröskoski an den Kämpfen teilgenommen zu haben. Als der Idiot kapierte, was er da gestanden hatte, versuchte er mein Mitgefühl zu wecken, indem er erzählte, dass er durch ein Schrapnell der Weißen verwundet wurde. Das interessiert uns doch nicht! Morgen werde ich ihn wohl zur Hölle fahren lassen.«

Tun Sie das, hatte Aaro Lust zu flüstern, *tun Sie, was immer Sie wollen, nur lassen Sie mich in Ruhe.*

Hallenberg beugt sich vor und senkt vertraulich die Stimme:

»Ihre Miina ist nicht die Dümmste«, sagt er. »Aber eitel genug, um das zu erkennen zu geben. Zumindest kennt sie sich mit Fotoapparaten aus. Möglicherweise war sie bei der Propaganda eingesetzt. Davon sollte man ausgehen.«

»Sie ist nicht meine Miina«, stammelt Aaro. »Und nicht alle Roten haben sich durch Morde und Kämpfe schuldig gemacht.«

»Stimmt«, räumt Hallenberg ein. »Aber wir können uns Irrtümer und sentimentale Sanftmut nicht leisten. Jetzt möchte ich, dass Sie mir alles erzählen, was Sie über die Frau herausbekommen haben.«

»Sie ist nicht besonders redselig.«

Der Richter bricht in schallendes Gelächter aus.

»Na, garantiert nicht, das habe ich auch schon bemerkt. Aber sie hat doch wohl irgendetwas gesagt. Während so vieler Tage. Auch ein kleines Detail kann jetzt entscheidend sein. Sehen Sie, ich möchte so gerecht handeln wie nur irgend möglich.«

»Ich verstehe.«

»Erzählen Sie von Ihrer Fahrt. Vor dem Unglück. Wenn ich das richtig verstanden habe, hat Ihr Gruppenführer Sie geschickt, diese gefangene Soldatin mit dem Ruderboot zu uns zu bringen.«

Aaro nickt. *Sagen wir es so. Wenn es Ihnen so erzählt worden ist.*

»Und dann? Wie war das?«

Wie es war? Was erwartet Richter Hallenberg eigentlich? Eine stimmungsvolle Schilderung von Mann und Frau im Boot, ringsum die einzigartige südwestfinnische Küstenlandschaft mit ihren Klippen und Schären und ihrem reichen Vogelbestand? Sollte er sich an dies erinnern: Insel nach Insel, bald mit üppigem Wald oder mit hügeligen, von Wacholder getüpfelten Schafswiesen bedeckt, bald Klippen, auf denen nur verkrüppelte Weiden wachsen?

»Anfangs ging alles gut.«

»Bis Sie von Ihrem Weg abwichen. Ich habe mir das auf der Karte angesehen, da muss Ihnen ein Navigationsfehler unterlaufen sein.«

»Es war mein Fehler. Ich hatte mir eingebildet, eine Abkürzung gefunden zu haben. Aber ich habe mich geirrt. Peinliche Geschichte.«

»So etwas kann passieren.«

»Besonders mir«, sagt Aaro in einer Anwandlung von Selbstkasteiung.

»So?«, fragt der Richter lächelnd.

Aaro wird rot, er wendet das Gesicht dem Wandbehang zu. Ein an der Quelle trinkender Hirsch starrt ihn aus gewebten Augen an. Dahinter öffnet sich ein tiefgrüner Wald, der nicht einladend wirkt, sondern eher so, als sei er voller ungeahnter Bedrohungen.

»Na, also, wir können ja auch mal ein wenig von Ihnen sprechen«, sagt Hallenberg. »Zum Beispiel von Ihrem langen Aufenthalt in Deutschland. Es wird behauptet, das sei die härteste militärische Ausbildung, die es gibt. Stimmt das?«

»Ich habe keine andere ausprobiert.«

»Das ist wahr. Und Ihr Leben vor dem Krieg? Sie wissen doch, wie versessen Schriftsteller auf interessante Lebensgeschichten sind.«

»Ich glaube nicht, dass meine so eine ist.«

»Vielleicht nicht aus Ihrer Sicht. Lassen Sie mich das entscheiden. Ehrlich gesagt: Diejenigen, die mir ihre Erlebnisse als einzigartig verkaufen wollen, langweilen mich meist nur.«

Aaro weicht immer noch seinem Blick aus, er sucht in der Landschaft vor dem Fenster einen Verbündeten. Einige stattliche Eiben schwanken inbrünstig hin und her. *Was antwortest du, Reisender?*

Das wäre ja nun komisch, denkt Aaro, Hallenberg die eigene Lebensgeschichte anzuvertrauen. Was käme dabei heraus? Die Geschichte von einem Mann, dem anscheinend nichts so gelingt, wie es sollte. Nicht der Besuch des wohl beleumdeten Lyzeums, nicht das Praktikum in einem kaufmännischen Familienunternehmen, nicht die Beziehungen zu

Töchtern gut situierter Väter. Auch die Flucht nach Amerika war nichts als ein Witz, abgesehen davon, dass niemandem zum Lachen war, als der kranke und hochverschuldete Vater sich zur selben Zeit umbrachte, da der verlorene Sohn in Rock Spring, Wyoming, seinen Jahresverdienst in eine Kinematografiemaschine, einen Filmprojektor und acht Rollen Film sowie in die doppelte Menge Noten für elektrisches Klavier investierte. Aber nicht einmal der Transport dieser nutzlosen Gegenstände nach Finnland und der missglückte Versuch, mit ihrer und der restlichen Erbschaft Hilfe die verwitwete Mutter vor einem von Armut überschatteten Greisenalter zu bewahren, ließ sich mit dem fatalen Entschluss vergleichen, nach Deutschland zu gehen und sich zum Jäger ausbilden zu lassen. Was erlebte er nicht alles für Demütigungen, während seine im Glauben starke, arme Mutter immer noch davon träumte, dass ihr Sohn, ein Retter des Vaterlands, endlich mit Ehre bekränzt nach Hause zurückkehren würde.

»Sie erwähnten ein Geschäftsunternehmen. Was haben Sie verkauft?«

»Ich habe allen möglichen Krempel aus Amerika und Europa importiert. Bücher, Sämereien, Fotoapparate vom Typ Box, Notenhefte. Ich bin über Land gefahren und habe Bestellungen aufgenommen. Aber dann kam der Krieg, und man bekam keine Waren mehr.«

»Hm. Interessante Kombination. Soldat und Händler. Mit was für einem Fahrzeug waren Sie unterwegs?«

Zum ersten Mal schwingt Stolz in seiner Stimme.

»Mit einem Motorrad, einer Wolf. Die erste Maschine in Salo.«

Hallenberg pfeift durch die Zähne.

»Auch noch Motorradfahrer.«

Und Seemann, denkt Aaro, und Grabenzieher, Fahrer eines Pfingstpredigers – anderthalb Tage lang –, Filmvorführer, Straßenmusikant und Übersetzer von Handbüchern für die Jagd.

Die Küchentür geht auf, und die Wirtschafterin schiebt sich mit einem Tablett in der Hand hindurch.

»Der Kaffee ist halt aufgewärmt«, erklärt sie finster. »Das ist Ihnen doch recht, zu dieser Tageszeit?«

»Das ist garantiert der beste Blümchenkaffee von der Welt«, sagt der Richter langmütig. »Und wenn Sie uns noch zwei leere Gläser bringen wollten, dann ist alles mehr als perfekt«, fügt er mit einem gewinnenden Lächeln hinzu.

Mein Wolf-Motorrad!, denkt Aaro. Das blitzende Metallross mit seinen pechschwarzen Flanken. Schnell wie der Wind, stolz, treu. Kann man wegen eines so vollkommenen Gefährten zu sentimental werden? Wie hatte er es nur in fremde Hände geben können!

Er erinnert sich an das elendiglich am Straßenrand zurückgelassene Fahrzeug. Und der Gedanke, dass die unschuldige Freude an den damit zurückgelegten Kilometern auf ewig verloren ist, schmerzt ihn jetzt heftiger als je zuvor.

Der Wagen kommt am Nachmittag. Ein schwarzer Ford mit Verdeck.

Die Gefangenen versammeln sich hinter dem Zaun, um ihn sich anzusehen. Jede Abweichung von den Routinen des Tages ist ihnen als Zeitvertreib willkommen.

»Wie viel PS hat der?«, ruft jemand über den Zaun.

»Wenn man damit abzischt, kommt das Fohlen nicht dazu, am Wagenbrett zu knabbern«, sagt ein anderer.

Der junge Soldat antwortet nicht, starrt nur unablässig auf die Haupttür, die sich schließlich öffnet.

Man würde nicht glauben, dass das derselbe Jäger ist, der sich nur einen Tag zuvor durchs Tor geschleppt hat. Das Kinn glatt rasiert, eine fleckenlose, gut sitzende Uniform mit leerer Revolvertasche, blank gewichste Stiefel und eine Kopfbedeckung, die so sorgfältig aufgesetzt ist, dass sich die Kokarde genau in der Mitte der Stirn befindet.

Der Richter geht neben ihm und plaudert jovial.

Aaro Harjulas Blick wandert zum Hof hinüber, wo die Gefangenen gehalten werden.

»Vergebliche Mühe«, sagt Hallenberg. »Sie ist nicht dort.«

Harjula hebt fragend die Brauen.

»Sie suchen doch Miina Malin.«

Der Jäger antwortet nicht.

»Ich halte sie in Isolation, bis sie redet.«

»Aha.«

»Möchten Sie sich von ihr verabschieden?«

Von Harjulas Gesicht kann man keinerlei Antwort ablesen. Einen Augenblick lang erinnert er an die von Emil favorisierten Romanfiguren: Männer, die bereit sind, in ihrem Leben endlose Umwege zu gehen, um nur nichts fühlen zu müssen.

»Warum?«

»Wenn zwei Menschen eine so lange Zeit gemeinsam, isoliert von der Welt, verbringen, entsteht zwischen ihnen eine Bindung. Auch der Hass kann verbinden, wenn man ihn in so großer Nähe genährt hat.«

»Ich hasse sie nicht.«

»Sie mussten die ganze Zeit auf der Hut sein. Um ihr Leben fürchten. Denn sie hat Sie mit Sicherheit gehasst und wollte nichts so leidenschaftlich, wie Sie loswerden. Das muss nervenaufreibend gewesen sein.«

»Das ist der Krieg«, stellt Harjula trocken fest. »Das Ertragen von Angst.«

»Stimmt. Aber soviel ich weiß, brauchten Sie nicht einmal an der Ostfront Seite an Seite mit dem Feind Wurzeln aus dem Boden zu kratzen, um zu überleben. Unbewaffnet in seiner Nähe zu schlafen. Kleine Dinge, die große Ausmaße annehmen, wenn das tagelang so weitergeht. Glauben Sie, ich kann mir das nicht vorstellen? Wegen all dieser Dinge meine ich, Sie sollten sie noch einmal treffen. Ihnen gegenüber könnte sie sich äußern.«

»Das glaube ich nicht.«

Wenn ich ehrlich bin, denkt Hallenberg, ich auch nicht.

»Aber natürlich tue ich es, wenn Sie das wollen«, sagt Aaro.

Der Richter bedeutet dem Wachmann mitzukommen. Sie marschieren, angeführt von dem Richter, im Gleichschritt hintereinander den schmalen, mit Schieferplatten ausgelegten Gang entlang. An den verputzten Wänden gibt es helle

Quadrate an den Stellen, wo die Gemälde entfernt worden sind, die das Wohlbefinden der Patienten hatten fördern sollen.

Sie machen Halt vor dem Raum Nummer sechzehn, und der Wachmann steckt den Schlüssel ins Schloss. Hallenberg schwankt leicht. Er führt das mehr auf den vom Frost beschädigten Fußboden als auf die Getränke zurück, die er im Lauf des Tages genossen hat.

Als die Tür offen ist, wartet Harjula, wie es sich gehört, dass der Richter als Erster eintritt.

»Gehen Sie nur, ich habe anderes zu tun«, sagt Hallenberg etwas verschämt.

Um die scheinbare Privatheit der Patienten zu schützen, hatte man in der Anstalt keine plumpen Türluken anbringen wollen. Stattdessen waren, zur Sicherheit der Patienten und zur Ergänzung der Diagnose, in den Wänden einiger Räume unauffällige Durchbrüche zu Beobachtungszwecken angelegt worden. Spione, wie Doktor Carpelan die Sache präzisierte. Aber jetzt handeln wir zum Besten des Vaterlands, versichert Emil Hallenberg sich selbst, als er seinen Beobachtungsposten bezieht.

Es ist davon auszugehen, dass Miina Malin eine erhebliche Bedrohung für den glücklichen Ausgang des Freiheitskrieges darstellt, obwohl sie in ihrer Zelle, dem einstigen Beobachtungsraum eines selbstzerstörerischen Patienten, kaum mehr als einhundertsechzig Zentimeter Bettfläche einnimmt. Als Person eine unbedeutende Nichtigkeit, die sich – den Kopf voller Humbug über die Rechte der unterdrückten Klasse – mit leicht hinters Licht zu führenden Leuten ihres Schlages zu dieser verantwortungslosen Rebellion zusammengefunden hat. Dennoch könnte sie über gewichtige Informationen verfügen.

Gerade jetzt aalt sich die Märtyrerin der missglückten Mission der Arbeiterklasse nicht im Bett, sondern kauert in der für sie typischen Haltung, die Arme um die angezogenen Knie geschlungen, in der Fensternische. Die Haltung eines Menschen, der gerade irgendwo anders ein anderes Leben lebt. Für den es ohne Bedeutung ist, was ihm bei den Feinden widerfährt. Die bräunlichen Haare – in sauberem Zustand haben sie die Anmut eines dicken, geschmeidigen Flauschs – bedecken ihr das Gesicht. Auf dem Stuhl, außer Tisch und Bett das einzige Möbelstück, sitzt Jäger Harjula.

»Ich muss jetzt fort«, sagt Aaro.

Miina Malin reagiert in keiner Weise.

»Ich bin gekommen, um zu sehen, wie ... ob es etwas gibt, was ich tun könnte? Möchtest du mir etwas erzählen ... mir etwas anvertrauen, bevor ...«

Die Frau ändert leicht ihre Haltung.

»Na ja, wohl nicht«, sagt Harjula und drückt die Handflächen zwischen den gespreizten Schenkeln gegeneinander. »Natürlich nicht.«

Dann ist es ganz still. Hallenborg wartet jenseits der Wand, dreht den Kopf von einer Seite auf die andere und massiert sich den Nacken, die Muskeln schmerzen ihn wieder.

Erneut sieht er nach dem Paar und erstarrt. Plötzlich wird ihm klar, dass er Zeuge eines verräterischen Moments ist:

Es gibt nichts Intimeres, Intensiveres als geteiltes Schweigen.

Er senkt den Blick. Noch einen Augenblick zuvor ist ihm die Beobachtung dieses Paares als Missbrauch seiner eigenen Überlegenheit bedenklich erschienen. Jetzt kommt es ihm so vor, als habe man ihn selbst in eine fatale Falle geführt, die ihm endgültig den Seelenfrieden rauben wird. *Ist es ein so schreckliches Verbrechen, wenn man bei diesem beschissenen Geschäft auch einmal der stinknormalen menschlichen Neugier nachgeben will?*

Er wendet sich um, blickt aus dem Fenster. Und sieht seine eigene Einsamkeit wie einen dunkel gestreiften Mäusebussard auf dem Wipfel der im Hof wachsenden Fichte lauern. Die granitenen Flanken der Steinmauer, die sich davor krümmt, blitzen in der Nachmittagssonne wie Eissplitter. Der Bussard fliegt auf und versucht, sich das Eichhörnchen zu krallen, das die moosbedeckte Mauer entlangspringt. Das misslingt, und er flattert enttäuscht seiner Wege.

Als der Richter seine Selbstbeherrschung wiedererlangt hat, ist der Jäger schon zur Tür gegangen, immer noch schweigend.

Miina Malins Stimme ist gerade eben noch zu hören.

»Warte mal!«

Der Jäger dreht sich um.

»Ja?«

»Es gibt da einen Jungen.«

»Einen Jungen?«

»Einen kleinen Jungen. Er heißt Eino und wohnt im Dorf Tammisto bei seinem Großvater. Etwa zwei Kilometer entfernt von der Stelle, wo wir gefangen genommen wurden. Der Familienvater heißt Frans Rapola. Könntest du herausfinden, wie es dem Jungen geht?«

Die Stimme des Jägers klingt aufrichtig überrascht:

»Hast du einen Jungen?«

»Nein, ich habe nur jemandem versprochen, nach dem Jungen zu sehen. Und jetzt ist das ja etwas schwierig, nicht wahr?«

Als der Wachmann den Jäger aus dem Zimmer lässt, steht der Richter an der Haustür und erwartet ihn. Er ist davon überzeugt, dass der Mann kein Wort von dem Auftrag erwähnen wird, den er bekommen hat. Aber er irrt sich.

»Sie hat mich gebeten, nach einem Kind zu sehen«, sagt Harjula ebenso ausdruckslos wie zuvor. »Nach einem Jungen, der im Dorf Tammisto im Hause Rapola wohnt.«

»Was wollen Sie in dieser Sache unternehmen?«

»Ich weiß nicht. Kann ich jetzt gehen?«

Hallenberg nickt und reicht ihm die Hand.

Sie drücken sich die Hand, und der Jäger geht in Richtung Auto.

Hallenberg würde ihn am liebsten noch einmal aufhalten, ihn beiseite nehmen, etwas fragen, egal, was. Ihm befehlen zu tun, was getan werden musste. Damit er nicht ihm, Hallenberg, allein die Verantwortung überließ.

Doch er tut es nicht. Jäger Aaro Harjula steigt in das Auto, das ihn erwartet. Leicht ruckelnd setzt es sich in Bewegung, das Tor wird geöffnet. Einer spontanen Eingebung folgend hebt der Richter die Hand und tritt durch das Tor hinaus. Er geht ein Stück weit die Landstraße entlang, beobachtet, wie das Auto im Schatten der Bäume verschwindet und sich schließlich auch die Staubwolke legt, die es aufgewirbelt hat.

Hallenberg bleibt stehen und holt tief Luft, bevor er sich auf den Rückweg macht. Ringsum erstreckt sich die vom April geprägte Küstenlandschaft, ein aus dem Winterschlaf erwachendes, hügeliges Wacholdergelände. Felder, die vergangene Generationen gerodet haben, um das Leben in diesem nördlichen Breitengrad erträglicher zu machen.

Er dreht sich um, plaudert einen Augenblick mit dem Wachposten und erfährt, dass im Moment Renken ganz gut zu bekommen sind. Er gibt die Erlaubnis, das Tor zu schließen, und geht den Hofweg hinauf, um in sein Büro zurückzukehren.

»Es ist klar, dass ein so verhasstes Tier wie der Wolf
überall erbarmungslos und auf vielerlei Weise gejagt wird.
In alter Zeit wurde er mit Wolfsnetzen, Wolfszäunen und
Wolfsgruben gefangen, in die man die Tiere trieb und
wo man sie tötete. Wenn es viele Wölfe sind, bewegen sie sich
auch dann im Rudel, wenn sie verfolgt werden, bis einer nach
dem anderen ermüdet und die stärksten Mitglieder
die schwächeren den Verfolgern als Beute überlassen,
und so kann ein ausdauernder Skiläufer schließlich
das ganze Rudel erlegen
und bekommt für seinen kräftezehrenden Lauf
eine gute Entschädigung.«

Frans Rapolas Haus liegt an der Stelle des Dorfes Tammisto, wo die Eisenbahnschienen in einem weiten Bogen zum Meer hin abbiegen. Der Wald ist gefällt, um das Haus herum wachsen nur ein paar hohe Birken und eine Gruppe von Apfelbäumen. Der Hofbereich ist ungepflegt – die Schaukel, deren eines Ende von der Kette abgegangen ist, poltert im Wind, beim Stall liegen ausrangierte landwirtschaftliche Gerätschaften herum, die Beete sind von Unkraut überwuchert.

Der melancholische Sprühregen sprenkelt den schlammigen Hofweg. Ein Mischlingshund verbellt lustlos den Ankömmling. Er liegt angekettet in seiner Hundehütte und hat sich offenbar in die demütigende Begrenztheit seines Aktionsradius geschickt. Seine Pfoten rutschen in dem aufgewühlten Sand aus, und niemand hat sich die Mühe gemacht, seine kringeligen Haufen zu beseitigen. Aaro verspürt Mitleid, wie immer, wenn er ein angebundenes Tier sieht.

Aaro tritt den Schlamm von seinen Stiefeln ab und klopft an die Tür.

Die Gardinen haben sich schon beim ersten Bellen des Hundes bewegt, aber niemand kommt öffnen.

Er drückt die Klinke nieder. Die Tür ist verschlossen.

Seltsam.

Vor ein paar Jahren, als er noch über Land fuhr, um Bestellungen einzusammeln, traf man selten auf verschlossene Türen. Auch dann nicht, wenn die Bewohner abwesend waren.

Aaro möchte am liebsten aufgeben, was soll er hier mit Gewalt etwas zu erreichen versuchen. Trotzdem klopft er ans Fenster der Veranda.

Nichts geschieht.

Ein Blick ins Haus: Die Veranda ist überraschend sauber, so als habe jemand eine kleine unehrliche Illusion von Ordnung schaffen wollen.

Die innere Tür öffnet sich einen Spaltbreit. Ein Schrank von einem Mann wird sichtbar, der erstarrt, als er den am Fenster winkenden Fremden sieht.

»Ich bringe Grüße aus dem Gefangenenlager Ruukkijoki«, ruft Aaro durch das Glas.

Nach einem kleinen Zaudern kommt der Mann an die Haustür und öffnet sie.

Seine stattliche Gestalt füllt die ganze Türöffnung, aber in den Augen steht ihm die Angst.

»Häh? Was ist?«

»Sind Sie Frans Rapola?«

Der Mann holt tief Luft und legt die Hand auf die Brust. Er klopft darauf, wie um sich selbst zu beruhigen.

»Und was, wenn ich es wäre?«

Aaro weiß nicht, was er darauf erwidern soll. Die schlecht verhohlene Panik des Mannes ist zu viel für ihn, ebenso wie der ungewollte Appell der Hand. In dieser Geste verdichtet sich der ganze Wahnwitz des vergangenen Winters, in ihr wird die völlige Verständnislosigkeit der Kriegsgegner füreinander deutlich. Fetzen von rätselhaften Tragödien gehen ihm durch den Sinn. Es fällt ihm schwer, gegenüber dem im Türspalt stehenden und gaffenden Hünen Mitleid zu empfinden, aber verlegen sein kann er. Dass er hier auf der Schwelle dieses Mannes steht, ist nichts anderes als unschicklich und aufdringlich.

Dennoch macht er keinerlei Anstalten, sich zu entfernen.

»Haben Sie hier einen kleinen Jungen namens Eino?«

Der Mann wirft einen Blick über die Schulter, so als wollte er die gegenwärtige Zusammensetzung seiner Familie prüfen.

»Kann schon sein«, versetzt er gedehnt. »Da sind Rotznasen wie die Kaninchen, ich glaub, ich weiß nicht mal alle ihre Namen.«

Aaro ist verlegen. Noch vor ein paar Jahren hätte man ihn ohne Umstände an den Tisch des Hauses gebeten, die Kinder würden zu dem auf dem Hof stehenden Motorrad stürmen, um dessen erstaunliche Einzelteile zu bewundern, die Hausfrau würde sich mit dem Kaffeekessel zu schaffen machen, die errötenden Mädchen würden die Reihe der Londoner Haarspangen in die Hand nehmen, und er selbst würde sich über die unübertreffliche Schönheit der traditionellen Zöpfe verbreiten und beiläufig erwähnen, wie schade es doch sei, dass sie wegen der immer schnelleren Entwicklung der Technik zunehmend zu einem Risiko wurden. Dass er erst vor ein paar Wochen – in Jaakkima – mit eigenen Augen die schrecklichen Folgen eines Unglücks hatte sehen müssen, bei dem der Zopf eines hübschen jungen Mädchens vom Riemen des Separators erfasst worden war, die ganze Kopfhaut mitsamt den Haaren war abgerissen worden, und auch ein Teil der Stirn …

Jetzt sieht man Aaro an wie einen Inquisitor. Statt des mit Witzen und vielsagenden Blicken gewürzten Verkaufsgesprächs bemüht er sich um einen Befehlston. Wie ein unvorbereiteter Schauspieler, der in eine abgeschmackte Inszenierung geraten ist.

»Ich möchte nur hören, dass mit dem Kind alles in Ordnung ist.«

Er versucht, ein beruhigendes Lächeln auf sein Gesicht zu zaubern, um auf diese Weise stumm, aber nachdrücklich zu signalisieren, dass der Hausherr keineswegs irgendeines Verbrechens verdächtigt wird, sondern eher im Gegenteil.

»Im Gefangenenlager Ruukkijoki war man in Sorge um das Ergehen des Jungen, und da habe ich versprochen –«

»Aber Sie sind doch ein Jäger«, unterbricht der Mann ihn schroff. Er ist offensichtlich ergrimmt darüber, dass er Aaro über seine miese Rolle aufklären muss.

»Das stimmt. Trotzdem habe ich versprochen herauszubekommen, wie es um den Jungen steht.«

»Warum?«

Wahrhaftig. Warum nur? Was ist los mit mir? Diese ganze Geschichte hat doch nicht die Spur von Sinn.

»Weil eine Gefangene mich darum gebeten hat ... und ääh ... weil ich gerade hier vorbeikam, da dachte ich ...«

»Ich habe von diesen Lagern gehört«, sagt der Mann, jetzt schon mit unverhohlenem Hass in der Stimme. Er glaubt, den Schwindel zu riechen, hat es aber satt, immer wieder die Rolle desjenigen zu spielen, der Angst hat.

»Da hat einer vor Hunger versucht, auf den Baum zu klettern, um Blätter zu pflücken, und da haben sie ihn erschossen. Als hätten sie eine Krähe abgeknallt.«

Aaro hält dem ungerührten Blick des Alten stand. Er erwidert ihn, ohne mit der Wimper zu zucken. Er hat gerade beschlossen, dass er nicht mehr bereit ist, dem Mann Anlass zur Verbitterung zu geben. Ihn ärgern nicht so sehr die Beschuldigungen, die der ihm schon entgegengeschleudert hat, als vielmehr all der Groll, der noch darauf wartet, sich zu entladen.

»Ruukkijoki ist kein wirkliches Lager, sondern eher ein Sammelzentrum«, sagt er, »also ein Ort, wo der Beschluss gefasst wird, ob ein Gefangener weitergeschickt wird oder –«

» ...eine Kugel in den Kopf bekommt.«

» ...freigelassen wird«, fährt Aaro energisch fort. Trotz der Schroffheit des Hausherrn hat er das Gefühl, die übertragene Aufgabe schon fast erfüllt zu haben.

»Steckt Martta dahinter?«

»Die Person, die mich darum gebeten hat, heißt Miina Malin.«

»Kenn ich nicht.«

»Sie hat das wohl im Namen einer Mitgefangenen getan. So hab ich es verstanden.«

»Soso. Die Mutter des Jungen heißt Martta.«

Wenn der Krieg zu Ende ist, denkt Aaro, gehe ich wieder zur See. Vielleicht ist das allzu hoch geschätzte Amerika doch meine größte Liebe. Das einzige Land, wo ein Mann an seinem letzten bisschen Heldentum hängen und noch einmal von vorn anfangen kann.

»Wie geht es dem Jungen?«

»Sind Sie gekommen, um ihn zu holen? Eino.«

Ach zum Teufel, spornt Aaro sich selbst an, man könnte doch gleich bis Kanada fahren, das auf denselben Breitengraden liegt wie Finnland, mit dem Gewehr und einem Beutel Salz unterm Arm auf Forschungsreise in die endlosen Wälder von Quebec gehen. Oder nach Neufundland. Dort würde das unsinnige Heimweh nicht alles verderben, was man in Angriff nimmt, und einen nicht daran hindern, die Schönheit der Natur und die Einzigartigkeit des Lebens wahrzunehmen. Dort würde es leicht sein, sich wie zu Hause zu fühlen, ohne widerwärtige patriotische Verpflichtungen. Er würde die Geschichten und Ratschläge des Vaters zu Hilfe nehmen. Sich selbst sein eigenes Haus bauen. Selbst sein Brennholz hacken. Seine Nahrung durch Jagen und Fischen selbst beschaffen. Und nur mit Seinesgleichen zusammentreffen: die Wärme des Lagerfeuers mit den letzten freien Menschen auf der Welt, mit Jägern und Indianern, teilen.

»Nein, aber ich würde ihn gern sehen. Wenn es recht ist.«

»Warum nicht.« Er hebt ein wenig die Stimme. »Eino, komm mal her.«

Blitzschnell öffnet sich die Tür. Auf der Schwelle drängeln

sich vier Kinder, drei Jungen und ein Mädchen. Aaro nimmt an, dass sie die ganze Zeit dort gestanden haben, das Ohr fest an der Tür.

»Sieh da«, sagt er mit seiner fröhlichen Kaufmannsstimme. »Da haben wir ja eine Schar stattlicher Burschen und ein ganz herziges kleines Fräulein! Guten Tag miteinander!«

Die Jungen machen einen Diener. Magere Kerlchen in eingelaufenen Wollpullovern und Kniehosen. Das herzige kleine Fräulein wischt sich den Rotz mit dem Ärmel ab.

»Ich heiße Aaro Harjula, und wie heißt ihr?«

Die Kinder stehen in der Türöffnung, stumm und reglos. Der Fremde gibt allen die Hand und fragt nach Namen und Alter. Die Antworten fallen so leise aus, dass man sie kaum hört. Nur das kleine Mädchen kräht seinen Namen mit solcher Kraft heraus, dass Aaro überrascht auflacht. Hinter den Kindern erscheint eine Frau mit weißem Kopftuch, die sich die Hände an der Schürze abwischt. Aaro reicht ihr die Hand, aber die Frau reagiert nicht auf die Geste.

Der Junge, der sich als Eino vorgestellt hat, ist der Jüngste. Sieben Jahre alt. Das blonde Haar kräuselt sich hinter den Ohren. Sein Blick ist forschend. In der einen Hand lässt er etwas baumeln.

»Was hast du da?«

»Einen Versuch.«

»Eine Hausaufgabe?«

»Nee, einfach so.«

Eino lässt einen Stein sehen, um den eine Schnur und ein paar Pflanzen gebunden sind. Er hebt ihn hoch, als enthielte er einen klaren Hinweis, von dem er erwartet, dass der Fremde ihn sofort erkennt.

»Verdammt noch mal, Bengel, wirf jetzt den dreckigen Stein weg«, befiehlt Frans Rapola.

Der Junge wird sichtlich verlegen.

Aaro beugt sich zu dem Kind herab, nicht so sehr aus Interesse für ihn, als um die unnötige Schroffheit des Mannes abzumildern.

»Lass mich mal sehen. Das ist aber ein großer Stein. Ein ganz schön schwerer Brocken. Wozu ist die Schnur da? Und sind das Huflattichblüten?«

»Das ist der Versuch.«

»Aha. Was denn für einer?«

Die Hand des Kindes hat sich mitsamt dem Stein auf seine Handfläche gelegt.

»Ein Kreuzungsversuch. Ich untersuche, was dabei rauskommt, wenn man einen Stein und eine Blume kreuzt.«

»Dabei kommt gar nichts raus«, sagt Rapola. »So was bringen sie dem Jungen bei. Völligen Humbug. Kreuzungen. Entwicklungslehren. Neue, stolze Menschen. Dabei hat man weder an die alten Leute noch an die Kinder gedacht. Es ging nur darum, die Welt zu verändern.«

Aaro zwinkert dem Jungen zu und richtet sich auf.

»Ich werde mal einen Augenblick mit der Hausherrin über deine Mutter sprechen.«

Er sieht die Frau an, aber diese wendet sich ab.

»Einos Mutter ist nicht hier«, sagt das kleine Mädchen fröhlich. »Die Mutter von unserem Eino ist eine Hure.«

»Wie bitte?«, entfährt es Aaro.

»Weil sie immer nur diesen Sozialismus machen muss. Wir wissen nicht, wo sie ist.«

Die Frau kommt und nimmt das Mädchen bei der Hand.

»Wir haben uns bemüht, die Kinder so zu erziehen, dass sie sich anständig benehmen, aber das ist nicht immer leicht.«

»Bestimmt nicht«, sagt Aaro.

»Und der Vater des Jungen ist ...?«

»Tot«, sagt der Hausherr.

Wenn ich noch das Motorrad hätte, denkt Aaro, würde nichts die Jungen aufhalten, sie wären längst auf dem Hof.

»Wann kommt Mutter?«

Den Kopf im Nacken, sucht der Junge seinen Blick, den Stein in beiden Händen pressend.

»Das weiß ich nicht«, sagt Aaro wahrheitsgemäß.

In der Atmosphäre dieser bedrückend sauberen Veranda und dem unverwandten Blick des Kindes liegt etwas, das in entrückter Weise bekannt und beängstigend ist. Es hypnotisiert ihn, ein Interesse vorzugaukeln, das er gar nicht empfinden kann, und einen guten, hilfsbereiten Menschen zu mimen.

»Wenn ich den ganzen Namen und vielleicht ein Foto von Einos Mutter bekäme, dann würde ich versuchen rauszukriegen, was mit ihr ist«, schlägt er, für sich selbst überraschend, vor.

»Es gibt wohl kaum viel Gutes von ihr zu berichten«, vermutet Frans Rapola. »Ich meine, jedenfalls nichts, was man den Kindern erzählen könnte.«

»Nun halt schon den Mund«, bittet die Hausfrau, ein Kreischen der Verzweiflung in der Stimme.

»Tatsachen, Frau, Tatsachen.«

»Vielleicht könnte ich mit dem Hausherrn unter vier Augen sprechen«, sagt Aaro.

Der nickt. Die Kinder gehorchen wortlos dem stummen Befehl. Hinter ihnen schließt sich die Tür.

»Haus und Kind scheinen das Weib nicht mehr zu verlocken«, sagt der Mann. »Wir haben alle möglichen Geschichten gehört, aber die mag ich gar nicht wiederholen. Sie haben angedroht, auch Eino abzuholen. Auf eine Art eine gute Sache, da nun mal –«

»Und wohin wollen sie ihn bringen?«

»Es heißt, sie bauen solche Anstalten. Um diesen Essern die Sitten der Roten abzugewöhnen. Ich hatte gedacht, dass Sie deshalb fragen. Obwohl ich mich schon gewundert habe, dass sie einen richtigen Herrn Jäger damit beauftragen.«

»Davon weiß ich nichts.«

»Ahaa. Ist auch die Geschichte erlogen?«

»Eigentlich habe ich nichts … Wie gesagt, eine Gefangene aus dem Sammelzentrum Ruukkijoki hat mich gebeten, hier vorbeizuschauen und …«

Aaro weiß nicht, was er noch weiter sagen soll. Seine Erklärungen müssen wie das Gestammel eines Verrückten klingen.

Frans Rapola hat seine Aufmerksamkeit auf den Fußboden gerichtet. Auf die Spuren, die die verdreckten Soldatenstiefel hinterlassen haben. Mit welchem Recht wagt dieses wettergegerbte Zerrbild eines Jägers, der in Sachen eines roten Häftlings – noch dazu einer Frau – unterwegs ist, hierher zu kommen und seine Schwelle zu beschmutzen?

»Vielleicht könnte ich doch noch den Namen der Mutter erfahren?«

»Sie hat sich Rapola genannt, die Martta«, sagt der Hausherr. »Ich habe ihren richtigen Namen niemals gehört. Aber sie war mit unserem Oskar nicht verheiratet. Angeblich lässt sich das Amen des Pfarrers nicht mit dem Sozialismus vereinbaren.«

Der Hausherr fasst nach der zersprungenen Klinke der Haustür. Aaro tritt hinaus. Der Hund fängt an zu bellen.

»Auf Wiedersehen«, sagt Aaro. »Und schönen Dank.«

»Leben Sie wohl. Und wenn Sie diese Person treffen, dann sagen Sie ihr …«

Seine Stimme wird zögerlich. »Falls sie doch noch beschließt zurückzukehren, dann erwartet sie hier …«

Eine Uhr beginnt irgendwo im Haus zu schlagen. Der Mann verstummt für einen Augenblick.

Aaro steht da, demütig wie ein Laufbursche.

»Richten Sie ihr aus«, sagt der Alte, »dass, wenn sie sich nicht entblödet, hier noch einmal aufzutauchen, Frans Rapola persönlich ihr ins Gesicht spucken wird.«

Frans weckt Eino freundlich, fast zärtlich. Er streichelt ihm das blonde, im Nacken verschwitzte Haar, nimmt die dralle Hand des Kindes vom Kissen auf und schließt sie in seine. Dieser Vorgang hat eine um Verzeihung bittende Nuance, so als würde er das Kind tausendmal lieber im Bett bleiben lassen, wo es sich an seinen Onkel, den nahezu gleichaltrigen Samuel, geschmiegt hat.

»Die Mutter beklagt, dass man heutzutage niemals irgendwo hinkommt«, plaudert Frans in bedauerndem Ton. »So wie zum Beispiel auch nicht zu Oskars Beerdigung. Sie war gekränkt, weil die ihr nicht erlaubt haben, für den Jungen eine Abschiedsfeier zu machen. So empfindsam, wie sie ist, unsere Mutter. Sie meint, man sollte seinen toten Helden feiern dürfen so wie die feineren Familien. Ich finde, das müssen wir nachholen. Zieh dich warm an, und Samuel auch, es ist heute recht frisch ...«

Die Jungen stellen keine Fragen. Risto ist schon wach. Saara-Maria, Mutti, zieht der kleinen Vieno nervös ihren Stadtmantel an. Sie selbst trägt ihr geblümtes Alltagskleid und einen Wollmantel.

»Na, was ist das denn wieder für ein famoser Einfall«, murmelt sie, aber gehorcht trotzdem.

Gelassen führt Frans seine Schar hinaus, lotst die vier Kinder und seine Frau den vom Mond beschienenen Pfad entlang und warnt sie vor überraschenden Vertiefungen und Gestrüpp.

Bei der Pforte dreht er sich um und mustert sie leicht unzufrieden.

»Was wird denn hier die Nase gerümpft. Dies hier, Kinder, ist verdammt lustig, die ganze Familie macht einen Ausflug. Seht mal, Mutti hat auch Proviant mit. Freilich hab ich den gemacht. Samuel, nimm du den Korb, Mutti hat an Vieno genug zu schleppen.«

Er selbst hat einen Spaten, er trägt ihn locker über der Schulter, so als sei er unterwegs zu seiner Tagesarbeit.

»Man muss doch etwas für ein Picknick dabeihaben«, sagt Frans heiter. »Sonst ist es doch kein Fest.«

Welch unwirklicher, aber freundlicher Anblick, die Familie auf nächtlichem Abenteuer, eine tröpfelnde Sommerahnung in der kühlen Luft. Der Boden ist schon aufgetaut. Über der Wiese liegt Dunst. Der Duft von Erde und knospenden Bäumen mischt sich mit dem Geruch von Fischabfällen, Tang und Meer, der vom Strand herüberweht. Und obwohl der Horizont noch dunkel ist, so ist er doch selbst in seiner Dunkelheit durchscheinend und bereitet den Morgen vor. Bald würden die ersten Ruderschläge zu hören sein, wenn die Boote sich vom Ufer entfernen.

Aber jetzt noch nicht. Gerade hat der Leiter der Expedition seine Leute am Rand der Wiese Halt machen lassen.

»Abteilung halt! Rührt euch! Korb öffnen! Essen!«

Ungläubig fixieren die Kinder die Brote, Heringe, Eier und Kartoffeln. All das liegt wild durcheinander im Korb. Eino sieht Samuel fragend an, der verstohlen den Kopf schüttelt.

»Wieso musste das nun so liederlich da hineingeworfen werden?«, fragt die Mutter. »Hättest du mich doch geweckt, dann hätte ich ... Was werden wir morgen essen? Und übermorgen?«

»Frauen finden anscheinend immer einen Grund zum Jammern. Unsereiner ist nur gut genug um zu schuften, dass das Hemd nass und der Arsch schorfig wird. Aber wenn man versucht, etwas Besonderes zu veranstalten – geht gleich das endlose Genörgel los.«

»In letzter Zeit wird dein Hemd von verkleckertem Schnaps nass. Aber essen wir, damit wir zurückgehen und uns hinlegen können.«

»Genau. Ihr schlagt euch den Bauch voll. Schlagt ihn euch so voll, dass die Därme platzen!«, kommandiert Frans. Er bricht in Gelächter aus, entzückt von der Ungläubigkeit der Kinder und von seiner eigenen Freigiebigkeit. »Langt zu, langt zu, heute Nacht sollt ihr nicht jammern, dass ihr hungrig seid!«

Und so essen sie. Wo der alte Frans es nun einmal befiehlt. Von dem Proviant bleibt etwas an den Händen kleben, fällt auf die Kleider, bleibt an den Wangen der Kleinen haften. Es ist eine große Ferkelei, aber es schmeckt trotzdem.

Frans selbst isst nicht. Er schlägt seinen Spaten in den Boden und gräbt wie besessen.

Eino sieht Saara-Maria an, die still dasitzt. Er schluckt sein Brot runter und setzt sich neben sie.

Frans hört mit dem Graben etwa in dem Moment auf, da der Korb leer ist. In seiner Haltung hat sich eine Wandlung vollzogen. Er ist nicht mehr derselbe freundliche Mann, der Kind und Kegel zu diesem Ausflug mitgenommen hat. Nein, dieser Mann, der Chef, führt Krieg, einen tollkühnen Krieg gegen einen nichts ahnenden, aber übermächtigen Feind. Den Krieg des Menschen gegen unsichtbare Bestien. Den letzten Krieg eines nur mit einem Spaten ausgerüsteten, verzweifelten Kämpfers.

»Eino kann weitermachen. Das erfordert ja keinen Verstand, nur Kraft. Und etwas Rührigkeit. Ich hoffe, das ist von dem jungen Herrn nicht zu viel verlangt. Oder?«

»Nein«, erwidert Eino.

»Was nein?«

»Nein, Opa.«

»Was bin ich denn für dich für ein Opa?«

Eino schweigt. Er weiß nicht, was er sagen soll.

»Bin ich dein Opa, du Bastard?«

»Ja, das sind Sie.«

»Sehe ich etwa aus wie dein Opa?«

Schweigen.

»Woran mag es dann liegen, dass du eher wie ein verdammter Zigeuner aussiehst als wie Frans oder Oskar Rapola?«

Frans lacht schaurig. Er holt eine Flasche hervor und nimmt einen Schluck.

»Ich geb dir einen kleinen Tipp. Einen ganz kleinen nur. Könnte dieser Umstand, also dass meine Wenigkeit ein Balg ernährt, mit dem ich nicht mal verwandt bin, vielleicht daran liegen, dass das Interesse deiner Mutter an Männern – wie soll ich es ausdrücken – äußerst umfassend war?«

Eino steht schweigend da. Mit gesenktem Kopf. Er versteht, dass der alte Frans von ihm eine Art Bekenntnis erwartet.

»Ach Scheiß, so ein Versager. Na, hast du eine Idee, wozu dieser Spaten zu gebrauchen ist, häh?«

»Darf ich schaufeln?«, fragt Samuel.

»Das darfst du garantiert nicht«, schnauzt Frans ihn an. »Ich möchte sehen, ob in dem Jungen auch nur eine Spur von einem Mann steckt. Seine Mutter ist, was sie ist, und da –«

»Hör jetzt auf, Frans«, verlangt Saara-Maria streng.

»Ich erzähle nur ein paar gesicherte Wahrheiten über diese Frau.«

»Die hast du nun schon zur Genüge wiedergekäut. Jedes Mal dieselben Geschichten, wenn du bei Einari Koski warst. Eino, mein Junge, glaub ihm kein Wort!«

Eino schüttelt den Kopf. Probehalber sticht er den Spaten in die Erde. Es entsteht eine kleine Spalte. Er sticht noch einmal.

»Setz den Fuß drauf«, flüstert sein Onkel und Altersgenosse Samuel ihm zu.

»Ich verstehe diese Possen nicht«, sagt Saara-Maria. »Die Kinder sollen mitten in der Nacht eine Grube graben. Und du könntest dir vorher überlegen, was ich morgen in den Ofen schieben soll.«

»Du könntest zum Beispiel deinen Kopf reinschieben«, sagt Frans und bricht in prustendes Gelächter aus.

Grenzenlos begeistert von seiner komischen Idee sitzt der Mann auf seinem Stein und lacht schallend. »Genau, deinen Kopf kannst du da reinstecken!«

»Trink jetzt deinen Schnaps aus«, seufzt die Mutter. »Damit wir ihn los sind.«

Frans nimmt einen Schluck und konzentriert sich darauf, Eino anzustieren, der sich redlich müht. »Verdammt noch mal, etwas mehr Schwung, Junge! Wir können uns doch hier nicht die ganze Nacht wegen eines einzigen Grabes um die Ohren schlagen!«

»Wegen eines Grabes? Was hast du eigentlich vor?«, fragt Saara-Maria.

»Na was wohl«, versetzt der Mann. »Du solltest mir wenigstens einmal ein bisschen dankbar sein, Frau. Manch einer würde so eine Bande im Sumpf begraben. Ich dagegen hab für euch ein Stück beste Wiese vorgesehen ...«

»Jetzt gehen wir aber nach Hause«, sagt Saara-Maria und ergreift den Spaten, den Eino festhält. Frans schubst sie beiseite.

»Die Frauen«, sagt er. »Keine Spur von Dankbarkeit. Keine Haltung. Der eine tut alles, was in seiner Macht steht, damit die Brut wenigstens einen ordentlichen Abgang kriegt, wo selbst aus diesem kümmerlichen Leben nichts werden will, aber die Alte kann nichts als zetern, verdammt. Du hast diesen unnützen Esser insgeheim bemuttert, obwohl seinetwegen für uns die Türen der Läden und der Apotheke verschlossen bleiben. Jäger und sonstige Schlächter rütteln an unserer Haustür, dass selbst die Tiere nervös werden. Ich hab nicht mehr die Kraft, euch noch länger gewaltsam hinter mir herzuzerren. Und darauf zu warten, wann sie auch mich umbringen. Das muss doch allmählich in eure dummen Schädel reingehen ...«

Eino hat aufgehört zu graben. Er versucht, sich der Mutti zu nähern. Aber Frans tritt dazwischen.

»Grab, Junge, grab! Ein Mann jammert nicht bei jeder Gelegenheit. Dein Vater Oskar Fridolf Rapola hat garantiert nicht gejammert, als der Befehl kam. Aber – zum Teufel, hast du dir etwa in die Hosen gemacht?«

»Hör auf, Frans!«

»Im Gegenteil! Ich hab gerade erst angefangen. Da wir hier keinen Pfarrer haben, kann ich wohl als Vater bei dieser Gelegenheit ein paar Worte sagen: Ich habe vorhin meinen Sohn Oskar erwähnt. Er starb in der Blüte seiner Mannesjahre, wie es so schön heißt. Die Frage lautet: Warum? Ich möchte mal behaupten, wenn ich jetzt überhaupt eine Meinung zum Tod meines Ältesten haben darf, dann lag sein früher, ohne Begräbniszeremoniell erfolgter Hingang daran, dass sein Beitrag zum Aufbau eines selbstständigen Finnlands schon mehrere Monate lang unzulässig gering war. Oder nicht unbedingt gering, aber aus Sicht der Staatsführung geradezu für den Arsch. Mein Sohn Oskar bildete sich ein, ein großer Sozialist zu sein. Aber, Jungs, ich sag es geradeheraus, dass er mit seiner Revolution so richtig Schiffbruch erlitten hat. Und das kam so nur wegen einer einzigen Sache. Das ist die, von der alle Dummheiten der Männer ihren Anfang nehmen. Ihr kennt doch die Antwort?«

Frans nimmt einen tüchtigen Schluck aus der Flasche. Die Kinder nicken gehorsam.

»Die Fotze.«

Frans macht eine Pause, um dieser Mitteilung den gehörigen Nachdruck zu verleihen.

»Merkt euch das. Euer Bruder, der so genannte Vater von Eino, ist einzig und allein wegen der Fotze umgekommen. Nun versteht mich aber nicht falsch: Die Jagd nach dem Schatzkästlein an sich ist verständlich. Bei einem jungen Mann verständlich und gesund und sogar wünschenswert, dass er das tut. Aber Oskar Rapola hat den Schatz einer gewissen Martta so heftig begehrt, dass er bereit war, sein ganzes männliches Urteilsvermögen über Bord zu werfen. Und was geschah? Anders als man es uns zu verstehen gibt, ist es doch nicht so selig, im Geiste arm zu sein. Jedenfalls nicht in Oskars Fall. Er ist tot. Und er wurde begraben. Aber nicht so, wie man einen Mann begräbt. Er wurde verscharrt wie ein Hund. Ohne Pfarrer. Ohne Trauerfeier. Ich möchte hinzufügen und füge auch hinzu: ohne dass er zur Vernunft gekommen wäre. Schluss. Aus. Und diese Hure hat sich davongemacht und ist spurlos verschwunden. Ohne sich um das eigene Kind zu kümmern. Diesen Versager, der nicht mal imstande ist, sich sein eigenes Grab zu graben. Von dem ich weiß, dass in ihm kein rapolasches Blut fließt, verdammt, und trotzdem hat er unsere ganze Truppe an den Rand des Hungertods getrieben. Also grab, verdammter Bengel, grab, damit dieses Elend bald ein Ende hat.«

»Soll er das Grab für uns graben?«, fragt Saara-Maria ungläubig.

»Du kannst ja bleiben, aber diese ewig in den Ecken bettelnden Blagen seh ich mir nicht länger an. Ich sag's, wie's ist ...«

Überraschend schnappt Samuel sich den Spaten von Eino, der sich mit seinen erdigen Händen das Gesicht beschmiert hat. Samuel gräbt nicht weiter, sondern hält den Spaten vor sich mit breitem Griff wie in der Schule den Gymnastikstab.

»Und was bildet dieser Schlaumeier sich ein, wenn ich fragen darf? Häh?«

Samuels Gesicht ist feuerrot geworden, er hat das Kinn

trotzig erhoben, den Mund zu einem festen Strich zusammengepresst.

Vieno klammert sich an der Mutti fest.

»Was hat Vater gesagt?«, fragt er. »Ist diese Grube für uns? Wozu ist da eine Grube für uns?«

»Gott im Himmel …«

»Vater begräbt uns nicht«, ruft Vieno mit ihrer hellen Kinderstimme.

Aus dem Schilf fliegt ein Schwarm Wildenten auf. Die Luft ist erfüllt von ihren erschreckten Schreien.

»Was hast du gesagt, Mädel?«

Vieno sieht ihn mit runden Augen an.

»Vater begräbt uns nicht«, wiederholt sie und zeigt mit ihrem kleinen Finger auf die durch die Luft fliegenden Vögel. Sie beginnt zu lachen, ihr schrilles, mit Tränen vermischtes Lachen wetteifert mit den Schreien der Enten. Und Frans bückt sich und schnappt sich das Mädchen auf den Arm. Er hebt Vieno mit ausgestreckten Armen hoch über seinen Kopf und wirbelt sie, auch selbst lachend, herum, bis er fast über eine Baumwurzel stolpert.

»Lass das Mädel runter! Sofort!«

Saara-Maria steht vor Frans und hält sich das Brotmesser an den Hals.

»Ich schneid mir die Kehle durch, wenn du sie nicht augenblicklich runtersetzt!«

Verblüfft bleibt Frans mit ausgestreckten Armen stehen.

»Was ist denn, Mutti …?«

Saara-Maria drückt sich die Schneide tiefer in den Hals, und ein kleiner, hellroter Blutstropfen tritt aus. Frans setzt das Mädchen ab.

»Was hast du denn, Mensch?«, fragt er. »Beruhige dich.«

Verstohlen sieht er nach den Kindern.

»Mutti ist müde. Jetzt seht ihr es auch, wie erschöpft Mutti ist. Weil sie sich so für euch abrackert. So eine Mutter hat niemand sonst, merkt euch das. Setz dich einen Augenblick, Liebste. Ruh dich ein bisschen aus.«

Saara-Maria schüttelt den Kopf, der immer so sorgfältig geschlungene Haarknoten löst sich hinter dem Ohr: »Ja, ich bin müde. Schrecklich müde. Aber nicht wegen der Kinder. Sondern deshalb, weil ich es mit dir nicht mehr aushalte. Du bist nicht richtig im Kopf. Du bist verrückt. Und das ertrage ich nicht mehr.«

Frans streckt die Hand nach dem Messer aus. Saara-Maria weicht zurück. Die Blutspur versickert in den Falten der Strickjacke.

»Gib es zu.«

»Was es?«

»Gib zu, dass du verrückt bist.«

»Liebste, meine liebe Frau ...«

»Nein, das will ich nicht hören.«

»Na, aber ...«

»Gibst du es zu?«

»Na gut. Na gut. Wenn es darum geht. Ich gebe es zu.«

»Was gibst du zu?«

»Ich gebe zu, dass ich verrückt bin.«

Saara-Maria betrachtet ihn wie durch dichten Nebel. Schließlich lässt sie das Messer sinken.

»Und jetzt alle Mann nach Hause.«

Frans nimmt Vieno bei der Hand.

»Vieno geht nicht mit, Vaters Liebling. Von euch Hornochsen die Einzige, die wenigstens ein bisschen Humor hat.«

Frans setzt sich schwer auf den Boden und hebt vergeblich die leere Flasche hoch. Enttäuscht schleudert er sie fort. Er hat Tränen in den Augen.

Eino betrachtet verblüfft den weinenden Mann. Er hat Opa noch nie weinen sehen, nicht, als die Nachricht von Oskars Tod kam, und nicht einmal dann, wenn der Schnaps alle war.

»Wir wollen doch Stern hier begraben«, sagt Frans, jetzt

schon laut heulend. »Aber mit was für Tricks gräbt man eine Grube in den hart gefrorenen Boden, die groß genug ist für ein Pferd? Stern ist vor Sehnsucht gestorben, verdammt. Pferde sind so. Das Warten auf Oskar war wohl zu viel für das Tier. Er kommt ja doch nicht wieder.«

Die Tränen rinnen Frans vom Gesicht über den Hals, an der Nase glänzt ihm ein Rotzfaden.

»Und bald ergeht es uns allen so. Einer nach dem andern wird ins Gras beißen, wo man uns einmal zu Aussätzigen gestempelt hat und wir nicht mal mehr essen dürfen. Sollen wir hier sitzen und darauf warten, häh? Oskar kommt nicht wieder, und wenn wir uns auf den Kopf stellen. So ist das, auf einen Toten zu warten.«

Er wischt sich mit dem Ärmel die Nase und mit den Handflächen die Augen.

»Schwer ist es auch für die Menschen, aber für die unschuldige Kreatur, die niemandem was zu Leide getan hat, muss es die Hölle sein.«

Saara-Maria löst Vienos Hand aus Frans' Faust und nimmt das Mädchen auf den Arm. Die Kinder folgen der Mutter, die sie im Laufschritt fortführt.

*»Jede Tierart hat zur Sicherung ihres Daseins Mittel,
die wirksam genug sind, um eine ausreichende Menge von
Individuen zu erhalten, die die Art fortpflanzen.
Diejenigen, die nicht stark und schnell genug sind,
können ihr Verderben vielleicht durch Schläue verhindern.
Die Arbeit des Wolfsjägers wird besonders dadurch erschwert,
dass das zu erbeutende Tier ein besseres Gehör
und einen um viele Male feineren Geruchssinn besitzt
als der Jäger.
Es genügt also nicht, dass der Jäger lernt, sich leise zu
bewegen. Er müsste es auch noch schaffen,
geruchlos zu werden.«*

Ruukkijoki, den 1.5.1918

Verehrter Herr Kapitän Broman,

ich schreibe Ihnen aus der Gefangenenkaserne Ruukkijoki, weil der Wachmann mir Papier gegeben und befohlen hat, meinen allerletzten Brief nach Hause oder an meinen Bräutigam zu schreiben. Ich glaube freilich nicht, dass dies mein letzter Brief sein wird. Die wollen mir nur Angst machen oder mich dazu bringen, dass ich einen Roten verrate, der sich irgendwo versteckt hält. Für alle Fälle will ich Ihnen aber doch schreiben, weil mich bedrückt, was vor meinem Weggang geschah.
Ich weiß, dass Sie sich das Schicksal unserer Soldaten sehr zu Herzen genommen haben, denn Sie waren immer freundlich zu ihnen, wenn sie zu uns ins Atelier kamen und Sie sie mit Gewehr, Bajonett und Fahne vor Ihren besten Hintergrundbildern posieren ließen. So wie vor der Landschaft mit dem Bach, wo die schöne Brücke ist und der Reisigzaun, und Sie haben ihnen auch erlaubt, die Blumensäule zu benutzen, obwohl Sie andererseits auch nicht viel zu sagen hatten, als die Roten die ganze Stadt erobert hatten. Aber als sie schließlich das ganze Atelier kurz und klein schlugen, wie Sie sagten,

und auch noch die Kameras zerstörten, da kamen mir auch die Tränen, wenn ich an unsere schönen Möbel dachte. Entschuldigen Sie, dass ich »unsere« sage, aber ich bin von so jungen Jahren an daran gewöhnt, dass ich daran denke wie an meine eigenen.

Sie haben mich natürlich für ein undankbares Flittchen gehalten, als ich mich ihnen anschloss und nicht auf Ihrer Seite blieb, obwohl Sie sich immer um mich gekümmert haben, seit ich als kleines Mädchen als Laufbursche für Sie arbeitete, und mir all Ihr Können beibrachten, was nicht wenig ist. Und Sie hatten Recht mit Ihrer Vorhersage, dass ich nichts als ein Floh war, der in den blutigen Strudeln der Revolution zerknackt werden würde. Aber später fiel mir wieder ein, wie ich einmal im Herbst auf den Holzmarkt ging, um mir den Flohzirkus aus London anzusehen. Wissen Sie noch? Der elegante Wagen aus Elfenbein, vor den sechs Pferde gespannt waren, und ein Kutscher in Livree saß auf dem Kutschbock mit einem kleinen Hund zwischen den Beinen. Auf einem der Pferderücken ritt ein Postillon. Im Wagen saßen vier Reisende. Hinten noch zwei Lakaien, und diese ganze Herrlichkeit wurde von einem einzigen Floh in Bewegung gesetzt. Und der Mann erzählte, dass der Floh selbst Simson in den Schatten stellt, der doch immerhin den ganzen Dagon-Tempel auf sich und seine Feinde herabstürzen ließ. Ein Floh kann mühelos eine Last transportieren, die achtzigmal schwerer ist als er selbst und zweihundertmal weiter springen, als er selbst lang ist. Um eine ähnliche Leistung zu vollbringen, hätte Simson einen Satz von 1200 Fuß machen müssen, und ein Panter, das schnellste Säugetier der Welt, müsste einen ganzen Kilometer weit springen.

Ich weiß, dass Sie mein Bestes wollten, denn jetzt wirke ich wahrscheinlich nur wie ein dummer Floh, der zusam-

men mit anderen Flöhen versucht hat, etwas zu Großes durch Rütteln daran zu zerstören, und sich doch nur das eigene Grab gegraben hat.
Ich habe Ihnen viel zu verdanken, so wie auch die Tatsache, dass Sie mir kein böses Wort sagten, obwohl ich ohne Ihr Wissen geheiratet habe, und ich werde auch nie vergessen, wie nach vier Jahren die Scheidung kam, weil wir keine Kinder bekamen, obwohl mein Mann so unglaublich kinderlieb war. Damals, als ich immer so niedergeschlagen war, da schenkten Sie mir das Bordürenhemd und das braune Trägerkleid Ihrer Frau, machten das Foto und sagten, sieh mal, du bist doch eine richtige Schönheit, eines Tag bekommst du noch einen viel besseren Mann. Und dann sagten Sie noch, das Bild solle in die Glasvitrine im Café Lehtinen unter Ihren anderen Meisterwerken ausgestellt werden, sodass alle sehen können, was für ein hübsches Mädchen ich selbst dann bin, wenn ich traurig aussehe. Ach, Sie haben mich so oft zum Lachen gebracht, wenn ich schon dachte, ich würde nie mehr lächeln, geschweige denn laut lachen.
Nicht alle können Kinder bekommen, sagten Sie, so hat der Schöpfer es eingerichtet, und vielleicht ist es gut so, denn es gibt keinen größeren Kummer als den Tod eines Kindes, außer natürlich, wenn ein kleines Kind Waise wird. Ich habe sehr gut verstanden, dass es für Sie das Schlimmste war, tote kleine Kinder zu fotografieren so wie die dreijährige Greta der Janssons, die am Keuchhusten erstickt war. Sie fanden es furchtbar, als man sie in ihren besten Kleidern auf einen Stuhl setzte und die Beine schlaff und seltsam herunterhingen, egal, wie man sie zurechtschob, und viele Male sagten Sie, es sei gut, dass die Leute allmählich auf diesen Brauch verzichten, was solle man diese armen Kleinen noch im Tode plagen, sie sollten doch im Frieden des Herrn ruhen. Ich sagte

nichts, hörte aber auf, an Gott zu glauben, als aus mir eine Klassenkämpferin wurde, und sogar schon etwas früher.
Trauer gibt es auch auf Seiten der Roten. Auch hier gibt es viele Kinder, deren Väter und Mütter mit mir hinter Stacheldraht sitzen, und die Kinder stehen immer wieder hungrig vor dem Tor und betteln um etwas zu essen. Der eine kleine Junge hatte die Idee zu sagen, helft mir, liebe Leute, ich bin keine rote Waise, sondern das Kind eines echten Schlächters.
Mir wird allmählich die Hand müde, aber ich möchte Ihnen noch von meinen guten Erinnerungen erzählen, obwohl ich im Schreiben nicht gerade eine Meisterin bin, aber letztlich habe ich niemanden sonst, den es auch nur im Geringsten interessiert, was mit mir geschieht, und vielleicht interessiert es auch Sie nicht, weil ich Ihr Vertrauen missbraucht habe. Aber wenn Sie wüssten, wie es später vielen der jungen Männer ergangen ist, die mit ihrem Gewehr in unserem Atelier posiert haben, als Ihre Leute sie erwischten, dann wären Sie ihnen nicht mehr so böse, auch wenn sie Ihnen so viel Schaden zugefügt haben. Von mir selbst möchte ich nichts weiter erzählen, falls der Brief in falsche Hände gerät, und meine Sorgen interessieren Sie sicherlich nicht, da Sie genug an Ihren eigenen haben. Manchmal fallen mir auch Dinge ein, die nicht so gut sind, aber darüber zu reden hat keinen Sinn, denn sie alle sind Teil meines früheren Lebens, das für mich vorbei ist.
Dieser Ort hier ist schön, auch wenn es sich um eine ehemalige Irrenanstalt handelt. Deshalb ist er von hohen Steinmauern umgeben, und die Fenster waren schon vergittert, sodass man uns leicht überwachen kann. Gestern kam ein neugieriges Eichhörnchen fast zu meinem Fenster herein, es ist sicherlich daran gewöhnt, von den Irren

gefüttert zu werden, aber ich kann ihm nichts geben, denn ich habe selber nicht genug. Mich hat ein Richter namens Emil Hallenberg verhört. Er ist ein berühmter Schriftsteller, obwohl ich bisher noch nichts von ihm gehört hatte. Sie kennen ihn bestimmt, aber ich will damit nicht sagen, dass Sie etwas für mich tun sollen.
Versuchen Sie nur nicht, mir irgendwie zu helfen, damit Sie meinetwegen keine Schwierigkeiten bekommen. Ich gebe diesen Brief nicht dem Richter, sondern versuche, ihn Ihnen irgendwie anders zukommen zu lassen, damit niemand Ihren Namen mit meinem in Verbindung bringt. Hoffentlich können Sie meine Handschrift lesen, die Namen jedenfalls sind richtig geschrieben, denn das nehme ich genau, so wie Sie es mir beigebracht haben. Ich werde mich mein Leben lang daran erinnern, wie ich den Namen von Fräulein Nora Dahlström falsch auf ihre Fotos geschrieben hatte, da wurden Sie ganz rot im Gesicht und sagten zu mir, jetzt hör mir mal gut zu, du Fratz, weißt du denn nicht, dass der eigene Name das liebste Wort ist, das der Mensch in seinem Leben lernt, und der einzige Besitz, den man ihm auch im Tod nicht nehmen oder kaputtmachen darf? Ein Kunde nimmt nichts so übel, wie wenn man seinen Namen verhunzt. Das war das erste Mal, dass ich von Ihnen solche Worte hörte, und daran erkannte ich, wie furchtbar enttäuscht Sie damals von mir waren, und damals beschloss ich, dass ich Ihnen nie wieder Anlass geben würde, sich wegen eines falsch geschriebenen Namens zu beschweren. Und an dem Tag, wo Sie mir erlaubten, meine Fotos zu signieren, begriff ich, wie Recht Sie hatten.
Dann möchte ich Ihnen noch gestehen, dass, als ich erst etwas über zwei Jahre bei Ihnen war, ich einmal hörte, wie Sie zu Professor Helenius sagten, als er sich wunderte, warum Sie mir erlaubt hatten, die Fotos bei dem Gar-

tenfest zu machen, ich sei Ihrer Meinung nach ein Wunderkind mit einem natürlichen Empfinden für den Goldenen Schnitt. Ich habe mich schrecklich darüber gefreut, das war der schönste Moment meines Lebens, aber jetzt verrate ich Ihnen, dass das nichts Besonderes war. Ich hatte mir einfach nur Ihre Bilder beim Entwickeln genau angesehen und mir gemerkt, wie Sie die Leute und die Kamera angeordnet hatten, und genau zugehört, was Sie sagten. Das heißt, das ganze Verdienst gebührt Ihnen, letztlich war ich ein ganz gewöhnliches Mädchen und hatte lediglich das Glück, Ihre Schülerin sein zu dürfen.

Obwohl ich also nicht glaube, dass ich jetzt am Ende meines Lebens sein soll, wäre ich schon längst gestorben, wenn das mein Schicksal hätte sein sollen, und ich wollte doch sagen, dass ich trotz allem, was geschehen ist, Ihnen bis an mein Ende für Ihre Freundlichkeit dankbar sein werde und dass Sie von dem Augenblick an, wo ich Sie zum ersten Mal sah, der feinste und beste Mann waren, dem ich in meinem Leben je begegnet bin, und dass ich Sie nie vergessen werde.

So viel für heute, es leben Gleichberechtigung und Brüderlichkeit.

Hoffentlich plagt die Gicht Sie nicht allzu sehr.

Hochachtungsvoll
M.M.

Auf den restlichen Blättern zeichnet Miina. Zuerst denkt sie an ein Haus und an eine Katze. Die beiden einzigen Dinge, die ihr mit Sicherheit gelingen. Vor allem die Katze, wenn sie sie von hinten malt. Ein großer Kreis und ein kleiner, Dreiecke zu beiden Seiten des kleinen Kreises, ein S als Schwanz. Wenn sie etwas anderes probiert, dann misslingt es.

Der Lehrer in der Schule zeigte ihre Zeichnungen der Klasse als ein witziges Beispiel dafür, wie man auch eine einfache Aufgabe vollkommen vergeigen kann. So lernte sie es, sich an Haus und Katze zu halten.

Aber heute ist sie trotzig gestimmt und lässt den Stift seine eigenen Wege gehen. Die Papiere füllen sich mit Schnörkeln und Blattwerk. Wie unbekannte Unterwasserpflanzen.

Und auch noch Fische, dicke, ovale, dreiäugige.

Wie mag ein Wal aussehen?

Von gedrungenem Körperbau, mit langem Maul, kleinen Augen, und um das Maul einen leicht trübsinnigen Ausdruck. Die Ränder des Schwanzes länger als der Mittelteil. Die Brustflossen wirken wie schlapp herabhängende Schweineohren, aber das macht nichts. Die größten Probleme hat sie mit dem Bauch. Der Wal ist ja ein Säugetier. Heißt das, er hat ein pralles Euter oder schamhaft in den Bauchfalten verborgene Zitzen?

Während sie über die Alternativen nachdenkt, konzentriert

sie sich darauf, den Körper mit kleinen Mustern, daran festsitzenden Parasiten, zu bemalen, die freilich, um der Wahrheit die Ehre zu geben, eher wie die Tätowierung eines Kriegers der Ureinwohner wirken …

»Wie gefällt Ihnen das, Herr Martikainen?«, fragt sie Konsta, als dieser ihr Wasser für die abendliche Wäsche bringt.

»Sehr gut«, versichert der. Er rührt wie immer das Wasser mit seinen knotigen Fingern um und lächelt ein scheues, komplizenhaftes Lächeln.

Das Wasser soll direkt aus dem Brunnen genommen werden, aber durch irgendeinen Trick schafft es Konsta, heißes Wasser darunter zu mischen.

»Sie verwöhnen mich«, sagt Miina.

Von dem Lob errötet Konsta und weiß nicht, wie er sich verhalten soll.

Miina tritt zu ihm und steckt rasch den Brief für Kapitän Broman in seine Kameratasche.

»Eigentlich dürfte ich Sie nicht darum bitten, aber wenn Sie das nächste Mal zur Post gehen, könnten Sie mir dann diesmal noch helfen?«

Sie sieht den Mann mit ihrem flehendsten Kleinmädchenblick an.

Konsta streicht sich erschreckt über die Hemdbrust, aber nickt trotzdem.

»Sie sind doch vorsichtig?«, sagt Miina. »Damit Sie meinetwegen keinen Ärger kriegen.«

»Nein, Fräulein Malin, keinen Ärger für den Unterzeichneten.«

»Wenn ich hier rauskomme, werde ich Sie für all das entschädigen.«

Miina legt ihm die Hand auf den Arm, aber das ist zu viel für Konsta. Er zieht sich so heftig zurück, dass er fast den Eimer umgestoßen hätte, den er mitgebracht hat.

Die Tür knallt zu. Miina beobachtet durchs Fenster Konstas gebückte Flucht: Habe ich ihn erregt, ist es das?

Sie stellt den Eimer auf den Tisch, knöpft sich das Kleid auf, entblößt den Oberkörper. Sie bekommt eine Gänsehaut. Im Zimmer gibt es einen Kachelofen, aber kein Brennholz. Sie nimmt das Seifenstück und ein wenig Wasser in die Hand. Schäumt sich die Hände ein. Der vertraute Hügel des Bauches hat sich in eine Grube verwandelt. Die Knochen treten jetzt deutlich zu beiden Seiten der Hüfte hervor. Ihre Haut ist immer noch glatt, das ist seltsam, zumindest fühlt sie sich unter der rauen Hand weich an.

Ob sie noch Männer in Erregung versetzen kann? Dieser Körper, der so stürmisch ist. Möchte ich immer noch, dass es so kommt?

Nein, daran soll sie nicht denken.

Sie muss sich sorgfältig waschen, ihren Körper pflegen, der ebenso gut einem anderen Menschen gehören könnte. Der ihr plötzlich so fremd ist.

Die Hand verhält. Es war kein Geräusch zu hören, aber Miina weiß, dass auf der anderen Seite jemand ist. Dass sie gerade beobachtet wird.

Der Richter?

Sie muss sich weiter waschen. So, als ob nichts wäre. Die Zähne zusammenbeißen und an etwas anderes denken. Sie schließt die Augen. Befindet sich an einem Seeufer. Das Wasser wie klares Glas. Die Steine am Grund und die zarten Gräser sind deutlich zu sehen. Sie schwimmt. Beruhigend braust die Unterwasserwelt, während sie vorwärts gleitet …

Gepolter an der Tür, ein Schlüsselbund klappert. Miina zieht sich eilig das Kleid über. Der Wachmann.

»Fertig?«

»Ich habe mich schon gewaschen.«

So als wüsstest du das nicht.

»Nein, ich meine den Brief.«

Der Wachmann geht zum Tisch, runzelt die Brauen.

»Was sind das jetzt wieder für Faxen.«

Die Stimme bemüht sich um einen barschen Ton, hat damit aber nicht so recht Erfolg.

»Das Schreiben gehört wohl nicht zu meinen Stärken«, sagt Miina. »Und ich habe niemanden, dem ich schreiben könnte. Ich hatte nur Lust, etwas zu zeichnen …«

Der Wachmann schielt nach dem nassen Fleck, der vorn auf dem Kleid erschienen ist.

»Hier fehlen ein paar Bögen«, sagt er.

Miina lächelt verlegen.

»Die sind so völlig misslungen. Ich habe sie in den Toiletteneimer getan.«

Der Wachmann wirft einen Blick in die Ecke, wo der Eimer steht, und sieht auf der Oberfläche schwimmende Papierstückchen. Er lässt die Zeichnungen auf den Tisch zurückfallen und lächelt mit einem Mundwinkel.

»Und das hier sind die gelungenen?«

Der Mann, fast noch ein Junge, hütet sich, Miina in die Augen zu sehen.

Er schämt sich, mag aber auch nicht recht fortgehen.

»Ich schreibe auch nicht gern«, bekennt er. »Obwohl ich weiß, dass die sich verdammt viel Sorgen machen, da zu Hause.«

»Das tun sie bestimmt.«

»Aber was soll ich ihnen denn schreiben? Solche Sachen mag man doch niemandem …«

Die Stimme versagt ihm.

»Ich würde ja schon nach Hause gehen, wenn sie mich entlassen würden«, sagt er und wirft den letzten sehnsüchtigen Blick nach dem nassen Fleck auf Miinas Brust. »Das hier ist auch für uns kein Zuckerschlecken.«

Miinas Stimme ist voller Mitgefühl.

»Ganz bestimmt nicht.«

Der Soldat fährt sich durch die Haare, einen Bürstenschnitt.

»Das kannst du mir wirklich glauben.«

»Ich glaube dir.«

Der Mann entfernt sich seufzend und setzt verstimmt seinen Rundgang zu den anderen Türen fort.

Miina skizziert einen neuen Wal.

Gestern war er nicht da. Bestimmt kommt er auch heute nicht.

Miina zeichnet einen Wal, der sich vom Ufer entfernt und in immer tiefere Gewässer schwimmt. In die stillen Säle des Meeres, bis zu denen Sturm und Gezeiten nicht hinabreichen. Dort strecken riesige Pflanzen ihre schwankenden Stängel aus, und augenlose Seeungeheuer torkeln als riesige Armeen durch den Schlamm. Und machen Jagd auf neue Wracks und Leichen …

Ist das Taktik, oder hat er endgültig das Interesse verloren?

Dieser Mann mit seinem Tweedjackett und seiner Pfeife, der den unerschütterlich Gerechten spielt. Der blaue Blick in professioneller Weise durchdringend. Seine Überlegenheit erreicht ihren Höhepunkt, wenn er die Gefangene ihre immer kleineren Rationen verschlingen sieht.

»Hungrig wie ein Wolf?«

»Nein, ich würde keine kleinen Kinder fressen.«

Die Schlagfertigkeit der gefangenen Nummer sechzehn hat keinerlei Einfluss auf ihre Manieren bei Tisch, die in diesen Tagen einiges zu wünschen übrig lassen.

»Auch die Wölfe tun das nicht. Den Menschen gegenüber sind sie scheu«, stellt Hallenberg emotionslos richtig.

Plötzlich ist Miina von diamanthartem Widerspruchsgeist erfüllt.

»Doch, sie tun es.«

Der Richter lacht.

»Das ist nur Angstmacherei, mit der man kleine Kinder gefügig macht. Wenn du nicht brav bist, kommt der Wolf und holt dich.«

»Im Gegenteil. Ich habe mit eigenen Augen einen Wolf gesehen, der in der näheren Umgebung von Turku zweiundzwanzig Kinder gefressen hat. Mit Kleidern und allem Drum und Dran. Von einem kleinen Mädchen blieb nichts übrig als die Ferse. Die Mutter fand sie. Garantiert kein schöner Anblick.«

Den Richter rührt der grausige Fund der Mutter nicht.

»Wie bist du denn an diesen Wolf geraten?«

»Reinberg, ein Fotograf aus Turku, hatte ihn von Igor Vornanen gekauft, der ihn erlegt hatte. Der Reinberg hat Tiere ausgestopft. Und den Wolf konnte man gegen Entgelt in seinem Atelier besichtigen. Als Hintergrund malte er eine schöne Waldlandschaft. Onkel Juha hat mich bei einer Stadtfahrt mitgenommen, damit ich ihn mir ansah. Ich war erst sechs, kann mich aber gut an jede Einzelheit erinnern. Es war in der Linnanstraße, in einem rot angestrichenen Gebäude rechts von der Pforte. Auf dem Schild des Wegweisers war ein Wolf mit einem Kind im Maul.«

»Woher weißt du, dass es ebendieses Tier war?«

»Vornanen kannte die Wölfe.«

»Soso.«

»Er ist mit seinen Söhnen extra aus Karelien angereist, um ihn zu erlegen. Die ortsansässigen Jäger hatten das nicht geschafft.«

»Na, sah er aus wie ein Menschenfresser?«

»Ja.«

»Hattest du Angst?«

»Das hatte ich wohl.«

Aber seine Augen wirkten traurig, denkt Miina. Vielleicht sahen daraus die verlorenen Seelen der unbegrabenen Kinder hervor? Der Onkel hatte ihr erklärt, dass die Augen aus Glas waren. Das, was sie für Trauer gehalten hatte, war nur die erstarrte Leere von geschmolzenen Silikaten gewesen.

Miina wirft den Stift auf den Boden und rollt sich auf dem Bett unter der Decke zusammen. Die Dämmerung ist tröstlicher als das Licht der Frühlingssonne. Jemand schreit hinter der Wand. Der Bauch tut ihr weh.

Vielleicht kommt Hallenberg nicht mehr? Hat es satt, eine Gefangene zu verhören, die nur Fragen zum Thema Tiere beantworten will. Wenn das Gespräch auf die jüngste Vergangenheit kommt, schließt die undankbare Allesfresserin den Mund und verstummt völlig.

Ich bekomme ihn nicht in den Griff, ich weiß nicht, was er will.

Vielleicht hat der Wachmann doch die Wahrheit gesagt, als er die Bemerkung fallen ließ, dass die Zeit gekommen sei. Dass geschieht, was geschehen muss. Letztendlich.

Heute?

Oder morgen früh?

Im Allgemeinen gehören die Hinrichtungen offenbar zu Hallenbergs morgendlichen Verrichtungen. Jeder hat seine Routinen, und der Richter wirkt wie ein Mann, der von seinen nicht gern abweicht.

Nein, es hat keinen Sinn, daran zu denken. Wichtig ist, tief und ruhig zu atmen. Nur nicht bange werden. Man muss an etwas Unschuldiges, Angenehmes denken, an damals, als alles eine kurze Zeit lang gut war:

Ich bin nicht hier. Dies ist nicht mein Körper, der steif vor Kälte hier auf dem Strohsack liegt. Ich bin fünfzehn Jahre alt und liege in meinem kleinen Zimmer im oberen Stockwerk des Ateliers in der Bettwäsche, die ich selbst mit meinen Initialen bestickt habe …

Sie duftete nach Lavendel. Selma hatte ein kleines Duftsäckchen genäht, für das sie etwas von der englischen Blumenmischung stibitzt hatte, als sie den Wäscheschrank der gnädigen Frau aufräumte. Von draußen hörte man die morgendlichen Geräusche von der Straße, das Knarren der Pferdewagen, das Grüßen der Kaufleute, die ihre Läden öffneten, das heitere Hupen der Signalhörner eines Autos. Selma war noch nicht erwacht, sie schlief, an Miina geschmiegt, den Daumen im Mund, die Stoffpuppe auf dem Kissen zwischen ihnen. Selma hatte sie mitgebracht, und Miina brachte es nicht übers Herz, ihr zu sagen, dass eine Elfjährige nicht mehr so kindisch sein dürfe. Selma war bei den Bromans erst so kurze Zeit, dass sie sich noch nicht an alles gewöhnt hatte so wie Miina. Natürlich hatte sie eine Scheu vor der gnädigen Frau, die in allem so anspruchsvoll war, aber dass Selma auch den Kapitän nicht mochte, das verstand Miina nicht.

Den Käpt'n.

So nannten ihn alle. Die Lehrlinge, die Retuschierer, sogar Axelsson, der mürrische Kopist, der sich einbildete, wichtiger zu sein als die anderen. Unser Käpt'n hier und unser Käpt'n da, sagten sie stolz, denn Kapitän Broman war wirklich ein vornehmer Mann und der beste Fotograf in der Stadt.

»Du bist in ihn verknallt«, warf Selma ihr, tödlich eifersüchtig, vor, als Miina ihn einmal aus Versehen lobte.

»Bin ich nicht.«
»Du hast ihn lieber als mich.«
»Du spinnst.«
»Der kotzt mich an«, sagte Selma, »der ist doch uralt.«
Ja, dem konnte man schlecht widersprechen, denn der Käpt'n war schon über dreißig, wirkte aber viel jünger.
Selma war ein undankbares Gör, aber trotzdem Miinas Lieblingsschwester. Miina hatte beim Käpt'n ein gutes Wort für sie eingelegt, als die gnädige Frau eine Magd und der Käpt'n ein neues Mädchen als Laufburschen brauchte, jetzt, wo Miina Fotografengehilfin geworden war. Und Selma hatte die Stirn, sich in das Elendsquartier zurückzusehnen, das sie immer noch eigensinnig ihr Zuhause nannte. Manchmal hatte Miina das satt, und sie schrie: »Dann scher dich doch zurück in den Scheißpalast und geh unseren verdammten goldigen Vater betuttern. Aber komm nicht und heul mir was vor, wenn der Monster-Gott ihm befiehlt, dich mit einem Scheiß-Kleiderbügel grün und blau zu schlagen …«

Miina fährt hoch.
Verdammte, elende Scheiße.
Das konnte ich doch nicht wissen.
Sie sinkt ins Bett zurück, schließt die Augen. Und Selma ist immer noch da, aber nicht mehr als kicherndes kleines Mädchen.
»Verräterin«, zischt Selma hinter ihren Gespensterhaaren.
»Wieso?«
Miina sieht nicht ihr Gesicht, sie will es nicht sehen, hört aber ihre Stimme:
»Ich hätte mir denken können, dass du dich mit dem Feind verbrüderst, sobald sich die Gelegenheit dazu bietet.«
»Hab ich doch gar nicht.«
»Du hast an den Käpt'n geschrieben! Und noch dazu einen so herzigen Kleinmädchenbrief!«

»Ich habe nur erzählt, wie die Dinge stehen.«

»Und jetzt wartest du händeringend, dass er angesprengt kommt und dich rettet.«

»Aber nein. Er hasst mich doch.«

»Er hasst dich nicht. Mit Tränen in den Augen liest er deinen Brief. So, wie es deine Absicht war: Die arme Kleine steckt wieder in der Klemme. Wenn ihn das nicht rührt, was dann?«

»Ich hab mich doch nur von ihm verabschiedet. Was nützt es denn noch, einen Groll zu hegen? Unter diesen Umständen?«

»Raffinierte Hure, mehr sag ich nicht.«

»Es kommt auch vor, dass man einem Schlächter zu danken hat. Zumal, wenn man mehr als zehn Jahre lang sein Brot gegessen hat.«

»Das Dümmste an der ganzen Geschichte ist, dass er deine Ergüsse wohl kaum zu sehen bekommen wird. Das Oberstübchen des Boten ist so baufällig, dass sonst was passieren kann.«

»Ich vertraue Konsta. Er hat die Schläue des Verrückten.«

»Wo ist dein Stolz geblieben?«

»Geh weg. Verschwinde. Ich habe dich gerächt. Und bald werde ich sterben. Genügt das nicht als Vergeltung?«

Selma lässt sich nicht kaufen. Sie ist ungerührt wie immer.

»Ich erinnere mich ganz genau an alles. Wie du mit seliger Miene aus der Dunkelkammer gewankt kamst. Der Höhepunkt deiner Tage. Wie der Käpt'n im Dunkeln nach deiner Hand tappte, die diese verdammt empfindlichen Glasplatten hielt. Ganz zu schweigen von damals, als er auf die Idee kam, dich als Modell zu verwenden. Wenn du wüsstest, was für ein unendlich blödes Grinsen dir im Gesicht stand, als er deine Haare zusammennahm und die Spangen hinterm Ohr und im Nacken befestigte – Jesses, dieses Gewusel und dieses misstönende Geträller hinter deinem Rücken, schau mal, Selma, sieht Miina nicht genau wie die Moskauer Fürstin aus, wie hieß sie doch gleich, dies wird wirklich ein Spitzenfoto …«

»Nun glaub doch endlich, dass ich nicht mit ihm geschlafen habe.«

»Jedenfalls kann man dir nicht vorwerfen, dass du es an Versuchen hättest fehlen lassen.«

»Man darf ihn doch umarmen. Ich mochte seine Umarmungen. So muss ein Mann einen umarmen. Stark wie ein Bär. Mehr war da nicht.«

»Ich erinnere mich genau. An das eine und andere. Wie daran, als du am Flussufer die Pirouettenläufer fotografiert hast. Ich weiß noch, wie der Käpt'n herbeigeeilt kam, um deine starren Finger zu wärmen, und lauthals verkündete, jetzt hat das Mädchen einen wärmenden Schluck verdient! Meine steif gefrorenen Pfoten waren ihm schnurz.«

»Du warst noch so jung. Dich konnte man nicht ins Restaurant führen.«

»Alt genug zum Betatschen.«

»Selma, hör auf …! Das war nicht seine Schuld. Er wusste das nicht. Ich hab es ja auch nicht gewusst. Du hättest –«

»Weil du es nicht wissen wolltest. Das waren ja feine Herren. Die so verdammt reizenden Freunde deines sauberen Käpt'n. So sah dein so genanntes Beschützen aus. Unsere kleine Selma war gut genug, bei den anmutigen Tableaus der Fotografischen Gesellschaft eine Amorette mit blankem Hinterteil abzugeben, aber es schickte sich nicht, sie in das verdammte feine Fischrestaurant mitzunehmen und einen Likör schlürfen zu lassen. Das kann ich mir nur allzu gut vorstellen, weißt du. Kerzenblaker und Segelschiffromantik. Muscheln, die genauso viel kosteten wie der Monatslohn der kleinen Selma. Lachsschnitzel mit Wermutsabayon. Dessert à la Grand Marnier … Ganz zu schweigen davon, dass, wenn man mit dem kleinen Fräulein zusammensaß, man eine teure Flasche Wein nach der anderen bestellen würde. Ich kann mir vorstellen, dass der Käpt'n noch mehr als du etwas Wärmendes brauchte; bei den misstrauischen Blicken all der puderärschigen Frauen musste ihm ja angst und bange werden.«

»So war das nicht.«

»Und die romantische Promenade an dem sternklaren Abend? Die Getränke waren dem Fräulein so sehr zu Kopf gestiegen, dass sie nicht ohne Stütze nach Hause kam. Beide ordentlich angesäuselt und dennoch nichts. Das muss dich doch gewurmt haben. Unnütz vertan, der gute Schnaps.«

»Das beweist doch nur, dass er ein anständiger Mann war.«

»Ja, ja. Ein edler Kapitalist. Er wollte das dumme Arbeitermädchen nicht ausbeuten. Damals warst du enttäuscht, aber ach, später voller Verständnis und Dankbarkeit für ihn.«

»Nun hör schon auf.«

»Auch diesen dummen Lümmel hast du nur geheiratet, um den Käpt'n zu ärgern.«

»Mit Sicherheit nicht. Und ich will nicht mehr an diese Dinge denken. Die sind doch eine Ewigkeit her. Ich bin so müde. Und das alles gehört in eine andere Welt.«

»Der du vorschlugst, sie solle dich am Arsch lecken.«

»Das habe ich getan. Sonst würde ich wohl jetzt nicht hier liegen.«

»Auch der Kapitän hat die Cherubbilder mit Vergnügen betrachtet.«

»Das kann sein, aber er hat garantiert nichts von jenen … anderen gewusst.«

»Bist du da sicher?«

»Natürlich.«

Selma lächelt, so aufreizend, wie nur sie es kann.

»Ganz sicher?«

Miina schreckt bei dem Klopfen zusammen. Etwas benommen setzt sie sich auf.

Geschieht es jetzt?

Erneutes Klopfen. Das muss der Richter sein. Niemand sonst käme auf die Idee anzuklopfen. Was wäre, wenn sie jetzt antwortete: Entschuldigung, aber im Moment passt es nicht. Aber kommen Sie doch in zwei Stunden noch mal auf die Sache zurück.

Miina streicht die Haare hinter die Ohren, zieht sich die Kleider zurecht, korrigiert ihre Haltung. Die Sonne scheint direkt ins Fenster.

»Herein«, sagt sie.

Konsta öffnet die Tür seines Zimmers, tritt ein, schließt und öffnet sie wieder – drei Mal, sein Sicherheitsritual. Ihm zittern die Hände. Schwer atmend reckt er sich über die Schwelle, ohne sie zu betreten, zieht den draußen steckenden Schlüssel aus dem Schloss und kehrt mit dem Rücken voran ins Zimmer zurück. Steckt den Schlüssel von innen in die Tür, sperrt zu.

Er kniet nieder, legt sich mühsam bäuchlings auf den Fußboden, sodass er die Kiste unter dem Bett wieder aus genau dem Winkel sieht, aus dem er sie sehen muss, um zu wissen.

Ihm steigen Tränen in die Augen. Oje. Es ist wahr. Seine schlimmste Befürchtung hat sich bewahrheitet.

Die Gespenster sind an seinem Versteck gewesen.

Daran besteht kein Zweifel. Die Schnäbel des Doppelkopfadlers, die direkt in die Richtung der achten Sprossen des Bettes weisen müssten, starren jetzt ängstlich irgendwie in die Gegend, der eine auf den Kachelofen, der andere nirgendwohin.

Oje.

Oje.

Oje.

Alles ist verloren. Alles!

Er versucht mit aller Kraft, sich zu beruhigen, und trocknet sich mit dem Ärmel die Augen. Aus dem Korridor sind platschende Geräusche zu hören. Frau Karppinen, die Wirtschafterin, wischt den Fußboden. Das ist ihr Stil: Sie wirft den Lappen hin, wischt auf allen vieren, die Röcke hochgeschlagen und in den Gürtel gesteckt, mit wabbelnden Schenkeln, wringt das Schmutzwasser aus, wirft wieder den Lappen.

Wenn nicht dieser empörende Raubzug der Gespenster stattgefunden hätte, würde Konsta die Tür öffnen, sich den Eimer schnappen und damit zum Brunnen laufen, um sauberes Wasser zu holen. Auch ohne zu fragen weiß er, dass Frau Karppinen wieder Rückenschmerzen hat, *das ewige Übel, dass der Mensch leiden muss, sommers wie winters!*

Obwohl Frau Karppinen selten lächelt, mag Konsta sie. Jeden Morgen, wenn sie zur Arbeit gekommen ist, putzt Konsta ihr Fahrrad, befreit es von den Schlammspritzern der Fahrt, wienert es blank und pumpt Luft in die undichten Reifen – ordentliches Flickzeug bekommt man jetzt einfach nirgends –, und wenn es auch nur ein bisschen bewölkt ist, bringt er das Rad zum Schutz vor dem Regen auf den Dachboden des Stalls.

Jetzt aber muss die Wirtschafterin ohne Hilfe zurechtkommen.

Er liegt steif an seinem Platz: Soll ich es wagen?

Ich muss.

Ich muss.

Ich muss.

Eins, zwei, drei, jetzt.

Zitternd streckt er die Hand nach der Truhe aus und zerrt sie hervor.

Da.

Von seiner eigenen Kühnheit erschreckt richtet er sich zum Sitzen auf und nimmt mit angehaltenem Atem den Deckel ab.

Oberflächlich betrachtet, wirkt alles unberührt.

Aber nein, Konsta lässt sich davon nicht täuschen. Die bodenlose Verschlagenheit der Gespenster ist ihm nur zu gut bekannt.

Er nimmt das Visitenkartenfoto heraus, das die Truhe bewacht. Ein breitschultriger Herr in dunklem Anzug lehnt sorglos an einer Blumensäule, über den Schuhen Gamaschen, in der Hand einen Spazierstock mit Elfenbeinknauf. Direktor Konstantin Martikainen. Ein Mann, der auf dem Weg zur Arbeit pfeift, seine Untergebenen mit einem freundlichen Kopfnicken grüßt und den hübschen Mädchen zuzwinkert. In der Mittagspause stolziert er durch den Park und füttert die Vögel mit seinen mitgebrachten Broten, von denen mindestens die Hälfte zu viel ist. Das wiederum kann er seiner Haushälterin, Frau Helenius, nicht sagen, die wäre dann auf ewig gekränkt. Aber das ist egal, es macht ihm Spaß, beim Lesen der Zeitung zwischendurch dem Streit der wilden und der zahmen Enten um die besten Brocken zuzusehen. Und um diese Tageszeit ist der Park ein beliebter Treffpunkt der jungen Kontoristinnen …

All dies liest Konsta mühelos von dem zuversichtlichen Blick des Mannes ab, der natürlich vor allem auf das junge Mädchen gerichtet ist, das, den strubbeligen Kopf über die Kamera gebeugt, genau in diesem Augenblick auf den Drahtauslöser drückt.

Konsta begrüßt Direktor Martikainen mit der Hand an der Stirn, erleichtert darüber, dass dieser verschont geblieben und den Gespenstern nicht in die Krallen gefallen ist.

Vorsichtig beginnt er, die in der Truhe verborgenen Kostbarkeiten auf dem Boden auszubreiten: Flaschenkorken, glatt gestrichene Bonbonpapiere, Knöpfe, einen Vogelfuß, eine Taschenuhr, Spielkarten, Fotos, Briefe, auf Pappe geklebte, getrocknete Blumen, Schlüssel, eine Fahrradhupe, eine Puderdose, einen kaputten Taschenspiegel, Hülsen, Wobbler ohne Haken, Schachteln von Zigarren und Pastillen und kleine farbige Flaschen. Er ordnet sie in klar abgegrenzten Gruppen am

Fußboden an, zählt alles und vergleicht die Zahlen mit denen in seinem Notizheft.

Grob überschlagen fehlt anscheinend nichts.

Dann kommen die Schachteln dran. Er öffnet eine nach der anderen, geht den Inhalt durch. Die Flaschen hält er gegen das Licht und prüft, ob die Flüssigkeitsmenge der auf der einzelnen Flasche jeweils zuletzt gezogenen Linie entspricht.

Von der Tür sind Geräusche zu vernehmen, Metall klingt, ein Schlüssel schiebt sich ins Schloss. Die Klinke wird bewegt.

Konsta rappelt sich mühsam auf, versteckt sich in der Ecke, hält sich die Augen zu.

Es hat das Silber seine Gänge, murmelt er, *und das Gold seinen Ort, wo man es läutert. Eisen bringt man aus der Erde, und aus dem Gestein schmilzt man Kupfer. Man macht der Finsternis ein Ende, und bis ins Letzte erforscht man das Gestein, das im Dunkel tief verborgen liegt …*

»Konsta?«

Er drückt die Augen noch fester zu, spürt eine Hand auf der Schulter und hört die ruhige Stimme des Arztes, der ihn auffordert, ihm alles Wort für Wort nachzusprechen:

Man wehrt dem Tröpfeln des Wassers und bringt, was verborgen ist, ans Licht. Wo will man aber die Weisheit finden? Und wo die Stätte der Einsicht? Niemand weiß, was sie wert ist, und sie wird nicht gefunden im Lande der Lebendigen. Die Tiefe spricht: »In mir ist sie nicht«, und das Meer spricht: »Bei mir ist sie auch nicht …«

»Konsta, mach sofort auf!«

Keine Gespenster. Sondern Frau Karppinens besorgte Stimme.

Konsta trippelt zur Tür, gehorcht demütig.

»Ach du Schreck!«

Der Ton verspricht nichts Gutes.

»Das ist doch! Mehr sag ich nicht. Du großer Schreck!«

»Alles in Ordnung«, beruhigt Konsta sie eilig. »Hier sind zwar Gespenster gewesen, aber sie haben nichts wirklich Wichtiges mitgenommen. Wasserwodawasserwoda?«

»Wasserwoda hilft da nicht. Das Zimmer sieht ja aus, als hätte der Weltuntergang hier gewütet, obwohl ich hier bei aller Eile und als halber Krüppel gerade jeden Winkel so sauber geschrubbt habe wie nur was.«

Konsta plinkert mit den Augen. Anscheinend kann Frau Karppinen die Lage nicht ganz richtig einschätzen.

»Aber es ist alles da. Nach einer ersten Überprüfung würde ich wirklich wagen zu behaupten, dass alles da ist ...«

Die Augen der Wirtschafterin bewölken sich drohend, die Tränen sitzen ihr locker.

»Ich will den Fensterlappen holen, ich hab ihn wohl hier auf dem Waschtisch vergessen, weil ich solche Herzschmerzen hatte, und so was da, um nicht zu sagen Dreck, hab ich aus allen Ecken geholt. Und kaum kehrt man dir den Rücken zu, schon häufst du wieder solches Gerümpel auf.«

Sie wischt sich mit dem Ärmel die Nase.

»Und jetzt packst du den ganzen Krempel wieder zurück in die Kiste, und zwar ein bisschen plötzlich. Oder ich schmeiß ihn auf der Stelle in den Müll. Ist das klar?«

Konsta nickt. Die Wirtschafterin hat ja diese Zwangsvorstellung, um es deutlich zu sagen, diesen Wahn, aber Konsta hat versucht, in dieser Hinsicht so diskret wie möglich zu sein. Die arme Frau bildet sich ein, eine Aufgabe von allerhöchster Stelle zu haben, vom Herrgott selbst. Deshalb meint sie, Konsta einen so hochmütigen Blick zuwerfen zu können, der sagt: Ich weiß sehr wohl, was hier vor sich geht. Ich weiß alles, weil ich der Bote Gottes bin und Er gerade mich in den heiligen Kampf gegen das Unreine geschickt hat. Ich kann ohne Essen und Schlafen auskommen, wenn ich versuche, alle anderen zu retten, die ganz offenbar nicht imstande sind, dagegen anzukämpfen, so wie ich es tue, wobei mir als Waffen diese Geweihte Seife und dieses Geweihte Wasser und diese Geweihten Lappen dienen, die Leib und Blut unseres Herrn Jesus Christus sind. Und obwohl uns ständig immer mehr und mehr Unreines als Versuchung gesandt wird, immer und überall, so werde ich doch bis zum bitteren Ende und noch darüber hinaus dagegen kämpfen.

»Hap hap!«

Die Wirtschafterin bückt sich und greift nach den Zigarrenkisten. Konsta reißt sie an sich.

»Die Reihenfolge ist wichtig.«

»Wenn es nur nicht den ganzen Tag dauert.«

Sie bleibt daneben stehen und passt auf, dass auch die letzte Flasche in der Kiste verschwindet. Um den Vogelfuß wird ein kleiner Ringkampf ausgetragen – Frau Karppinen nennt ihn ein dreckiges Stück Ekel und möchte ihn wegschmeißen –, aber schließlich sind alle Sachen verstaut, Fräulein Malins wichtiger Brief eingeschlossen, und die Kiste steht an ihrem richtigen Platz, bei den achten Sprossen des Bettes.

»Tja. Jetzt muss ich den ganzen Mittelteil des Fußbodens noch einmal wischen«, seufzt die Frau schwer.

»Geh so lange raus, Konsta, und stör mich nicht.«

Der Lappen klatscht herausfordernd auf den Fußboden.

Konsta widerspricht nicht. Die Gespenster werden so lange nicht versuchen hereinzukommen, wie Frau Karppinen da ist.

Konsta nimmt seine Mütze, setzt sie aber natürlich nicht auf, in Gegenwart einer Dame.

»Weiterhin einen guten Tag, Frau Karppinen.«

Die Wirtschafterin hält es nicht für nötig, sich umzudrehen.

»Was ist denn da jemals Gutes dran?«

Was heißt das, Sie können nicht mehr Lebensmittel liefern?«, fragt Hallenberg am Telefon.

»Wo nichts ist, da kann man nichts nehmen.«

Hauptmann Rantanen, der Stabschef, scheint aufrichtig verwundert zu sein, dass dieser Kriegsrichter mit seinem dreigeschossigen Gutshaus, den Glas-Erkern und Schiefertreppen es noch wagt, das Recht auf normale Gefangenendienste einzufordern.

»Sie müssen doch irgendetwas haben«, sagt Emil. »Kartoffeln, Erbsen, egal, was. Sie sollten mal sehen, wie die hier um ein paar vertrocknete Dorsche kämpfen. Wie unvernünftige Bestien. Alles, was auch nur im Entferntesten an Nahrung erinnert, wird einem aus der Hand gerissen. Und in den Mund gestopft, bevor irgendjemand sonst zur Stelle ist. Begreifen Sie da an Ihrem sauberen Schreibtisch überhaupt, wie ekelhaft das ist?«

Aus dem Büro des Stabs ist ein Weilchen nichts weiter zu hören als das gleichmäßige Klappern einer Schreibmaschine. Dann erinnert sich der Stabschef daran, dass am anderen Ende der Leitung jemand auf Antwort wartet.

»Beruhigen Sie sich, mein Freund«, sagt die ein wenig kratzige Stimme. »Sie müssen doch begreifen, dass, wenn Ihre Gefangenen mit menschlichen Eigenschaften ausgestattet wären, sie sich nicht dort herumlümmeln und Ihnen auf die

Nerven gehen würden. Ihre Aufgabe ist es zu klären, was sie alles auf dem Gewissen haben. Vorausgesetzt, sie haben überhaupt ein Gewissen.«

»Das Wesen meiner Aufgabe ist mir kristallklar, und ich will, zum Teufel, keine tief schürfende Analyse der Seelenstruktur meiner Gefangenen hören«, sagt Hallenberg. »Ich will, dass sie was zu essen kriegen. In diesem Zustand kann man niemanden verhören.«

»Sie verlangen Unmögliches.«

Hallenberg beobachtet einen Fleck der Maisonne auf der Mahagoniflanke des Telefons. Er überlegt, ob der Stabschef ihn durch sein Verhalten privat und auf unbegreifliche Weise irgendwie ärgern will. Macht dieser Berufssoldat sich die ganze Zeit im Stillen über ihn, den unnützen Federfuchser, lustig, der sich wider besseres Wissen selbst für diese heikle Aufgabe angeboten hat?

»In diesem Fall verlange ich, dass die Gefangenen so bald wie möglich in die Lager verlegt werden.«

»Dort herrscht erst recht das Chaos«, sagt Hauptmann Rantanen. »Sie müssen jetzt einfach ihre Arbeit tun. Man kann sie nicht alle ins Lager stopfen.«

Emil fährt sich durch die Haare. Teufel auch, so muss es sein. Der Chef hat kein Vertrauen zu seinem Kriegsrichter. Man hat ihn gewogen und zu leicht befunden.

»Wie komm ich jetzt darauf, dass Leutnant Manner immer noch auf den Bericht über Jäger Harjulas Irrfahrten wartet?«, erinnert ihn Rantanen.

Hallenberg beobachtet durchs Fenster einen Soldaten, der für seinen großen Mischlingshund das Stöckchen wirft. Der Stock saust in weitem Bogen bis auf den Grund des Springbrunnenbeckens. Ohne zu zögern springt der Hund dem Stock hinterher.

»Die Frau schweigt immer noch.«

»Das ist der Punkt. Und es verbreiten sich Gerüchte.«

Der Hund hat seinen Stock und springt mit einem großen Satz wieder über den Beckenrand. Funkelnde Tropfen spritzen auf den Soldaten, als das Tier seinen von nassen Blättern gefleckten Pelz schüttelt.

»Was zum Teufel für Gerüchte?«

»Über die laxe Kampfmoral unserer Männer. Es würde keinen guten Eindruck machen, wenn ein weißer Soldat, ein Jäger, versucht haben sollte, einer roten Gefangenen zur Flucht zu verhelfen. Oder was noch schlimmer wäre: wenn er beschlossen hätte, mit dem Feind zusammen zu türmen.«

»Er hat die Gefangene doch hierher gebracht.«

Der Hauptmann lacht.

»Nachdem man sie gefunden hatte. Er musste doch irgendwie das Gesicht wahren. Aber Sie müssen doch zugeben, dass es schon recht merkwürdig ist, dass sie sich fast zehn Tage auf einer völlig unbewohnten Insel versteckt gehalten haben. Im April! Erstens muss jemand ihnen geholfen haben, ihnen Nahrungsmittel und Getränke gebracht haben –«

»Sie hätten erleben sollen, wie die hier ankamen. Beide in verdammt geschwächtem Zustand.«

Hallenberg betrachtet traurig das Springbrunnenbecken. Den steinernen Engeln – oder sind es Cherubim – des kleineren Beckens, das in der Mitte des großen aufragt, fehlen Gliedmaßen, von den Flügeln sind nur jämmerliche Fetzen übrig. Eis und Verwitterung haben ihr Werk getan, das Becken hat einen Sprung. Vielleicht waren da irgendwann Fische drin, kleine, rote Karpfen, und in der hypnotischen Beobachtung der meerjungfrauhaften Bewegungen dieser Fische fanden die Irren einen eigenartigen Trost. Ob man das Becken reparieren könnte? Es muss doch ein Mittel geben, wie man dem armen Becken wieder zu seinem alten Glanz verhelfen kann.

»Ja, aber trotzdem ist an der Sache was faul«, versichert Rantanen. »Auf äußerst widerwärtige Weise. Und wir müssen unangenehme disziplinarische Maßnahmen ergreifen, falls Harjula sich nicht korrekt verhalten hat. Bringen Sie die Frau zum Reden. Sie haben doch Ihre Mittel.«

Konsta kommt mit einem Tablett hereingetrippelt, auf dem eine Kanne Wasser und ein Glas stehen. Mit besorgter Miene stellt er es auf den Tisch.

»Die verfangen bei ihr nicht. Warum setzen Sie nicht den Mann selbst unter Druck?«

»Wir haben es versucht. Er streitet alles ab. Noch weiter können wir nicht gehen. Sie kennen doch die Jäger. Dass man sie für Halbgötter hält, vor allem sie selbst tun das, und wehe dem, der sich ihren Ärger zuzieht, wenn wir dem Falschen am Zeuge flicken. Zweifellos sehen die das ganze Abenteuer einzig und allein im Licht der Heldentat, und uns würde man für Banausen mit Minderwertigkeitskomplexen halten.«

Was ihr auch seid, denkt Hallenberg. Wenn gemeine Jäger den Schutzkorpsoffizieren das Kommando über ganze Kompanien abnehmen, dann macht einen das schon nachdenklich. Wie erfrischend wäre es doch, den Prahlhänsen, die sich in deutscher Rüstung dicke tun, eins auszuwischen. Als warnendes Beispiel vielleicht einen Frauenhelden zu finden, der sich als Hasenfuß erweist. So eine Geschichte würde man natürlich niemals an die Öffentlichkeit durchsickern lassen. Es würde genügen, ihn mit den Zähnen zu packen und ihn vorsichtig zu schütteln wie eine Katze ihre noch lebende Beute.

Konsta reicht ihm das Wasserglas.

»Und was heißt hier, nichts verfängt bei ihr«, schnauzt der Hauptmann. Sie haben doch gerade gesagt, dass die Leute da bei Ihnen sich sogar um die Krümel prügeln. Vergrößern Sie die Ration der Frau.«

»Das hilft nicht.«

»Na, dann streichen Sie ihr auch das Wenige.«

»Was wollen Sie eigentlich von mir?«, fragt Hallenberg und gibt Konsta mimisch zu verstehen, dass er mindestens ebenso schlau ist wie der Stabschef. »Dass die Frau redet. Oder für immer schweigt?«

»Na ja. Ich will Sie nicht lehren, wie Sie Ihr Amt auszuüben haben. Man müsste doch zumindest herausbekommen, ob noch andere an der Geschichte beteiligt waren. Wie gesagt, nach aller Vernunft hat jemand – oder auch mehrere Personen – ihnen helfen müssen, unter diesen Umständen zu überleben. Sollte es sich jedoch herausstellen, dass keine dritte Partei beteiligt war –«

Hallenberg korrigiert seine Haltung, Hauptmann Rantanen sollte mal sehen, wie richtermäßig korrekt, unbestechlich und unerschütterlich pflichtbewusst er gerade in diesem Augenblick wirkt:

»Das Todesurteil verhänge ich nur und ausschließlich für Kriegsverbrechen.«

Langes Schweigen am anderen Ende. Dann, fast abweisend:

»Das wird auch von Ihnen erwartet.«

Andererseits lassen die Richter, für die es nur ein Richtig und ein Falsch gibt und nichts dazwischen, die Verwirrung der unerfahrenen, aber begierig nach Weiterentwicklung strebenden Generation der jungen Nation außer Acht. An wessen Richtig oder Falsch sollen sie glauben? Diese jungen Männer, erfüllt von dem grenzenlosen Enthusiasmus, das Vaterland zu einer guten Stätte zu gestalten, wo man gemäß den edelsten Traditionen des Volkes arbeiten und eine Familie gründen kann, brauchen richtungweisende Persönlichkeiten, die sie, auch wenn sie sie strafen, dennoch lieben wie Väter ihre Söhne.

»Ich habe den Eindruck, dass selbst eine geringfügige Verbesserung in dieser erbärmlichen Versorgungslage ein geeigneter Anreiz sein könnte«, sagt Hallenberg. »Wenn sie auch um die Nahrung kämpfen, so haben sie doch ein besonderes Verantwortungsgefühl. Wenn ich dieser Frau versprechen könnte, dass alle etwas davon haben, wenn sie aussagt, könnte das etwas bewirken.«

Der Hauptmann seufzt.

»Also gut. Ich sehe zu, was ich tun kann. Aber erwarten Sie nicht zu viel.«

Sie reden noch einen Augenblick über dies und das. Anscheinend denkt der Stabschef, dass bestimmte Rituale gewissenhaft einzuhalten sind, wenn man es mit nichtmilitärischen Personen zu tun hat. Dass dies die beste Methode sei, um zu bewirken, dass die vom leichten Leben verdorbenen Zivilisten sich auch unter Feldbedingungen heimisch fühlen. Erfrischt von seiner eigenen Resolutheit gibt Hallenberg zu verstehen, dass das Problem trotz aller Widrigkeiten kurz vor seiner energischen Lösung steht.

Im Stab wird aufgelegt. Hallenberg wendet sich Konsta zu.

»Was meinst du«, fragt er, »bringen wir die Frau zum Reden?«

Konsta trommelt nervös mit den Fingerspitzen auf den Tisch.

»Der Unterzeichnete weiß es nicht. Der Unterzeichnete macht nur Fotos. Wasserwodawasserwoda?«

»Wasserwoda haben wir ihr eimerweise gebracht. Und was habe ich bekommen? Das Geständnis, dass sie am Drucken und Verteilen von Flugblättern mitgewirkt hat. Na und? Alle haben doch Flugblätter hergestellt. Sentimentale Phrasen über das Elend des Proletariats, zu dem noch die Armut kommt. Soll ich deshalb in Jubel ausbrechen?«

»Herr Richter, möchten Sie Fotos sehen, die der Unterzeichnete gemacht hat?«

»Gespensterbilder? Nein danke. Ich möchte die Wahrheit. Die Wahrheit darüber, wer sie ist, was sie getan hat und was zum Teufel das dort auf der Insel für ein Abenteuer war.«

»Von Gespenstern habe ich nicht viele Bilder«, sagt Konsta und macht sich an seiner Kamera zu schaffen. »Das erfordert eine sehr spezielle Technik. Der Unterzeichnete verwendet Gelatine anstelle von Kollodium als Emulsionsbasis. Die Gelatine ist aus Klauen und Häuten von Rindern hergestellt, und aus der Haut löst sie sich –«

»In Wasserwoda«, schnauzt Hallenberg. »Ich weiß. Ich weiß. Sag mir, wie ich die Frau zum Reden bringe, dann darfst du so viele Bilder machen und mir zeigen, wie du nur willst.«

»Fräulein Malin hat um Stift und Papier gebeten.«

»Sie hat Papier bekommen. Und hat nichts anderes getan, als sie voll zu malen. Und hör auf, diese Hure Fräulein zu nennen. Das geht mir auf die Nerven.«

Genau genommen geht ihm weit mehr auf die Nerven, dass Konsta ihm ständig geheimnistuerisch Wasser im Glas bringt. Was geht nur in dem Verrückten vor, wenn er ewig dieses blöde Ritual wiederholt? Es kann doch wohl *niemand* erwarten, dass auch nur *irgendjemand* in diesem fürchterlichen Amt nur Wasser schlürft!

»Aber wo sie doch den Unterzeichneten auch Herr Martikainen nennt.«

»Warum bloß?«

»Der Unterzeichnete hat ihr ein Bild von Herrn Martikainen gezeigt.«

»Einen Gespensterherrn, vermute ich. Ihr habt den richtigen Zeitvertreib.«

Konstas langes Gesicht wird noch länger.

Hallenberg bereut seine Worte sofort. Dies ist wahrhaftig nicht der richtige historische Moment, darüber zu höhnen, dass das Proletariat, das den Aufstand verloren hat, sich mit den Irren verbündet.

»Also Papier und Stift. Darf es tatsächlich nichts anderes mehr sein?«

»Na doch. Sie möchte den Herrn Richter.«

»Wie bitte?«

»Sie möchte den Herrn Richter treffen.«

Hallenberg sieht Konsta misstrauisch an.

»Um sich wieder über mich lustig machen zu können.«

»Keineswegs.«

»Außerdem mag ich den Ort nicht«, sagt Hallenberg. Der ist so scheußlich geworden. Nur Gestank und Geheule und Forderungen und … und …«

»Gespenster.«

»Verdammt, da sind keine Gespenster … Nein, heute gehe ich nicht dahin. Sollen sie doch fordern, was sie wollen.«

Die Frau ist ungewöhnlich pfiffig, denkt Hallenberg nachdrücklich. Deshalb verlangt diese Offensive sorgfältige Planung. Die Möglichkeiten, auf die man noch nicht gekommen ist, eröffnen sich nur, wenn man sich ordentlich dahinter klemmt. Die Anspannung des Gehirns erfordert die Entspannung des Körpers. Einen bequemen Lehnstuhl. Einen Stift und Papier. Ein oder zwei Flaschen Wein. Ein paar Appetithäppchen.

Konsta, die Hand auf der Türklinke, dreht sich um.

»Und wenn nun Fräulein Malin zum Herrn Richter käme?«

»Die Gefangene hierher? Bist du völlig verrückt geworden?«

»Ja, nach Ansicht mehrerer Sachverständiger.«

»Sehr komisch.«

Hallenberg kommt der Gedanke, dass der Irrsinn für Konsta nicht nur eine Krankheit ist. Er ist auch ein unsichtbarer Pass, mit dem der Mann problemlos an den Soldaten vorbei zu den Gefangenen gehen, sich geschmeidig zwischen den Welten bewegen kann.

»Kein Gefangener verlässt den Gefangenenbereich, solange ich der Chef dieses Hauses bin. Hast du mich verstanden?«

Ein seltsames Lächeln breitet sich auf Konstas langem Gesicht aus.

»Wo ist die Stätte der Einsicht?«

»Häh?«

»Das ist ein Rätsel«, sagt Konsta. »Der Doktor hat es mich gelehrt.«

»Doktor Carpelan?«

»Die Tiefe spricht: »In mir ist sie nicht«, und das Meer spricht: »Bei mir ist sie auch nicht. Man kann nicht Gold für sie geben, noch Silber darwägen, sie zu bezahlen. Sie ist verhüllt vor den Augen aller Lebenden, auch verborgen den Vögeln unter dem Himmel.«

»Die Stätte der Einsicht?«

Konsta macht sich an seiner Kamera zu schaffen und deklamiert in einem rhythmischen Strom die gründlich auswendig gelernte Lektion.

»Der Abgrund und der Tod sprechen: Wir haben mit unseren Ohren nur ein Gerücht von ihr gehört. Gott weiß den Weg zu ihr, er allein kennt ihre Stätte.«

Hallenberg starrt ihn entgeistert an.

»Worauf willst du hinaus?«

Konsta muss lachen. Hallenberg hat keine Ahnung, warum.

»Als er dem Wind sein Gewicht gegeben und dem Wasser sein Maß gesetzt, als er dem Regen ein Gesetz gegeben hat und dem Blitz und Donner den Weg: Damals schon sah er sie und verkündigte sie, bereitete sie und ergründete sie …«

»Na? Spuck es aus.«

Konsta schüttelt den Kopf.

»Das ist eine Fangfrage. Man muss sie richtig erraten. Oder sie kennen.«

Hallenberg sieht den Schwachsinnigen an, sieht ihn lange an, ohne einen Muskel zu rühren. Wieso ist der immer noch hier? Wieso er selbst? Sollte er einen Spiegel suchen, um dem dieselbe Frage zu stellen? Oder würde es ihm vielleicht so ergehen, dass er Lust haben würde, ihn einfach auf den Boden zu schmeißen?

»Also gut«, seufzt er. »Holen wir die Frau hierher.«

Konsta hebt etwas vom Boden auf und wankt, sich geheimnisvoll umsehend, zur Tür.

Moment mal!

Sollte dies doch eine Falle sein? Wenn nun Konsta ein geschickt maskierter, missgünstiger Journalist ist, der sich unter dem Vorwand des lächerlichen Wasserglases zufällig immer dann herbeischleicht, wenn er sich gerade einen Trunk einschenken will, der die Hirntätigkeit stimuliert? Vielleicht versucht dieser scheinbar harmlose Trottel in Wirklichkeit zu beweisen, dass der ehrenwerte Richter und Chef des Standgerichts nichts als ein willenloser Schluckspecht ist. Und jetzt hat diese skandalversessene Schlange den allertückischsten Plan entwickelt, um seinen Ruf zu ruinieren. Die Gefangene hierher bringen! Hallenberg kann sich die Schlagzeilen schon jetzt vorstellen: *»Richter Hallenberg der Fraternisierung mit Gefangenen verdächtig«. »Bei der Festnahme schwer berauscht.« »Weinte im Polizeiauto, beteuerte seine Unschuld.«*

Auch der plötzliche Wunsch dieses Heinis, aus dem Zimmer zu verschwinden, weckt seinen Argwohn.

»Was hast du da in der Hand?«

Widerstrebend öffnet Konsta die Faust.

»Gib die Krawattennadel her!«, befiehlt Hallenberg ungerührt.

Konstas Ton verrät eher Trotz als Verteidigungswillen.

»Die lag doch am Fußboden, ja, die war am Fußboden.«

Einen Augenblick lang sehnt Hallenberg sich heftig nach der Stadt zurück, in die Gesellschaft von Seinesgleichen, von Leuten, mit denen er über die Notwendigkeit von Röntgenstrahlen, die durchschnittliche Intelligenz von Pferden, die Tugenden von Kellnern und politische Ernennungen diskutieren kann. Er vermisst die Straßen. Die Parks. Deren moderat dosiertes Grün. Ehepaare, die einen Kinderwagen schieben. Das Stimmengewirr in Cafés und Restaurants. Den Diensteifer bekannter Ladenbesitzer. Das Grüßen der Entgegenkommenden. All das, was ihm so öde, gleichgültig und überraschungslos erschienen war.

Konsta lässt seinen Schatz widerstrebend dem Richter in die Hand fallen und verdrückt sich durch die Tür hinaus. Die Gardinen vor dem offenen Fenster blähen sich wie Segel. Emil fällt eine Geschichte aus seiner Kindheit ein von einem Kapitän, der ins Auge des Sturms geraten ist und den letzten Platz im Rettungsboot einem schwarzen Küchenjungen überließ, weil der noch immer ein ungetaufter Heide war.

Der fromme und tapfere Kapitän selbst blieb an Bord, um den Untergang des Schiffs abzuwarten, wobei er in strammer Haltung, die Hand an der Mütze, heroisch den Lieblingspsalm seiner Mutter sang.

»Aber auch die Wölfe können, wenn sie als Junge
zu Menschen in Pflege kommen und vor allem mit
pflanzlicher Kost ernährt werden, sehr zahm werden.
In Italien,
in den Abruzzen, werden Wölfe, die als Junge gefangen
wurden, oft wie Haushunde gehalten.
Vor einiger Zeit hatte ein reicher Mann drei Wölfe
in Obhut, die ihren Herrn in ihrem Käfig umsprangen
wie gehorsame Hunde …«

Nach Hause kehrt Frans Rapola erst am Morgen des sechsten Tages zurück.

Schwer seufzend und kraftlos sitzt er neben dem Bett der Jungen und streichelt, vom Kater milde gestimmt, Eino die Wange. Das Kind ist so verschlafen, dass es kaum versteht, was man ihm sagt. Ein harziges Stückchen Rinde, das an Frans' Hemd hängen geblieben war, fällt Eino auf den Hals.

»Opa war neulich ein bisschen garstig zu dir und bittet dich um Verzeihung. Es gab nur so schrecklich viel zu betrauern und … auch sonst …«

Er holt tief Luft, sucht mit dem Blick Hilfe bei seiner Frau, die sich gerade bückt, um Holzscheite in den Ofen zu schieben.

Saara-Maria nickt ihm ermutigend zu.

»Opa hat sich jetzt informiert. Opa hat dir etwas mitzuteilen«, sagt er.

Frans schweigt und zupft an seinem Schnurrbart.

Saara-Maria steht auf und tippt ihren Mann auf die Schulter.

»Jetzt täte mir ein kleiner Schnaps gut«, sagt Frans flehentlich.

Zu Einos Verwunderung geht die Mutter in die Schlafkammer und kehrt mit einem Glas in der Hand zurück.

Frans schüttet sich den Inhalt auf einmal in den Hals.

»Eigentlich ist das nun so, dass deine Mutter … die kommt nicht zurück, und …«

Er wendet sich halb ab und spricht zum Fenster, so als befänden sich die eigentlichen Zuhörer dort.

»Und du kannst in einem großen Haus wohnen, wo eine Schule ist und viel mehr Kameraden und und … alles wie hier.«

Frans hört kaum das Flüstern des Jungen.

»Warum kommt sie nicht?«

»Weißt du, da werden die Nahrungsmittel niemals ausgehen.«

»Warum kommt Mutter nicht zurück?«

Frans steht auf, steht mit geradem Rücken und verschlossenem Gesicht neben dem Bett wie ein Sportler, der sich auf eine hohe Leistung konzentriert.

»Weil sie tot ist. Friede ihrer Seele. Aber du kommst in ein sauberes und großes Haus, wo man gut für dich sorgen wird.«

»Nein«, sagt der Junge. »Nein. Ich will nicht.«

Der Mann sieht seine Frau an, hebt die Hände, so als hätte er in einer schwierigen Lage schon alles gegeben und dennoch keine Würdigung erfahren.

»Hier geht es nicht um Wollen«, schnauzt Frans, wütend über seine elende Aufgabe. »Nur um Gehorchen. Gehorchen ist beschissen. Aber nicht zu gehorchen – das ist erst recht beschissen. Als ob ich das nicht wüsste. Aber was kann man gegen diese Befehle ausrichten?«

Nach diesen Worten macht er auf dem Absatz kehrt und marschiert geradewegs zur Tür hinaus. Saara-Maria beugt sich über das Bett und nimmt die Hand des Jungen in ihre.

»Martta hätte dich geholt, Eino, wenn es nicht alles so unglücklich gekommen wäre«, sagt sie, um Munterkeit bemüht.

»Wie ist sie gestorben?«

»Sie hatte es leicht. Sie wurde krank und ist entschlafen. Leichter hätte sie es nicht haben können.«

Eino legt die Hände vor die Augen.

»Wein nur, auch wenn du schon ein großer Junge bist. Es ist richtig, dass man seine Mutter beweint.«

Eino zieht sich die Decke über den Kopf, um zu verbergen, dass er nicht weint. Er liegt im Dunkeln, das Herz pocht. Er möchte es richtig machen und bemüht sich, Tränen in die Augen zu bekommen, schafft es aber nicht.

Seit dem Tag, da die Mutter Eino zu Rapolas brachte und selbst verschwand, bläst ein stetiger Nordwind über das Dorf. Es kam der Frost, es kam der Winter. Die ganze Gegend verschwand unter einer Schneedecke, der Schnee stob Tag und Nacht durch die Gassen und über die Felsen. Das Tageslicht wurde kürzer und kürzer, das Meer entschwand dem Blick. Durch das Fenster konnte man nicht mehr nach draußen sehen. Alles war nebelig und grau.

Die Mutter hatte versprochen, dass Eino es beim Opa gut haben würde. Dass Vaters kleine Geschwister, die mit Eino nahezu gleichaltrig waren, ihn wie einen Bruder behandeln würden. Wenn aber das, was die Rapola-Jungs ihm angedeihen ließen, eine brüderliche Behandlung war, dann hätte Eino gern sein Leben als Einzelkind fortgesetzt. Mit eher onkelhafter Autorität beschlossen Samuel und Vilho, dass der Sohn ihres Stadtbruders bei den Spielen immer derjenige sein sollte, der Pech hatte. Auf die eine oder andere Weise. Eino biss und trat und kämpfte gegen die Opferrolle, war aber zuletzt doch immer derjenige, der betrogen, gefesselt, ins Wasser geworfen wurde oder ekelhafte Pampe schlucken musste.

Aber auch der Erfindungsreichtum der Rapola-Jungs stieß irgendwann an seine Grenzen. Im Lauf des Winters bauten sie in nahezu bestem Einvernehmen Schneeburgen und probierten die Skihügel aus. Und als das Eis trug, kramten sie die Gerätschaften für das Eisangeln hervor.

Manchmal schloss Opa Frans sich ihnen an. Besonders

dann, wenn es ihn nach einem kleinen heimlichen Auftanken verlangte. Bekleidet mit einem langen Elchpelz, die dunklen Augen blitzend, erzählte er von der Entstehung und dem Schwächerwerden des Eises und prahlte mit der einzigartigen Sachkenntnis der Rapola-Männer. Indem sie die Bewegungen des Eises unter ihrem eigenen Gewicht beobachteten, hatten die Männer der Sippe es schon von klein auf verstanden, unter jeder dünnen Eisschicht die nicht zufrierenden Stellen aufzuspüren. Auf offene Stellen tappten nur ahnungslose Schafsköpfe. Nicht einmal um zu testen, ob das Eis ein Pferd trug, brauchten sie einen Eispickel, weil sie diesen erstaunlichen rapolaschen Instinkt hatten. Außerdem waren schon viele umgekommen, die sich auf ihren Eispickel verlassen hatten, der, zumal im Frühjahr und an einer Stelle, wo ein Mensch sofort einbricht, ganz zu schweigen von einem Pferd, das Eis durchaus nicht immer durchsticht.

Eino und seine gleichaltrigen Onkel mauserten sich zu Waidmännern, die lange und gefährliche Jagdausflüge machten. Sie trotzten dem weißen Tod der Eisschollen, erlegten mit dem Wurfspieß Seehunde (Barsche und Rotaugen) und rannten mit Bestien (mit Turre, dem Hund) um die Wette. Auch in der Hitze der gefährlichsten Abenteuer sollte ihnen das unfehlbare Glück der Rapola-Männer stets hold sein: Zu guter Letzt sollten sie immer mit heiler Haut, über und über mit Schnee und Eiskristallen bedeckt und nach Schlachtabfällen riechend, nach Hause zurückkehren. Die besorgte Familie (Vieno, die sie weinend am Ufer zurückgelassen hatten) empfing sie mit großem Respekt.

Als das Eis geschmolzen war, brachten die Jungen Eino Dinge bei, die sie von ihrem Vater gelernt hatten. Sie erzählten von den Gefahren, die sich unter der Oberfläche des Meeres verbargen, und von dem, was man wissen musste, wenn man sich auf dem Wasser bewegt. Dass im tiefen Wasser die Wellen sanfter sind als im flachen und dass man die Untiefen an den Schaumköpfen erkennt. Und dass Kreuzseen entstehen, wenn Wellen aus zwei verschiedenen Richtungen aufeinander treffen und sich vereinigen. Und dass es auf dem offenen Meer sieben Tag lang starken Wind braucht, bis die Wellen haushoch werden. Und dass das leeseitige Ufer am sichersten ist. Dass man sich aber dem Ufer nicht zu sehr nähern darf, damit die Ruder nicht an den Steinen kaputtgehen. Und dass jemand, der mit Seitenwind rudert, ein bisschen nach Luv vorhalten muss und nicht versuchen darf, sein Ziel lotrecht anzusteuern.

Manchmal nahm Opa Frans Eino mit, wenn er die Netze nachsah, und war überrascht von dessen Können. Von da an erlaubte er Eino, mit den Jungen zusammen fischen zu gehen. Unter der Bedingung, dass er die ganze Zeit vorsichtig war. »Ich bin auch die ganze Zeit vorsichtig«, versicherte die kleine Vieno, aber Frans gab dem Flehen seines liebsten Kindes nicht nach.

Als das Eis geschmolzen war, fällten die Jungen eine faustdicke Birke und machten aus dem frischen Holz Wobbler. Die Rücken bemalten sie dunkel und befestigten die Haken. In die Flussmündungen und ins Innere der Buchten stellten sie Fischreusen aus Kiefernwurzeln, um darin Aland und Rotauge zu fangen.

An einem warmen Frühlingstag wollte Samuel seine neuen Blinker ausprobieren. Er nahm nur Eino und Turre mit ins Boot. Der Hund hatte immer noch eine weiße Binde um einen Vorderfuß als Erinnerung an die Kriegsspiele des Vormittags, bei denen Turre den Part des patriotischen Hundes übernommen hatte. Der von den Heldentoten auferstandene rote Kommandeur Vilho bewarf vom Ufer aus das sich entfernende Boot mit Steinen, aber Vieno stand gehorsam als Vogelscheuche auf dem Heringstrocknungsfelsen. Sie schwenkte die Arme so, wie Samuel es ihr befohlen hatte. Samuel hatte für den Fall, dass die Schwester ihre Sache ordentlich machen würde, versprochen, sie dürfe mit ihm auf dem Fahrrad fahren.

Samuel ruderte das Boot über den Schimmer, eine Stelle, wo man durch das Wasser den Meeresgrund sehen konnte. Meistens findet man so den besten Angelplatz. Aber diesmal passierte etwas anderes.

Samuel fragte, ob Eino sich noch an seine Mutter Martta erinnere.

Eino erinnerte sich. Nicht so sehr daran, wie sie ausgesehen hatte. Aber an ihr Lachen und an ihren Duft und daran, wie es sich angefühlt hatte, wenn sie ihn in die Arme nahm. Das alles wollte er nicht erzählen, zumal Samuel die Mutter gern wegen ihrer Spitzenhandschuhe verspottete. Handschuhe zu anderer Zeit als im Winter zu tragen war für ihn der Gipfel der Lächerlichkeit.

»Es tut mir Leid, aber es ist so, dass du deine feine Mutter nie wiedersehen wirst«, sagte Samuel.

»Werd ich doch.«

»Na ja, vielleicht am letzten Tag, wenn die Toten auferstehen. Aber nicht vorher.«

»Du lügst, du Schwein«, sagte Eino und hätte seinen Worten mit einem ordentlichen Faustschlag Nachdruck verliehen, wenn nicht nach den Bootsregeln auch das geringste Toben im Boot verboten gewesen wäre.

Samuel lächelte nur und ließ seine Hände entspannt über die Ruder hängen.

»Ach, das arme Waisenkind.«

Die Sonne brannte frühlingshaft heiß, aber Eino begann zu frieren.

Samuel beugte sich über den Bootsrand und starrte ins Wasser.

Er sagte, dort sei sie geendet, Einos feine Mutter mit ihren Wellen im Haar und ihrem gestärkten Kragen, als Fischfutter. Und falls Eino seine Mutter mit eigenen Augen sehen wolle, brauche er sich nur vorzubeugen und zu gucken. Eino holte tief Luft und ballte die Hand zur Faust. Samuel warnte Eino, er werde seine Mutter nicht unbedingt gleich erkennen, weil sie schon so lange dort sei, dass die Fische ihr das ganze Gesicht weggefressen hätten.

Eino saß schweigend da. Er erwog die Alternativen.

Er fragte, woher Samuel wisse, dass das seine Mutter sei.

An Eino nagte zunehmend die Angst, dass Samuel diesmal die Wahrheit sagte. Er wollte fort. Aber Samuel rührte sich nicht. Zuerst sollten sie sich etwas wünschen, über Ertrunkenen gab es immer Geisterkraft. Eino wollte sich nichts wünschen. Aber Samuel verlangte, er solle über den Rand gucken, bis er seine Mutter sah.

Eino hielt die Augen fest geschlossen.

Samuel setzte sich neben ihn, packte ihn im Nacken und drückte seinen Kopf in Richtung Wasser. Er sagte, sie würden so lange dort sitzen, bis Eino mit eigenen Augen sehen würde, dass Onkel Samuel keinen Scheiß redete.

Eino spürte Samuels Atem im Nacken. Er wollte die Augen nicht öffnen, und wenn er den ganzen Tag dort zubringen musste.

Dann kam irgendwo ein Wind auf, eine Wolke glitt vor die Sonne. Das Plätschern des Meeres verstummte.

Es ertönte ein anderes Geräusch, ein neues, seltsames. Wie das klagende Knarren eines Besanmastes irgendwo unten.

Eino öffnete die Augen.

Einen Augenblick lang sah auch er es. Das Wesen, das sich aus der Tiefe nach ihm reckte, mit vorgeschobenem Kinn. Nur für einen Augenblick kam es ihm vor Augen gehuscht, als ein silbrig schimmerndes Aufblitzen wie ein Fischschwarm, der die Richtung wechselt. Eino fuhr entsetzt zurück und schrie.

Samuel löste unter schallendem Gelächter seinen Griff und kehrte an die Ruder zurück.

Ein heftiges Weinen erschütterte Einos ganzen Körper.

Samuel hörte auf zu lachen.

»Hör auf zu heulen«, sagte er ärgerlich. »Ich hab nur Quatsch gemacht.«

»Sie ist da, ich hab sie gesehen«, wimmerte Eino.

»Idiot«, sagte Samuel, »da ist nichts weiter als ein kaputter Fischkasten.«

Und er fügte noch hinzu, etwas sanftmütiger: »Hör mal, du kriegst meinen besten Wobbler, wenn du dich wie ein Mann benimmst …«

Eino steigt aus dem Bett, zieht sich rasch an, geht hinaus. An den Strand.

Opa Frans steht auf dem Steg, sein Mantel flattert im Wind. Der Tag klart auf. Die ausgedehnten, sturmgrauen Wolkenfelder ziehen sich voneinander zurück. Das Wasser wogt heftig gegen die Ufersteine.

Eino lehnt sich gegen das Geländer des Stegs. Er guckt in dieselbe Richtung wie der Opa, versucht dasselbe zu sehen wie er. Der einzige Fixpunkt in den Wellen ist ein einsamer Entenvogel, der in der starken Brandung aufsteigt und wieder verschwindet. Er steigt auf und ab und verschwindet und taucht wieder auf, nur um erneut zu verschwinden.

Eino hat dasselbe schon unzählige Male gesehen, aber jetzt scheint dieser rhythmische Wassertanz eine besondere Bedeutung zu bekommen.

Der Wind dringt durch Einos dünnes Hemd.

»Mutter ist nicht tot«, sagt er zu Opa Frans' Rücken. »Sie kommt wieder.«

Der Mann schüttelt den Kopf. Dreht sich nicht um.

»Sie kommt wieder«, sagt Eino.

»Nein.«

»Doch. Ich weiß, dass sie kommt. Opa, du erlaubst doch nicht, dass die mich wegholen?«

»Verzeih mir, Junge. Ich muss. Andere haben das für uns entschieden.«

Er beobachtet weiterhin angespannt den Wellengang vor sich. Anscheinend gibt es da heute viel mehr Interessantes zu beobachten als sonst.

»Opa, ich hol dir von Einari Koski Trost«, verspricht der Junge.

»Das geht jetzt nicht.«

Endlich dreht Opa Frans sich um und sieht ihn mit blutunterlaufenen Augen an. »Versteh mich nicht falsch, Junge. Der Trost ist eine feine Sache. Wenn alles andere hin ist, bleibt einem noch der Trost. Was das nun auch sein mag. Manche finden im Glauben Trost. Ich nicht. Ab und zu gehe ich ja auch in die Kirche, aber dadurch geht es mir überhaupt nicht besser. Weil ich den Gott nicht sehe, von dem sie sprechen. Ich sehe nur den zu Tode gequälten Erlöser am Kreuz hängen. Wie kann ein so trauriger Anblick bei jemandem bewirken, dass es ihm besser geht? Aber geh mal zu Einari! Huh, dieses Gefühl, wenn er aus dem Heu der Ochsenkrippe ein Bündel hervorholt. So zärtlich wie ein kleines Jesuskind. Das ist ein Lichtschein im ewigen Winter! Dieselbe warme Freude wie in der Weihnachtsszene. Du weißt doch noch? Bei der Weihnachtsfeier in der Schule, als Samuel der Josef war. Das Stroh und die Tiere und mitten in all dem das süße Neugeborene, der Trost der Welt. Das stimmt auch einen robusten Mann weich, glaubst du mir das? Vor einer solchen Seligkeit muss ich geradezu niederknien. So wie die Hirten in der Szene. Oder so, wie man beim Abendmahl kniet: Dies ist mein Blut, trinkt davon. Er hat sein Blut in Wein verwandelt. Denk mal darüber nach. Auch das Wasser, aber das war ja nun kein so besonderer Trick. Da kannst du Einari fragen. Aber dann kommen die Schwierigkeiten. Der Mensch kann Jesus nicht trinken, ohne dass das haufenweise Schwierigkeiten zur Folge hat. Du hast den Erlöser in den Eingeweiden, und dementsprechend handelst du auch. Mit einem Wort: allmächtig. Eine Zeit lang ist das einfach nur großartig. Aber allmählich wird das anstrengend. Bis du eines Tages einfach nicht mehr so weitermachen kannst. Siehst du, der Mensch hat nämlich doch seine Grenzen. Deshalb kann dein Opa jetzt eine Weile keinen Erlöser mehr trinken. Er wagt es nicht, um es geradeheraus zu sagen.«

In seiner traurigen Enthaltsamkeit stößt Opa Frans einen tiefen Seufzer aus. Auch Einos Zuversicht hat sich in nichts aufgelöst.

»Warum darf ich nicht hier bleiben?«, fragt er.

»Hör mal, Eino«, sagt Frans. »Du bist kein Baby mehr. Mit dir kann man von Mann zu Mann reden. Und die Dinge so sagen, wie sie sind. Um ehrlich zu sein muss ich zugeben: Es kann sein, dass deine Mutter nicht tot ist …«

Eino schluckt. Es prickelt ihn im Nacken.

»Aber gewissermaßen ist sie es«, fährt der Mann fort. »Es ist eine harte Sache, mit dem Tod um die Wette zu laufen. Und doch, im Grunde ist der Tod ein fairer Gegner. Gleich gnadenlos allen gegenüber. Das Leben dagegen, das ist weit davon entfernt, fair zu sein, wenn es einen aufs Kreuz legt … Glaub mir, Junge, dass kein Kind über seine Mutter solche … solche Geschichten hören möchte. Man darf vom Leben nicht zu viel verlangen, es ist leichter, nicht alles zu wissen, als wenn man lernen muss zu vergessen.«

Der Junge blickt in die Richtung des Schimmers. Es ist, als stiegen dort Dunstgestalten auf, die allmählich zu einem einzigen, riesigen, klagenden Wesen verschmelzen.

»Was ist mit Mutter passiert?«, fragt Eino schrill. »Was?«

Frans legt dem Kind die Hand auf die Schulter und drückt sie lange.

»Kein Kind möchte das hören«, sagt er. »Glaub deinem Opa. Kein Kind.«

Nimm Platz, bitte.«

Der Richter legt das Buch, in dem er gelesen hatte, auf den Tisch.

»Ich habe gerade eine höchst eigenartige Geschichte gelesen«, sagt er. »Möchtest du sie hören?«

Als hätte ich die Wahl!

Miina nickt.

Hallenberg setzt die Brille auf und beginnt vorzulesen.

»O. M. Reuter. Besonderheiten aus dem Leben der Tiere. Zweiter Teil. Das Kapitel heißt Der Ritter der Landstraße. ›Aus der Überschrift könnte man schließen, dass es sich hier um eine Kriminalgeschichte oder um eine romantische Erzählung handelt. So ist es jedoch nicht. Ich möchte einen wirklichen Ritter der Landstraße vorstellen, und wenn er gleich nur fünfzehn Millimeter lang ist, dürfte er doch die Aufmerksamkeit des Publikums verdienen. Er tritt in einem ansehnlichen schwarzen Anzug auf, und unterhalb der Taille trägt er drei rote Gürtel, die straffer gezogen sind als bei einem Leutnant der schwedischen Garde. Hast du ihn noch nicht gesehen? Dann hast du noch nie die gepflasterten Straßen der Stadt verlassen oder bist deinen Weg wie ein Blinder gegangen …«

Miina sieht sich um. Schränke aus Edelhölzern und weiche Sessel, ein pittoreskes Gemälde von einer am Berghang aufragenden Burg. Ein großer, mit blauen Paradiesvögeln und verschlungenen Weinreben verzierter Blumentopf, in dem sicherlich einst eine Palme oder ein anderer stattlicher Baum gewachsen ist. *Was mag sein Ende bewirkt haben?*

Der Richter unterbricht die Lektüre und nimmt die Brille ab.

»Das scheint dich nicht sonderlich zu interessieren?«

»Doch.«

»Na ja, es stimmt schon, am Anfang wird hier ziemlich breit ausgewalzt, wie dieser Ritter der Landstraße, eigentlich ein Wespenweibchen, den ganzen Sommer und Herbst über von Blüte zu Blüte fliegt«, erklärt Hallenberg. »Aber nicht, um Honig zu suchen. Nahein. Unser Ritter hat es einzig und allein auf die schnöden Spinnen abgesehen. Wenn er eine Spinne entdeckt, greift er sie blitzschnell an, packt das Opfer beim Nacken, schiebt seinen Stachel durch den Vorderleib der Spinne bis zu einer bestimmten Nervenzelle und lähmt sie. Den Spinnen, die am Boden entlanglaufen, beißt er die Beine beim Ansatz ab, damit sie den Transport nicht behindern.«

»Ich verstehe.«

Der Richter sieht sie an. Miina sitzt im spärlichen Licht der untergehenden Sonne und betrachtet die Details der Möbel, die im Schatten verschwindenden Muster.

»Dann schleppt er das Opfer in seine dunkle unterirdische Höhle. In das finstere Kinderzimmer, wo sich schon eine große Schar ebensolcher gelähmter, aber immer noch lebender Spinnen befindet. Ohne Beine leben sie noch lange. Wenn sie nur auf der Stelle liegen, spult sich ihr Lebensfaden langsamer ab als sonst. Ein praktischer Lebensmittelvorrat, er verdirbt nicht so schnell.«

»Sehr praktisch.«

»Die Spinnen, die da im Dunkeln ohne Beine herumliegen, erregen vielleicht nicht dein Mitgefühl, aber betrachten wir eine andere Wespenart, die ihrerseits Grashüpfer als Proviantvorrat ihrer Larvenbabys schätzt …«

Alles, was man sieht, ist hübsch und wohnlich, gesteht Miina sich ein. Nur der Spiegel gefällt ihr nicht. Das liegt nicht an dem Rahmen, auf dem Giraffen und andere exotische Tiere unter Bäumen hervorlugen. Den Eindruck verdirbt die elende, bejammernswerte Person, die ihren Blick mit zotteligen Haaren und blutunterlaufenen Augen erwidert. Die in dem eleganten Sessel schlaff wie eine große Flickenpuppe hängt, die man aus dem hintersten Winkel des Dachbodens für eine unerklärliche, ganz spezielle Situation hervorgeholt hat.

»Das Los auch dieser unbekümmerten Streicher ist es, von der Mitte ihres Leibes an gelähmt zu werden«, fährt der Richter, von dem Thema übermäßig begeistert, fort. »Die Wespe, die eine verblüffende wissenschaftliche Präzision an den Tag legt, wählt zum Befestigen ihres Eis am Körper des Opfers eine Stelle aus, die keinen Schmerz empfindet. Dabei handelt es sich nicht um Mitleid. Natürlich nicht. Einzig und allein um Zweckmäßigkeit. Die Larve wächst heran, indem sie die lebende Nahrung von innen aufzehrt. Falls die Speisetafel in allzu heftige Krämpfe ausbräche, könnte das für den zarten Fresser gefährlich werden. Was sagst du dazu?«

»Eine abgezirkelte Sache.«

»Genau. Aber schon nach wenigen Tagen arbeitet sich die Larve in die Körperteile vor, in denen das Opfer noch Schmerz empfindet. Nur ist die Larve jetzt schon so groß, dass sie von den zunehmenden Schmerzreaktionen nicht mehr zermalmt wird.«

»Gut zu wissen.«

»Richtig. Für einen Mann ist dies alles recht erstaunlich. Was Muttertiere nicht alles für ihre Nachkommen tun in dieser Schöpfung!«

»Keine Ahnung, aber sicherlich eine ganze Menge.«

»Du hast mir gesagt, du habest keine Kinder. Mir scheint, das ist nicht wahr.«

»Es ist wahr.«

Auf das Fensterbrett ist ein nasser kleiner Vogel geschwirrt gekommen. Er beginnt sich zu putzen, plustert sein Federkleid auf und pickt dann und wann unbekümmert ein paar Kittkrümel vom Rand der Vergitterung.

»Merkwürdig«, sagt der Richter.

»Was denn?«

»Dass du Jäger Harjula beauftragt hast, einen kleinen Jungen aufzusuchen.«

»Woher wissen Sie das?«

Hallenberg lächelt, die Brille auf der Stirn.

»Harjula hat es mir erzählt. Überrascht dich das?«

Miina zuckt die Achseln.

»Nein.«

Auf dem Tisch steht eine Porzellantasse, halb voll mit kaltem Kaffee. Auf einem Teller ein Keks, von dem nur eine kleine Ecke abgebissen ist. *Sodbrennen nach einem emsigen Arbeitstag?*

»Na? Was weißt du von dem Kind?«

Die Stimme ist plötzlich scharf, richterhaft.

»Nichts. Die Mutter des Jungen hat mich gebeten, nach ihm zu sehen. Und da ich es ja nicht konnte, bat ich Jäger Harjula, die Sache statt meiner zu übernehmen.«

»Sie freundlicherweise zu erledigen, ja?«

Der Richter nimmt den Federhalter zur Hand. »Die Mutter des Jungen war also eine gute Freundin von dir?«

»Eigentlich nicht. Nur eine Bekannte.«

»Eine bekannte Genossin.«

»So könnte man wohl sagen.«

»Wie hieß sie?«

»Das weiß ich nicht mehr.«

Hallenberg wirft den Federhalter auf den Tisch.

»Miina, Miina ...«, seufzt er. »Du kümmerst dich um einen Jungen und weißt nicht einmal mehr den Namen seiner Mutter. Warum, zum Teufel, sollte ich dir glauben?«

»Das weiß ich nicht.«

Der Mann steht auf, tritt zu ihr und beugt sich herab wie zu einem Flüstern.

»Hör zu. Ich will ehrlich zu dir sein. Ich bin in einer ziemlich schwierigen Situation. Obwohl die Versorgungslage verdammt schwierig ist, hat der Stab versprochen, für das ganze Lager mehr Nahrungsmittel zu schicken, wenn ich dich zum Reden bringe.«

Sein Atem riecht leicht säuerlich. Miina nimmt Abstand von ihm. Mehr denn je möchte sie einfach aufstehen und nach Hause gehen wie nach einem Arbeitstag, der sich allzu lang hingezogen hat.

»Zum Reden worüber?«

»Du weißt sehr gut, worüber«, schnauzt Hallenberg und richtet sich auf. »Bei diesem Inselabenteuer gibt es Ungereimtheiten, die für bestimmte Stellen interessant sind.«

Und ganz besonders für dich. Aber warum?

Zwischen ihnen herrscht Schweigen. Es dauert lange an. Miina betastet ihre aufgesprungenen Lippen, nimmt Haltung an. Jetzt riecht sie nur den Duft von Emil Hallenbergs Pomade, und der ist ihr angenehm. Ihr Entschluss entsteht eher aus Müdigkeit oder aus einer Laune heraus als aus sorgfältiger Überlegung.

»Einigen wir uns also darauf«, sagt sie herausfordernd. »Aber erst, wenn das Essen da ist. Und es sollte ordentliches Essen sein.«

Der Richter sieht sie einen Augenblick verblüfft an, aber dann erscheint auf seinem müden Gesicht ein jungenhaftes, verschwörerisches Grinsen. Er steht auf, und wie der Kellner eines Gourmetrestaurants, der seinen Berufsstolz hat, ordnet er vor Miina auf dem Tisch einen Teller, eine Serviette und einen silbernen Löffel an. Aus der Vitrine nimmt er eine große Schüssel, hebt mit einer anmutigen Handbewegung den von blauen Pfauen belagerten Deckel ab – bon appétit, Mademoiselle – und zieht sich diskret ein Stück zurück, um seine Kundin in Ruhe essen zu lassen.

*»In Tiergärten ist es manchmal gelungen, Wölfe zu zähmen
und gutartige Tiere aus ihnen zu machen.
Eine Wölfin im Zoo von Rom durfte sich dort frei bewegen,
und sie tat niemandem etwas zuleide. Für gewöhnlich
war sie auch zu den Tieren freundlich. Nur zwei
junge männliche Wölfe konnte sie nicht leiden und
fühlte sich nicht wohl in ihrer Gesellschaft.
Lieber begab sie sich zu den Schakalen
und verkehrte freundschaftlich
mit ihnen …«*

Fünf Frauen im Keller.

Soll sie damit beginnen?

Mit einer Schar Frauen, die im dunklen Keller vor Kälte bibberten. Die dem Klavierspiel zuhörten, das aus der Wohnetage zu ihnen drang, und dem Getrappel tanzender Stiefel. Den Lachsalven. Sie kannten die Stücke nicht. Aber sie sollten sie kennen lernen.

Und zwar gründlich.

Es sind ja die Sieger, die die Tanzordnung vorgeben. So ist es immer gewesen, und so wird es immer sein.

»Die feiern«, sagte Martta. Und als niemand antwortete, wiederholte Martta:

»Die feiern, Miina.«

»In drei Teufels Namen, natürlich feiern die Sieger.«

Was erwartete die Frau von ihr? Miina kannte sie kaum. Martta war nur eine der zufälligen Zwangskameradinnen, mit denen sie durch die Wälder gestapft war, sich in eisigen Scheunen versteckt und bis zuletzt versucht hatte, den freiwilligen Straftrupps von den Schären zu entkommen.

»Wahrscheinlich wissen die gar nicht mehr, dass wir hier liegen«, sagte Martta.

Miina hatte das unangenehme Gefühl, dass es, bei allem, was ihnen noch blühte, längst nicht das Schlimmste war, hungrig in Dunkelheit und Kälte zu schmachten. Aber sie sagte nur:

»Dieses Hotel ist zwar nicht gerade gemütlich, aber wir haben genug Musik. Genieße sie.«

Der Keller war groß. Keine der Frauen wusste, wie groß. Um sie herum standen Kisten und verrostete Milchkannen, Dinge, deren Verwendungszweck schon vor langer Zeit in Vergessenheit geraten war. Aber nichts Essbares.

Martta tastete in der Dunkelheit nach Miinas Hand.

»Hör mal ...«

Miina war es unangenehm, dass eisige Finger ihre frierende Haut anfassten, aber sie beherrschte sich.

Marttas Stimme war kaum zu hören:

»Was glaubst du, werden sie uns umbringen?«

»Ich glaube gar nichts. Ich wäre schon zufrieden, wenn ich was zu rauchen hätte«, sagte Miina. Herr im Himmel, wenn ich doch was bekäme, dachte sie. *Und wenn diese Frau doch aufhören wollte, mich mit ihren eisigen Fingern und mit ihren dummen Fragen zu bedrängen.*

»Mich friert«, sagte Martta mit ihrer dünnen Kleinkinderstimme. »Darf ich mich an dich anlehnen?«

Miina bemühte sich zähneknirschend, sich von ihrer sentimentalen und aufdringlichen Nachbarin nicht entnerven zu lassen.

»Nur zu.«

Als aber Martta sich mit tränennassen Wangen an sie klammerte, übermannte sie doch der Zorn. Im letzten Moment schaffte sie es, ihn in eine allgemeine Schelte zu kleiden:

»Haltet jetzt den Rand, Leute. Dieses verfluchte Loch wird durch Heulen nicht wärmer.«

Sofort hielt Martta es für angezeigt, ihre Soldatenehre aufzupolieren:

»Ich frage ja nicht meinetwegen, aber ich habe ja noch den Eino.«

Was war ich doch blöd, dass ich mich auf sentimentale Gespräche mit ihr eingelassen habe, dachte Miina. Jetzt will sie mir ihre ganze Lebensgeschichte erzählen.

Dennoch sagte sie: »Na, was ist denn dein Eino für ein Mann? Von dem hab ich ja noch gar nichts gehört. Ist das nicht eine gute Taktik, Mädels, immer ein paar in petto zu haben?«

»Ja, das sehe ich auch so«, erwiderte jemand ohne Begeisterung.

»Nein, das ist Eino, unser Sohn«, erklärte Martta. »Er ist erst acht.«

Der Gedanke an das Kind weckte in Miina kein Interesse. Sie zerklatschte eine Spinne, die sich auf ihrem Gesicht niedergelassen hatte. Die Tiere ahnen das Unausweichliche, dachte sie. *Ratten, Mäuse und Spinnen, die wissen Bescheid.*

»Ist er ein harter Bursche?«, fragte eine der Frauen aus Mitgefühl oder um die Stimmung zu heben. »Ein ordentlicher Sozialist? Ein rechter Deibel?«

»Das ist er«, ließ Martta sich hinreißen zu prahlen. »Ich habe auch ein Foto von ihm.«

Sie kramte aus der Tasche ein Stück Pappe, das die Frauen im Dunkeln mitleidig zu betrachten versuchten.

»Wenn man nur was erkennen könnte«, sagte Miina und gähnte.

Im Dunkeln hörte man ein Rascheln, als Martta Miinas Hand ergriff.

»Hör mal, nimm du das Foto von Eino an dich.«

»Was soll ich damit? Das ist doch dein Stammhalter.«

Martta holte tief Luft, vermutlich, um nicht in Tränen auszubrechen.

»Was meinst du, was mit ihm passiert, wenn ich nicht mehr nach Hause komme?«

»Du wirst schon nach Hause kommen«, versicherte Miina. »Jetzt Maul halten und schlafen.«

Aber Martta war nahe daran, den Mut zu verlieren.

»Vielleicht sollte man für alle Fälle beten«, sagte sie. »Schaden kann es ja wohl nicht.«

»Wohl kaum.«

»Für den Jungen, meine ich.«

»Das habe ich schon verstanden.«

»Wenn es Gott nun doch gibt?«, schlug Martta vor. »Was glaubst du?«

»Ich weiß es nicht.«

»Glaubst du an nichts, Miina?«

»Woran sollte ich glauben?«

»An irgendwas. An ein Wunder.«

»An ein Wunder? Daran nun nicht.«

Die Nähe des Todes lässt den Menschen zum Kind werden, dachte Miina. Wenn man doch an irgendetwas glauben könnte! Was aber, wenn selbst der rasende Hass sich gänzlich gelegt hat? Als er endlich zu verblassen begann, da vermisste sie ihn. Verglichen mit dieser gähnenden Leere wäre selbst ein dauerhafter Hass jetzt tröstlich. Wenn da nur überhaupt irgendein Gefühl wäre, das sie hegen könnte.

Trotz der Kälte begann sie zu schwitzen. Die Unterwäsche klebte am Leib, der Rücken wurde ihr nass.

»Der Junge wohnt bei Oskars Vater in Ruukinkylä«, fuhr Martta beharrlich fort. »Könntest du gehen und nachsehen, wie es unserem Eino geht, falls ich nicht …«

Miina versuchte, im Sitzen zu schlafen, den Rücken gegen die Wand, die Arme um die Knie geschlungen.

»Wir müssen schlafen, um durchzuhalten«, sagte sie.

Obwohl es unsinnig war, das Durchhalten so herauszustreichen. Ihr war klar geworden – auch wenn sie es nicht verstand und deshalb auch nicht akzeptierte –, dass in dem Moment, da ein Mann namens Oskar Rapola irgendwo am Iijoki-Fluss von einer feindlichen Kugel fiel, seine junge Frau jeden Lebenswillen verlor. Dennoch beneidete Miina in der

Dunkelheit des Kellers Martta schon zum zweiten Mal: An die Liebe zu glauben, das verlangte erst recht einen kindlichen Sinn. Wie wäre es wohl gewesen, sich mit einem anderen Menschen so zu verbinden, dass das eigene Leben nach dessen Tod seine Bedeutung gänzlich verlor?

»Sei unbesorgt«, sagte sie, »du wirst den Jungen wiedersehen.«

Martta schwieg einen Augenblick, aber als sie wieder anfing zu sprechen, war ihre Stimme auf neue Weise nachdrücklich: »Der Mann heißt Frans Rapola. Sie wohnen im Dorf Tammisto. Dreißig Kilometer von hier. Wir waren ganz in der Nähe.«

»War das unser Ziel?«

»Ja. Versprich mir, dass du hingehst.«

Bis jetzt hatte Miina Martta lediglich für eine gefühlsduselige Närrin gehalten. Jetzt hatte sie zum ersten Mal den Eindruck, dass ihre Gedankengänge unerwartet resolut und konsequent waren.

Sie seufzte. Also gut. Was konnte es schaden?

»Wenn du mich nur in Ruhe lässt.«

»Das tue ich«, versetzte Martta, »ich schwöre dir, dass ich dich in Ruhe lasse.«

Im Keller wurde es still. Sie waren völlig erschöpft. Entkräftet. Über und über voller Schrammen. Die Füße aufgescheuert, die Kleider zerrissen. Dennoch konnten sie vor Erschöpfung nicht schlafen.

Miina horchte auf die Geräusche aus dem Stockwerk über ihnen. Die von Männern erzeugt wurden. Und auf die Musik: schönes Klavierspiel. Das erinnerte sie daran, wie Kapitän Broman sie einmal ins Konzert mitgenommen hatte anstelle von Frau Broman, die erkältet war …

Nein, ich darf nicht in die Vergangenheit zurückkehren und schon gar nicht in Selbstmitleid verfallen. Gefühle sind gefährlich. Ein Luxus, den ich mir nicht mehr leisten kann.

Ich muss ständig bereit sein und jede Chance nutzen. Auch die geringste.

Das Spiel war zu Ende. Die trampelnden Tanzschritte verhallten. Hatte der Pianist Durst? Musste er mal? Dass die Soldaten schlafen gehen würden, glaubte Miina nicht. Dafür waren sie schon zu betrunken. Aber noch nicht unmittelbar vor der Besinnungslosigkeit.

Es kam so, wie Miina befürchtet hatte. Die Musik war für eine kleine Beratung verstummt. Und kurz darauf war das Geräusch von Stiefeln zu hören, die sich über die Steinstufen der Kellertreppe näherten. Knarrend öffnete sich die Tür, und das Licht einer Öllampe flutete herein.

»Hoch mit euch!«, befahl eine grobe Stimme. »Auch die Russenhuren sollen feiern dürfen!«

All dies dem Mann zu erzählen, der ihr gegenüber im Schutz der gemusterten Schatten der Lampe sitzt, hält Miina nicht für nötig. Die Hände des Richters ruhen auf dem Tisch, auf der Lederfläche des Schreibtischs aus Nussbaumholz. Dasselbe Weinrot wie der Bezug der Sessel. Der Tischler hat lange an den Details gearbeitet.

»Niemand hat bisher fünf Frauen erwähnt«, sagt der Richter. »Wo sind die vier anderen?«

Miina weicht der Frage aus.

»Die eine von ihnen, Martta, machte sich Sorgen um ihr Kind«, sagt sie noch einmal, so als hätte der Richter das Wesentliche der Geschichte nicht verstanden. »Und irgendwie hat sie mich dazu gebracht, ihr zu versprechen, dass ich die Angelegenheiten des Jungen in Ordnung bringe, falls sie selbst es nicht können sollte.«

Hallenberg versucht gar nicht erst, sein ungläubiges Lächeln zu verbergen.

»Und dann?«

»Nichts weiter. Dann haben wir nur gefroren. Und gewartet.«

»Worauf?«, fragt Hallenberg.

Miina schweigt einen Augenblick. Ich bin jetzt auf mich selbst gestellt, denkt sie. Der Käpt'n kommt mir nicht mehr zu Hilfe. Es kümmert ihn nicht. Oder er kann nicht. Vielleicht hat er den Brief gar nicht bekommen. Obwohl Konsta immer wieder versichert, dass der Brief da ist, wo er sein soll. Wie auch immer, die rettende Reiterei wird niemals durch das Lagertor, durch jene Tür hereingesprengt kommen.

»Worauf habt ihr gewartet?«, wiederholt Hallenberg geduldig.

Es gibt nur diesen Stuhl, sagt Miina sich. Und den Schreibtisch da. Die Lampe. Das Weinglas. Papier und Feder. Die Hände. Die kurzen blonden Härchen auf dem Handrücken. Und mein Leben, das liegt in diesen Händen da.

»Dann warteten wir nur noch auf das, was kommen musste«, sagt sie.

Am Morgen befahl man ihnen, sich hinter dem Hofgebäude in einer Reihe aufzustellen.

»Stellt euch mal auf wie für ein Familienbild«, kommandierte der Unteroffizier. »Was ist denn daran so schwierig, werte Fräuleins, sich in einer Reihe aufzustellen. Das sollte doch keine besonderen Geistesgaben erfordern.«

Martta suchte Halt bei Miina, es fiel ihr schwer, sich aufrecht zu halten. Die Sonne schien vom fast wolkenlosen Himmel, die ersten Fliegen des Frühlings surrten schon herum. Die Ruhe des Meeres und die Wärme des rauen Granitsteins kündigten einen schönen Frühlingstag an.

»Was machen wir jetzt?«, fragte Martta. »Mir tut alles weh. Und dir?«

»Nein«, sagte Miina. »Denk nicht daran. Denk an etwas anderes.«

»An was denn? Hilf mir. Woran soll ich denken?«, beharrte Martta. Ihr klapperten die Zähne, aber der Blick, den sie auf Miina richtete, war steinhart und fordernd und keine Spur mehr flehentlich. Miina verstand, dass von ihr etwas erwartet wurde. Irgendetwas. Ein Zeichen, eine Geste, eine erschöpfende Antwort.

Woher soll ich das wissen, zum Teufel, hätte sie am liebsten gesagt. *Verfluchte Scheiße, ich weiß überhaupt nichts mehr.* Stattdessen antwortete sie:

»Denk an das Wunder.«

»Aber du hast doch gesagt, dass du nicht glaubst –«

»Ist doch scheißegal, was ich gesagt habe«, schnauzte Miina. »Du bist du und ich bin ich.«

Martta antwortete nichts, schien aber auf irgendeine unerklärliche Weise die Antwort zu akzeptieren.

»Schluss mit dem Geschnatter! In Linie antreten!«, kommandierte der Unteroffizier. »Na, verdammte Zucht!«

»Was habt ihr vor? Wir haben keine Instruktionen bekommen«, sagte einer der Männer, ein großer Jäger in ausgebeulten Hosen. »Und die Gefangenen sind in allzu schlechter Verfassung ...«

»In zu schlechter Verfassung, um zu sterben?«, brüllte der Feldwebel. »Die waren nicht krank, als es darum ging, den Pfarrer von Heinämäki mit dem Kopf nach unten ans Kreuz zu nageln. Als dem Gutsbesitzer Henriksson die Haut abgezogen wurde ... Aber wo trödeln unsere Jungs herum? Svahn?«

»Darf ein finnischer Soldat nicht mal mehr in Ruhe pinkeln?« Ein magerer Kerl mit hängenden Hosenträgern, der sich den Hosenschlitz zuknöpfte, kam herbei.

»Ordnen Sie Ihre Kleider, Soldat«, befahl der Feldwebel sichtlich unzufrieden. »Und dann erledigen wir diese Sache hier. Steh auf, Mädchen.«

»Sie kann nicht stehen«, sagte Miina. »Lassen Sie sie.«

»Wo soll ich mich hinstellen?«, fragte Martta überraschend sachlich.

»Bleib nur, wo du bist«, sagte Miina und dachte: Wenn ich mir nur nicht in die Hosen mache. Die Freude gönne ich ihnen nicht.

Der Gruppenführer fuchtelte mit seinem Gewehr.

»Alle Mann hoch und in Linie antreten!«

Aber der Jäger legte sich quer.

»Die sind doch schon jetzt ganz voll Blut. Bei so was mach

ich nicht mit. Die sollten doch nach Ruukkijoki gebracht und vom offiziellen Standgericht vernommen werden.«

Gereizt schubste der Feldwebel den Querulanten neben zwei andere Soldaten. Benommen vom Schnaps, hielten sie sich schlechter als die Gefangenen auf den Beinen.

»Hören Sie mal, Jäger Harjula, bei uns werden die Dinge nicht in dieser Weise erledigt«, sagte er, »und wenn man noch so sehr gefeiert hat. Lassen Sie es jetzt auch knallen, dann kriegen wir diese Fuhre Mist vernichtet.«

Bald kommt der Sommer, dachte Miina, bückte sich, während sie Martta stützte, und griff sich einen Stein. *In ein paar Wochen werden die Bienen dort auf der Kleewiese summen, das Meer wird warm, und man kann baden, das Johannisfeuer lodert. Das ist einfach ein schöner Anblick, das …*

Josefa begann mit ihrer unschönen Stimme die Internationale zu singen und versuchte vergeblich, die anderen zum Einstimmen zu bewegen.

Der eigensinnige Jäger Harjula schien auch weiterhin nicht mit der Konstellation zufrieden. Er verlangte eine Unterredung mit dem Feldwebel. Der wiederum wollte eindeutig nicht beiseite genommen werden und war nicht geneigt, einen speziellen schriftlichen Befehl für eine solche Situation hervorzusuchen. Bestimmt träumte er schon davon, dass ein Frühstückstrunk ihm Erleichterung von seinen pochenden Kopfschmerzen verschaffen würde.

Der Jäger wiederum gehörte anscheinend zu jenen kindischen, naiven Männern, denen die unvorhergesehenen und unangenehmen, aber unvermeidlichen Zwischenfälle des Krieges irreparablen Schaden zufügten, was die Genugtuung darüber beeinträchtigen konnte, dass sie Freiheitskämpfer geworden waren.

»Jetzt zähle ich bis drei, Jungs, und dann knallt's«, befahl der Feldwebel. »Klar?«

Die Männer nickten matt.

Miinas Arme umschlangen Martta. Sie zog sie an sich, so als wären sie plötzlich die dicksten Freunde. Sogar Liebende.

Denk an dieses Foto. Wir beide im Goldenen Schnitt.

»Eins, zwei, drei ...«

Im Nachhinein fand Miina, dass das Überraschendste an dem Augenblick vor dem Tod dessen Stille gewesen war. Die Leere der Stille. Es schien, als hätten sich auch die betrunkenen Soldaten zusammengerissen und darüber gewundert. Keinerlei Leben pulsierte vor dem Krachen der Schüsse. Die Wolken verhielten an ihrem Platz. Und das Meer, selbst das hörte auf zu rauschen.

»Feuer!«

Die Frauen fielen übereinander. Sie starben unfassbar schnell, nahezu kultiviert. Und die Männer senkten erleichtert ihre Waffen.

Der Einzige, der den Eindruck soldatischer Haltung verdarb, war Jäger Harjula, der sein Gewehr hatte fallen lassen und sich übergab.

»Danke, Jungs, jetzt wegtreten zum Frühstück«, sagte der Feldwebel. Es war schwer zu entscheiden, ob der Farbwechsel in seinem Gesicht vom Ärger oder von der Erleichterung herrührte. Seine Stimme aber war eisig, und sie richtete sich an den unpässlichen Jäger:

»Etwas haben Sie dort in Deutschland offenbar nicht gelernt«, sagte er. »Ein finnischer Soldat trinkt nicht mehr, als er verträgt. Und Ihre Schießkünste dürfen sie noch mit dem Revolver auffrischen. Sie sichern die Sache mit einigen Kugeln ab. Und dann machen Sie sich ans Graben.«

Der Feldwebel machte kehrt und entfernte sich, ohne den Mann noch eines Blicks zu würdigen, der zur Bewegungslosigkeit erstarrt dastand und den Leichenhaufen anstarrte.

Das Mittagslicht betonte den verblüfften Ausdruck der offenen Augen der Toten, die Falten der zerrissenen Kleider. Es beleuchtete die beängstigende, ungeschützte Nacktheit der Gliedmaßen.

Der Jäger senkte seinen Blick auf die Stiefel. Sie waren mit Tropfen des Erbrochenen bespritzt. Nach kurzem Zögern begann er die Stiefel wie besessen mit einem trockenen Grasbüschel zu putzen. Äußerste Müdigkeit und Salzwasser brannten ihm auf den Lidern. Aber die Stiefel musste er sauber kriegen. Fleckenlos und glänzend. Etwas anderes kam nicht in Frage. Einwandfreie Stiefel waren für einen Jäger Ehrensache.

Kein Wunder, dass er bei so viel Emsigkeit nicht bemerkte, dass eines der Opfer sich bewegte. Die für Miina bestimmte Kugel – vermutlich gerade die von dem schusseligen Jäger abgefeuerte – hat eine andere Frau, Martta, durchschlagen, sodass Teile ihres Gehirns Miina ins Gesicht gespritzt waren.

Der Kampf war kurz.

Der Jäger bekam mit dem Stein eins auf den Kopf und Tritte in den Bauch und zwischen die Beine. Der dadurch verursachte Schmerz gab Miina einen guten Vorsprung.

Aber der Soldat hatte noch seinen Revolver. Und der knirschende Sandweg bot der Flüchtenden keinerlei Deckung.

»Bleib stehen, oder ich schieße«, schrie der Mann.

Miina gehorchte nicht. Sie setzte auf die Schwäche, die der Jäger zuvor bewiesen hatte. Die Schnelligkeit entschied, nichts sonst.

Miina bog in Richtung Schilf ab, wo ein Wildentenpaar erschrocken aufschwirrte. Ihr Tempo war jetzt gleichmäßig und mühelos. Sie hatte im Visier das Wäldchen, das sich hinter dem Felsen abzeichnete, aber der Strandsand war feuchter und nachgiebiger, als sie vermutet hatte. Sie versuchte, ihren Fehler zu korrigieren, indem sie die Uferböschung hinauf rannte. Aber dabei verringerte sich plötzlich der entscheidende Abstand zwischen ihnen. Männer sind schneller als Frauen, was kann man da machen.

Bei einem Wacholdergestrüpp warf der Jäger sich auf die Flüchtige. Miina spuckte, trat und kratzte. Sie tat alles, um freizukommen.

»Ich bring dich um«, schrie sie, »ich bring dich um!«

Der Mann bekam sie unter sich und drückte ihre Arme zu Boden.

»Beruhige dich, gute Frau. Womit willst du mich denn umbringen?«

Miina stellte den Widerstand ein. Versteinerte, regte sich nicht. Sie erkannte, dass sie Ruhe brauchte, um denken zu können. Sie musste herausfinden, ob dieser sentimentale Tropf sich hinters Licht führen ließ.

Sie ließ sich von ihm aufhelfen und schleppte sich in seinem festen Griff zurück ins Haus.

Erwartungsgemäß war der Feldwebel verärgert über die Wendung, die die Angelegenheit genommen hatte.

»Was heißt hier, Sie haben eine Gefangene gemacht? Wir haben keine Gefangenen, verdammt. Erledigen Sie das. Sehen Sie nicht, dass ich Karten spiele?«

»Ich werde diese Frau nicht erschießen«, sagte Jäger Harjula. »Das ist ungesetzlich. Von nichts Derartigem ist die Rede gewesen.«

Gerade jetzt wollte der Feldwebel von nichts anderem hören als vom Kartenspiel.

»Stellen Sie meinen Befehl in Frage? Herz ist Trumpf.«

»Ich möchte ein amtliches Papier sehen«, beharrte der Jäger. »Einen schriftlichen Befehl des Stabs.«

»Der ist bei Jägerleutnant Manninen. Kreuz-Lusche.«

»Dann möchte ich ihn von ihm selbst hören.«

Der Feldwebel sah ihn scheel an.

»Der Jägerleutnant hat sich jetzt zurückgezogen. Er ist müde. Sehr müde. So wie wir alle.«

Die Männer um den Feldwebel herum nickten gehorsam, ja, wir sind müde, hundemüde alle Mann.

»Die Gefangene muss nach Ruukkijoki zum offiziellen Standgericht gebracht werden«, fuhr Harjula hartnäckig fort.

Der Feldwebel seufzte. Wahrhaftig, dieser Jäger stellte seine Geduld auf eine harte Probe.

»Niemand ist imstande, wegen nichts diesen weiten Weg zu machen.«

»Ich schon«, sagte Harjula.

»Zu Fuß? Ein Pferd bekommen Sie nicht.«

»Ganz egal.«

Der Feldwebel legte die Karten auf den Tisch. Bestimmt war es für ihn ärgerlich, dass Svahn seinen Zehner nur deshalb bekommen hatte, weil der starrsinnige Untergebene ihn daran gehindert hatte, sich zu konzentrieren. Andererseits unterschätzte er nicht die Gefährlichkeit solcher kleinen Aufruhrbewegungen, die darin verborgene Kraft, die die Kameradschaft unter den Männern anschlagen, den Boden für Verrat bereiten und im schlimmsten Fall dem ganzen Krieg eine andere Wende geben konnte. Der Weichenhebel, mit dem man auch die schwersten Waggons dazu bringt, ihre Richtung zu ändern und den fatalen Zusammenstoß herbeizuführen, ist nicht sehr groß. Außerdem war der Mann ein Jäger und deshalb in einer besonderen Position. Zumal in den Augen des Jägerleutnants.

»Wie alt sind Sie, Harjula?«, fragte der Feldwebel.

»Einunddreißig.«

»Verheiratet?«

»Nein.«

»Wohnen Sie noch bei Ihren Eltern?«

»Mein Vater ist tot.«

»Sie wohnen also bei Ihrer Mutter.«

Das war eher eine Feststellung als eine Frage. Die Miene des Feldwebels war unverhohlen spöttisch.

»Ich bin gerade erst nach Finnland zurückgekehrt«, sagte Harjula nach kurzem Zögern.

»Raten Sie mal, Harjula, woran Sie mich erinnern«, sagte der Feldwebel.

Der Jäger zuckte die Achseln.

»An einen kleinen Jungen, der droht, von zu Hause fortzugehen, weil er über einen Befehl seines Vaters böse ist. Aber wissen Sie, wie es einem solchen ungehorsamen Knaben gewöhnlich ergeht? Er sitzt im nächsten Wald auf seinem kleinen Koffer und hält seinen Schlafteddy im Arm, bis es dunkel wird. Er schaut nach den Lichtern seines Zuhauses und nach dem gemeinsamen Tun und Treiben dort drinnen im Warmen. Er fängt an, im Dunkeln ein Tapsen und Keuchen zu vernehmen. Er hat Angst. Verdammt große Angst. Und zuletzt rennt er weinend nach Hause. In Sicherheit. Aber deshalb braucht er sich nicht zu schämen. So machen es doch alle, früher oder später.«

»Mag sein.«

O Gott, was war ich bloß für ein Trottel, schien der Feldwebel zu denken. Ein richtiger Holzkopf. Jäger oder nicht, aber im Zivilleben muss der einer von jenen erwachsenen Männern sein, die sich immer noch an Mutters Rockschöße hängen. Und die Sentimentalität gegenüber jeder Frau, der er begegnet, auch so einer, die auf der Seite des Feindes steht, ist meist immer noch die Sehnsucht nach der Mutter. Das Entsetzen darüber, dass das schützende Zuhause so weit weg ist. Deshalb sterben sie im Kampf auch als Erste, die Muttersöhnchen, weil sie hierhin und dorthin stürmen wie Hasenjunge, die die Mutter aus den Augen verloren haben. Aber da dieser arme Tropf dem schnellen Heldentod entgangen ist und Gott allein weiß, warum, war es die wichtigste und einzige Aufgabe seines Vorgesetzten, ihm klar zu machen, wo jetzt sein wirkliches Zuhause war.

»Das Dümmste an der ganzen Sache ist, dass seine Familie in der Zeit, wo der arme Junge sitzt und die Minuten zählt, die die Stunden so lang werden lassen wie Hungerjahre, seinen kindischen Aufruhr gar nicht bemerkt hat«, sagte der Feldwebel. »Herzzerreißend, was?«

»Jawohl.«

Der Feldwebel sah ihn forschend an. Irgendetwas stimmte immer noch nicht. Er stand auf:

»Geben Sie mir Ihren Revolver.«

»Nein. Ich erhebe offiziellen Einspruch. Das, was hier in der vergangenen Nacht und heute Morgen passiert ist –«

»Was faseln Sie da? Die Männer haben gefeiert. Das gehört dazu. Sie aber können Alkohol verdammt schlecht vertragen. Sie sehen Gespenster. Hier ist nichts passiert. Oder?«

»Nein, nein«, bestätigten die Männer matt.

»Wir haben einen Befehl«, sagte der Feldwebel, jedes Wort betonend, »einen Befehl von Jägerleutnant Manner, alle Gefangenen zu erschießen, die versuchen zu fliehen. Das passt Ihnen nicht. Sie möchten diese Frau nach Ruukkijoki bringen. Persönlich. Merkwürdig. Sehr merkwürdig. Sie sollten sich wegen dieser Aufsässigkeit vor dem Jägerleutnant verantworten, aber meiner Ansicht nach hat er seine Ruhe verdient. Korrigieren Sie mich, falls ich mich irre. Und sprechen Sie, verdammt noch mal, Ihren Vorgesetzten so an, wie es sich gehört.«

»Sie irren sich nicht, Herr Feldwebel«, antwortete Harjula mit überraschend guter Haltung.

Gegen seinen Willen trat dem Feldwebel ein Anflug von Lächeln auf die Lippen.

»Durch irgendwelche seltsamen Possen hat diese widerliche Hure es geschafft, Sie einzuwickeln. Lächerlich. Peinlich. Aber ich werde mit Ihnen nicht wegen einer so unbedeutenden Person streiten.«

In den Worten des Feldwebels klang die leise Hoffnung an, dass sie endlich die gleiche Sprache sprachen. Dass die Hintergedanken des Jägers sich als Hintergedanken eines normalen, gesunden Mannes erweisen würden.

»Andererseits haben Sie jetzt schon so viel Kuddelmuddel verursacht, dass ich verlange, Ihren Revolver zu kontrollieren. Ich möchte sehen, ob er wenigstens geladen ist, ehe Sie ihn in Ihren kleinen Koffer packen.«

Der Jäger reichte ihm seine Waffe.

»Ein Nagan, eine Kommissarswaffe. Erinnerung von der Ostfront?«, fragte der Feldwebel und drehte an der Trommel.

»Jawohl, Herr Feldwebel.«

Der Feldwebel roch an der Waffe.

»Und alle sieben Patronen noch da. Als der russische Zar und Großfürst von Finnland Nikolai II. es für gut befand, allergnädigst zu bestätigen, dass dieser Revolver zur offiziellen Bewaffnung der Streitkräfte des russischen Reichs gehört, da hat er wohl kaum gemeint, dass man ihn mit sich herumtragen soll wie ein unnützes Spielzeug. Zögern Sie kein zweites Mal, ihn zu benutzen. Solche Rührseligkeit kann Sie das Leben kosten.«

»Ich werde nicht zögern, Herr Feldwebel.«

»Gut. Denn Ihre wahre Familie erwartet Sie hier. Je eher Sie zurückkehren, desto besser für alle.«

Er legte die Waffe mit dem Griff voran dem Jäger in die Hand, ließ sie aber nicht los.

»Verstehen Sie, was ich meine?«

»Ich verstehe, Herr Feldwebel.«

Der Vorgesetzte zog seine Hand zurück.

»Danke, Herr Feldwebel.«

»Wegtreten.«

Der Jäger nickte der Gefangenen zu. An der Tür blieb er stehen und drehte sich noch einmal um.

»Am Ufer liegt ein Ruderboot, Herr Feldwebel. Ist es recht, wenn ich das nehme? Über das Wasser ist der Weg viel kürzer.«

Kennt denn seine Unverschämtheit keine Grenzen, drückte die Miene des Vorgesetzten aus. Mit rot angelaufenem Nacken klopfte er an die Tasse, die er geleert hatte, und erwog noch einmal die Alternativen.

»Also gut«, seufzte er dann nach relativ langem Schweigen. »Wie romantisch, das Ganze.«

Moment mal«, sagt der Richter. »Du behauptest also, dass die vier anderen Frauen kaltblütig hingerichtet wurden, dass man aber dich aus irgendeinem Grund am Leben ließ. Das ergibt doch überhaupt keinen Sinn.«

»Ich bin nicht getroffen worden«, sagt Miina. »Ich habe versucht zu fliehen, aber Harjula hat mich eingeholt.«

»Und dann hat man beschlossen, dich hierher zu schicken, damit du mit mir reden kannst.«

»Harjula hat das verlangt.«

»Warum?«

»Das weiß ich nicht.«

»War davon wirklich zu keinem Zeitpunkt die Rede?«

»Nein.«

»Seltsam. Du bist also Jäger Harjula vor diesem Morgen nicht begegnet.«

»Nein.«

»Und wenn du es nun einfach vergessen hast?«

»Ich würde mich daran erinnern.«

»Na gut. Aber vielleicht müssen wir doch noch einmal auf die vorangegangene Nacht zurückkommen«, sagt Hallenberg.

Da sitzt du nun vor mir, ein Bein übergeschlagen, denkt Miina. Rauchst deine Pfeife. Hebst in rascher Folge das Weinglas. In deinem teuren Tweedjackett und dem blendend weißen Hemd. Mit sauberen Fingernägeln. Und schämst dich nicht, nach Einzelheiten zu gieren, an die niemand sonst sich erinnern möchte.

»Warum?«

»Weil es mir sehr schwer fällt, an deine merkwürdige Geschichte zu glauben. Und an Harjulas Anteil daran.«

Ich weiß, dass auch du mich heimlich in jenem Zimmer beobachtest. Ich weiß nur nicht, warum. Was willst du? Und was willst du nicht?

»Ich lüge nicht«, versichert sie.

»Na gut. Aber irgendetwas hast du verschwiegen. Von jener Nacht.«

Erst jetzt kommt ihr blitzartig der Gedanke, dass es möglicherweise gar keines Köders bedurft hätte. Dass sie nicht hier ist wegen des Anblicks, den sie dem Mann am Spion der Zelle geboten hat. Weil die Neugier bei ihm zur Zwangsvorstellung wurde, ist die reine Wahrheit der Haken, nach dem diese Beute schnappt.

»Im Keller war es so wie in Kellern ganz allgemein. Kalt und ungemütlich. Anders kann ich das nicht beschreiben.«

Der Richter sieht sie über seine Brille hinweg an, richtet den Blick aber rasch zurück auf seine Papiere.

Er sagt nicht: Ich bin dein Freund. Mir kannst du vertrauen.

Und er lässt sich auch nicht mehr dazu herab, Miina vorzulügen, er werde ihr die Freiheit geben, wenn sie nur alles erzählt.

Zwischen ihnen hat sich rasch eine gewisse Nähe, ein wortloses Einvernehmen entwickelt. Wäre es übertrieben, das für den tastenden Beginn eines gegenseitigen Respekts gleichberechtigter Feinde zu halten?

»Du hast von Klavierspiel gesprochen. Was für Stücke wurden dort gespielt?«

»Ich kannte sie nicht.«

»Aber würdest du sie wiedererkennen? Wenn du sie noch einmal hören würdest?«

»An eines erinnere ich mich.«

Sehr gut sogar.

»Kannst du es mir vorsingen?«

Miina spürt, wie ihr Rücken und Achselhöhlen feucht werden.

»Nein.«

Emil Hallenberg blickt über seine Brille, möchte jedoch ihrem Blick nicht begegnen.

»Ich erwarte hier kein musikalisches Erlebnis. Aber wie zum Teufel soll ich dir glauben, wenn ich keinen klaren Beweis dafür bekomme, dass du an dem Ort warst, wo du behauptest gewesen zu sein?«

Das Glas, mit dem der Richter unruhig herumgespielt hat, ist leer. Ebenso die Flasche auf dem Tisch. Miina vermutet, dass der zunehmende Rausch des Mannes bei dem Punkt angekommen ist, wo sich alles für einen Augenblick in gefährliche Klarheit verwandelt. In die Fähigkeit, eine Verbindung zwischen den Dingen herzustellen, die man in normalem Zustand nicht erkennen würde.

Miina räuspert sich.

»Ich hätte auch gern ein Glas«, sagt sie. »Das könnte gegen die Halsschmerzen helfen.«

Diesmal weicht Hallenberg dem Blick nicht aus.

»So?«, fragt er sachlich. »Also gut, ausnahmsweise. Was bin ich doch taktlos.«

Er spricht wie ein Mann, den man beim Knausern ertappt hat, der aber im Grunde nicht geizig ist. Nur ist ein so guter Wein sehr selten und nur für wirkliche Kenner bestimmt. Zu denen, ohne dass er jetzt persönlich werden wollte, sein Gast kaum zu gehören behaupten konnte.

Der Richter steht auf und geht zur Tür.

»Paasonen!«, ruft er in den dunklen Korridor. »Eine neue Flasche und ein zweites Glas!«

In Erwartung des Weins bricht das Gespräch ab. Hallenberg stopft sich die Pfeife und sieht aus dem Fenster nach draußen, wo es nieselt. Miina tut so, als betrachte sie aufmerksam die Buchrücken hinter der Glasvitrine. Sie ist kurzsichtig und kann ohne Brille nichts erkennen.

Paasonen bringt die Flasche und das Glas und stellt sie mit leerem Blick auf den Tisch.

Etwa zwanzig Minuten später unterbricht sie erneutes Klopfen.

»Entschuldigen Sie bitte«, sagt Paasonen durch den Türspalt, »ich habe gesagt, dass Sie beschäftigt sind. Aber diese Dame verlangte, unbedingt ...«

Eine zierliche Frau in grünem Hut und Samtmantel schaut dem Soldaten über die Schulter.

»Ich wollte dich überraschen, Liebling!«, erklärt sie heiter und wischt die an ihrer Wange haftenden feuchten Haarsträhnen zurück.

Hallenberg bringt ein kleines, verkniffenes Lächeln zustande, das die Frau als erfreute Begrüßung zu deuten beschließt.

»Ich wusste, dass du dich freuen würdest. Aus dem Handbuch der jungen Hausfrau Seite 37: *Wenn der Mann aus beruflichen Gründen lange Zeit nicht nach Hause kommen kann, ist es Aufgabe der Frau, in der Umgebung häusliche Wärme zu schaffen, wo der Gatte jeweils zu weilen genötigt ist.* Und da bin ich nun!«

Der Richter steht auf und küsst sie auf die Wange.

»Wie zum Teufel hast du dir den Einlass erschwindelt, Bea?«

Frau Hallenberg streift sich Finger für Finger die vanillefarbenen Handschuhe ab.

»Ganz einfach«, lacht sie. »Sieh mal, Jägerleutnant Manner hat mir einen ureigenen Gefängnispass ausgestellt.«

Sie lässt ein neues Lachen ertönen, aber der Richter sieht

eher aus wie ein kleiner Vogel, der in ein Gartennetz geraten ist und der sich nichts so sehnlich wünscht, als freizukommen und seines Wegs zu fliegen.

»Äußerst bemerkenswert und im Grunde bewunderungswürdig ist die Fähigkeit der nordamerikanischen Wölfe, sich an veränderte Umstände anzupassen. Weite Landstriche, früher die Jagdgebiete der Wölfe, sind jetzt zu Ackerland geworden. Wo früher mannigfaltiges Wild herumlief, unter dem der Präriewolf leicht seine Beute fand, da sind jetzt die wilden Tiere verschwunden, und das Dampfross eilt über die Pazifikbahn durch die Landschaft.
Aber auch der Wolf hat es verstanden, sich zu kultivieren. Er hat gelernt, dass die schwarzen Köche der Züge Speisereste aus den Fenstern der Restaurantwagen auf die Böschung werfen, die für den Wolf Delikatessen sind, und so ist er schlau genug, die Bahnstrecke entlangzulaufen und nach den Brosamen zu schnuppern, die vom Tisch des reichen Herrn fallen …«

Unten am Strand bietet sich Aaro Harjula ein herziger Anblick. Eine wahre Familienidylle:

Der Mann sitzt in Hemdsärmeln am Ufer, ein an den vier Ecken geknotetes Taschentuch auf dem Kopf, und angelt. Die Frau, seine Gattin, watet beherzt im Meer, einen Kescher in der Hand, die Haare in den Nacken gestrichen, den gelb gestreiften Rock um die Taille hochgebunden, sodass die Beine der Unterhosen gerade eben bedeckt sind (»Du solltest schon herauskommen, Liebste, das Wasser ist doch eiskalt«). Der ältere Herr, der aussieht wie ein pensionierter Professorenonkel (wer hat Konsta mit neuen Kleidern ausgestattet?), richtet seine Kamera bald auf die durchs Wasser staksende Schöne, bald auf die Kuriositäten im Strandsand, deren Wert nur er allein kennt.

Die Möwen kreischen irgendwo weiter weg, der Himmel ist blau, die Sonne brennt mit voller Kraft. Auf einem Uferfelsen ist ein weißes Tuch ausgebreitet, und darauf stehen ein Korb, eine Kaffeekanne, Tassen, Teller, Gläser, in einem davon ein Strauß Anemonen. Es fehlt nur der auf einer Decke sitzende Säugling mit Sonnenhütchen, der sich am Ohr zupft, und das Bild wäre vollkommen.

Einen Augenblick lang fällt es Aaro Harjula leicht, sich vorzustellen, dass das Standgericht endlich die ihm übertragene Aufgabe erfüllt und auf einen Schlag alles Böse von der Erdoberfläche getilgt hat. Der Widerstand, der das stille, unschuldige Familienleben bedroht hat, ist fort. Der Krieg vorbei. Und die Uhr der Geschichte ist eingestellt, die neue Zeit zu messen.

Sie ist tot, geht es Aaro durch den Sinn. *Ich bin zu spät gekommen, es ist nichts mehr zu machen.*

Der Richter zieht den Schwimmer aus dem Wasser. Bei näherer Überprüfung erweist sich, dass der Haken leer ist. Hallenberg dreht sich um und will einen neuen Wurm aus dem hinter ihm stehenden Glas nehmen, als er Aaro Harjula bemerkt.

»Guten Tag. Jäger Harjula meldet sich zum Dienst –«

»Pschscht, Sie verscheuchen ja auch noch die letzten Fische.«

»Ich bitte um Entschuldigung.«

»Ach was«, sagt Hallenberg. Er nimmt das Taschentuch vom Kopf.

»Um ehrlich zu sein, ich habe noch keinen einzigen Schwanz von einem Fisch gesehen, aber dies ist ja eine verdammt putzige Art und Weise zu hexen, dass Würmer unsichtbar werden. Setzen Sie sich auf Ihre vier Buchstaben, mein Bester. Da auf den Felsen. Und nehmen Sie sich was zu trinken. Ein Bier. Garantiert kalt. Ich hab die Flaschen da im Uferwasser. Bringen Sie mir eins mit. Meine Frau meint, ich sollte mehr Bier und weniger Wein trinken. Sind Sie derselben Meinung?«

Aaro strengt sich an, ein Lächeln zustande zu bringen, und marschiert gehorsam durch den nachgiebigen Sand, um die Flaschen zu holen. Man hört es der Stimme des Richters an, dass er schon ganz schön besäuselt ist, wohl kaum nur vom Bier. Er hat sich verändert, denkt Aaro. Am Kinn mehrere Tage alte Bartstoppeln, das Hemd nachlässig geknöpft, und von der Munterkeit der letzten Begegnung ist nichts mehr übrig.

»Bea, komm den heldenhaften Jäger begrüßen, von dem ich dir erzählt habe.«

Die Frau dreht sich um, die Hand über den Augen, blinzelnd. Sie löst den Rock, ein Teil davon fällt ins Wasser, als sie langsam ans Ufer watet. Dort angekommen, wendet sie sich schamhaft ab und knöpft sich die weiße Bluse zu, die bis zur Brustfurche offen gestanden hatte.

»Wie Sie sehen, hat meine Frau den Blutkreislauf eines Seepferds«, sagt Hallenberg. »Jäger Harjula, meine Frau Beata, geborene Candolin.«

Die Frau streckt ihre winzige, mit vielen Ringen geschmückte Hand aus.

»Angenehm. Mein Mann hat kein Sterbenswörtchen von Ihnen gesagt. Wie auch sonst nicht von seiner Arbeit. Angeblich lauter militärische Geheimnisse. Na? Was sind Sie denn für ein Held?«

»Ein Überlebensheld«, sagt Hallenberg. »Er war in der gefährlichen Lage, als Gefangenenbegleiter zehn Tage auf einer einsamen Insel übernachten zu müssen. Unbewaffnet.«

»Huch!«

»Der Richter übertreibt ganz schön«, sagt Aaro verlegen.

»Na, dann acht. Oder so ungefähr«, lacht Hallenberg. »Jedenfalls lange.«

Aaro spürt, wie er unaufhaltsam rot wird.

»Es handelte sich um eine Gefangene«, erklärt er Frau Hallenberg.

Die hebt lächelnd die Augenbrauen.

»*Aha* …!«

»Kein Grund zu ahaen, Bea. Jäger Harjula gehört zu den Eliteleuten des Truppenteils deines Freundes Manner. Er kommt, um mir beim Verhören der schwierigsten Fälle zu helfen. Als Freiwilliger, aber auf warme Empfehlung seines Vorgesetzten.«

Frau Hallenberg nimmt ihrem Mann die Bierflasche aus der Hand.

»Aus dem Glas, Liebling, aus dem Glas«, sagt sie.

Nun ist die Reihe an ihr, Aaro die Worte des Richters auszulegen:

»Yrjö Manner ist ein Freund der Familie. Genau genommen, ein Jagdgefährte meines Großvaters. Und mein Großvater war in Sorge um mich. Dass ich zu Hause mutterseelenallein verschmachte, während mein Mann sich hier am Ende der Welt von seiner öden Arbeit umbringen lässt. Ich verstehe ja, dass man diese infamen Leute bestrafen muss, aber ich würde doch annehmen, dass sich dafür entbehrlichere Männer finden lassen.«

Sie füllt das Bier in ein Kristallglas und nimmt einen kleinen Schluck, ehe sie es ihrem Mann reicht. Aaro bekommt ein eigenes Glas.

»Nun stellen Sie sich mal vor«, seufzt Frau Hallenberg und sucht nach Mitgefühl im Blick des Jägers. »Wir sind erst acht Monate verheiratet.«

Aaro nickt. Er nimmt einen tiefen Zug, um zu verbergen, dass er darauf nichts Passendes zu erwidern weiß.

»Ich dachte, ich heirate einen Schriftsteller«, fährt die Frau fort. »Ich stellte mir vor, wie ich voll Demut und Verehrung als seine Muse herumtrippele, ihm die Pantoffeln bringe und sein Sitzkissen aufschüttele, während er mit einem roten Künstlerschal um den Hals Meisterwerke der Weltliteratur verfertigt. Aber was habe ich bekommen: einen Mann, der hingebungsvoll Jagd auf Kriegsverbrecher macht und der nie zu Hause ist. Ich war nahe daran, verrückt zu werden. Und Sie?«

»Wie bitte?«

»Sind Sie verheiratet?«

»Um Himmels willen, Bea. Lass doch den Mann in Ruhe! Er hat einen langen Weg hinter sich.«

»Bedauerlicherweise nicht, Frau Hallenberg«, sagt Aaro zurückhaltend.

»Was ist denn daran zu bedauern?«, knurrt der Richter.

Die Frau spielt die Erzürnte, kneift ihren Mann in den Arm, aber verwandelt die Geste plötzlich in Streicheln.

»Hör mal, Emil. Müssen denn hier alle unbedingt so furchtbar förmlich sein?«, fragt sie. »Oder kann ich ihm das Du anbieten?«

»Wenn ich diese Plörre gegen Wein eintauschen darf«, versetzt Hallenberg finster.

»Natürlich, Liebster. Du bist doch hier der Chef.«

Sie löst ihren Griff, wendet sich zufrieden dem Jäger zu und reicht ihm erneut die Hand:

»Meinen Namen wissen Sie ja schon. Und Ihrer?«

»Aaro.«

»Möchtest du ein Butterbrot, Aaro?«

»Nein danke.«

»Oder ein Stück Torte? Das ist Tosca-Torte. Meine Bravournummer. So verwöhne ich meinen Mann, wenn ich nur die Gelegenheit dazu habe.«

»Ein kleines Stück, bitte«, gibt Aaro nach.

»Ach. Und ich dachte, die Wirtschafterin hätte die gemacht«, sagt Hallenberg, während er gut gelaunt die Weinkaraffe aus dem Korb nimmt.

Seine Frau bricht in Gelächter aus.

»Ja, aber ich habe die Zutaten und das Rezept mitgebracht. Aus Helsinki. Und ich hätte sie auch selbst gebastelt, wenn Frau Karppinen mich in ihre Küche gelassen hätte. Das ist ihr Reich, und das respektiere ich.«

Sie dreht sich um und gibt dem in der Bachmündung mit seiner Kamera beschäftigten Konsta Zeichen.

»Hallo, lieber Konsta! Huhu! Möchtest du von der Torte? Oder nein, mach du nur in Ruhe deine Bilder. Ich bring dir welche. Ich möchte unbedingt mit eigenen Augen sehen, was es dort so Interessantes gibt, und lasse euch allein, damit ihr euch über wichtige militärische Geheimnisse unterhalten könnt.«

Sie wickelt ein Stück Torte in eine Serviette.

»Ich bin ganz wild auf Konsta. Er ist mein Liebling. So ein hilfsbereiter und charmanter Onkel. Findest du das nicht auch, Aaro?«

Aaro hat schon erkannt, dass von ihm nicht unbedingt eine Antwort erwartet wird.

»Wie Sie sehen«, sagt Hallenberg, während seine Frau den Felsen hinunter tänzelt, »ist es mir in letzter Zeit etwas schwer gefallen, mich auf meine Arbeit zu konzentrieren. Aber ich bringe es nicht übers Herz, ihr das zu sagen. Deshalb war ich sehr erleichtert darüber, dass Ihr Vorgesetzter Ihre Versetzung für eine gute Idee hielt.«

So ist es wohl, denkt Aaro, jetzt, wo die Vergangenheit sich allmählich auf peinliche Weise entrollt, die unangenehme, hässliche, Klavier spielende Vergangenheit.

»Dass Sie auf diese Idee gekommen sind.«

»Im Moment haben wir sonst sehr wenig zu tun«, sagt Aaro. »Ich möchte mich nützlich machen.«

»Zum Teufel, genau diese Worte wollte ich hören, noch dazu aus dem Munde eines Berufssoldaten«, sagt Hallenberg und wirft sich auf den Rücken. »Ich sollte das eigentlich nicht sagen, aber nach meiner festen Überzeugung begreift die Führung dieses Krieges offenbar nicht so recht, was an der Basis geschieht.«

»Mag sein.«

»Das Dumme ist, dass die ganze Führung erlahmt ist und nur noch, wie Sie treffend sagten, mit militärischen Fragen zu tun hat und vor allem die Erfolgsgeschichten des Geschäftslebens bewundert. Die Helden sind jetzt Männer, in deren Aktentaschen die Schicksale von Hunderten von Menschen knistern. Die in ihren schwarzen Fords, chauffiert von ihren persönlichen Fahrern, von Ort zu Ort sausen. Die angenehme Börsenüberraschungen organisieren. Jetzt, wo das Land einen Nationalitätskampf und den Übergang zur Selbstständigkeit und diesen elenden Freiheitskrieg durchgestanden hat, ist seine Führung plötzlich der Ideologien zum Verrecken überdrüssig und sieht das menschliche Leben wieder als Produktionsstätte, bei der die Ertragsverantwortung liegt. Ich habe bemerkt, dass auch die Presse solche Wörter wie *Investition* und *Ausstoß, Risiko* und *Profit* liebt … Schütten Sie sich diese Plörre in den Hals, dann bekommen Sie etwas, was es wert ist, gekostet zu werden.«

Aaro gehorcht. Auch er möchte einen Rausch, so rasch wie möglich.

Man hört der Stimme des Richters die unverhohlene Verbitterung an. »Das bloße Töten genügt ihnen nicht mehr«, sagt er. »Sie möchten nicht mal davon hören, geschweige denn in die Hinrichtungen verwickelt werden. Sich Sorgen machen wegen der jämmerlichen Essensrationen. Wegen des Mangels an Betreuungspersonal. Aber meine Frau hat insofern Recht, als auch die Drecksarbeit getan werden muss. Nur, damit noch nicht genug. Zu alledem sollen wir auch noch *Ergebnisse* vorweisen. Und andererseits mit der Effizienz des heiligen Mistkäfers all das begraben, was diese junge Nation daran hindert, den *Erfolg* zu maximieren. Reinen *Profit* zu erzielen. Aber wie kann ich das alles auf einmal tun? Sagen Sie mir das.«

Aaro findet, Hallenberg klingt allmählich glaubhaft wie ein Mann, der sein ganzes Leben für die Sache des Vaterlandes geopfert hat. Sein Familienleben, seine Wirtschaft und vermutlich auch seine Gesundheit. (Denn dieses unablässige Picheln, das diesen beschissenen Posten erträglicher machen soll, kann ja auch nicht so sonderlich gesund sein?)

»Gar nicht«, versichert er und betrachtet verstohlen die Gestalt neben Konsta, die mit kindlichem Eifer den Bach untersucht. Es kommt ihm seltsam vor, dass eine solche Frau Hallenbergs Gattin geworden ist. Aber auch, dass der Mann gerade sie gewählt hat.

»Ich soll Klarnamen auf dem Tablett präsentieren«, predigt Hallenberg. »Dicke Fische. Leute, die die Epidemie verbreitet haben. Und sie andererseits auch wieder nicht präsentieren. Wissen Sie, ich bin jetzt wirklich davon überzeugt, dass Ihre Gefangene in mancherlei Hinsicht wertvoller ist, als man denkt. Dass sie das eine und andere weiß. Und ich spreche jetzt nicht vom Krebs des Sozialismus.

Das Endergebnis der Ermittlungen wird für Miina Malin selbst natürlich schlimm sein. Da kann man nichts machen. Aber ich möchte nicht, dass sie ihr Wissen mit ins Grab nimmt.«

»Was meinen Sie damit?«

Hallenberg lacht spöttisch:

»Nun machen Sie mal halblang, mein Lieber. Sogar Ihr abgestumpfter Vorgesetzter mit seiner äußerst begrenzten Fantasie – entschuldigen Sie schon – hat endlich herausgefunden, dass ich auch Schriftsteller bin. Schriftsteller und Redakteur. Dass mich so eine dumme und unmoderne Sache wie die Wahrheit ganz aufrichtig interessieren kann. Und mir scheint, dass ihm das verdammt viel Sorge macht.«

»Meinen Sie?«

Hallenberg liegt auf dem Rücken, die Hände auf der Brust gefaltet, die Augen halb geschlossen:

»Auch viele andere fürchten, dass mein Sinn für Realitäten irgendwie gelitten hat und dass ich das Wesentliche der Aufgabe vergessen habe. Dass ich also den Herren sauberen Ausstoß bieten soll. Ich soll in Blut baden, damit sie sorglos ihren Geschäften nachgehen können. *A terrible beauty is born*, wie mein irischer Kollege sagt. Wir produzieren sie. Ich und bald auch du. Schreckliche Schönheit. Aber aus jenen anderen, den verdammten Pontiuspilatussen, werden Kommerzienräte und Minister gemacht. Und die werden ihre Privatchauffeure und ihre einträglichen Aktien bekommen und verleben noch ein glückseliges Greisenalter als Patriarch einer großen

Familie. Sie rauchen ihre Pfeifen und gehen mit ihrem Lieblingssetter Gassi und bumsen ihr Hausmädchen, solange sie können, und auch noch danach …«

Hallenberg schweigt. Seine Frau springt um Konsta herum, der langsam herbeigetrottet kommt.

»Habe ich ein hässliches Wort gehört, Liebling?«

Hallenberg weicht der Frage aus.

»Was habt ihr gefunden?«

»Ratet mal.«

Konsta hält seine schaufelartigen Hände im Schoß fest zusammengepresst. Aaro tippt auf Muscheln. Der Richter auf einen besonderen Stein.

Die Frau ergreift Konstas Hände und öffnet sie vorsichtig.

Darin zuckt ein durchscheinendes, mattgrün gesprenkeltes, schlangenartiges Wesen.

»Habt ihr jemals etwas so Jämmerliches gesehen?«

»Jämmerlich?«, fragt der Richter und runzelt die Stirn.

»Zugleich jämmerlich und traurig«, erklärt die Frau mit Kinderstimme. »Emil. Gib mir schnell diese Karaffe.«

»Was?«

»Konsta sagt, der überlebt das nicht. Aber ich will das Tier gesund pflegen. Ich muss es ins Wasser tun. Dann kommt es schon noch zu sich. Gieß den Wein aus und gib mir die Karaffe.«

»Wegen eines Wurms? Herrgott, Bea!«

Aber die Frau hat schon ihren Entschluss gefasst.

Der Richter füllt ihrer beider Gläser randvoll und will sich den Rest aus der Karaffe direkt in den Mund schütten, aber der finstere Blick seiner Frau veranlasst ihn, auf sein Vorhaben zu verzichten.

»Was ist das eigentlich?«, fragt Aaro, als das Tier durch die weite Öffnung in die Karaffe befördert worden ist.

Frau Hallenberg belohnt ihn mit einem strahlenden Lächeln, läuft zum Wasser und beginnt, vorsichtig das Gefäß zu füllen.

»Ein Aal-Kind. Schau mal, Aaro, ist er nicht schön?«

»Ein Aal?«, knurrt der Richter. »Quatsch.«

Seine Frau bedeckt den Behälter mit der Hand, damit er nichts sieht.

»Du darfst nicht gucken, weil du so monsterhaft egoistisch warst.«

Das Wesen bewegt sich langsam in der Karaffe. Aaro muss zugeben, dass die Frau Recht hat: Es ist von einer eigenartigen Schönheit.

»Konsta hat mir erzählt, dass er von einem fernen Meer hierher gekommen ist, vielleicht sogar aus der Karibik«, sagt Frau Hallenberg. »Niemand weiß eigentlich, woher. Stell dir mal vor, wenn es nun, sagen wir mal, von den indischen Inseln bis zu unseren eisigen Stränden hier geschwommen ist. Weil sein Vater es so gemacht hat, und sein Großvater und auch sein Urgroßvater … Hast du es nicht so erzählt, Konsta?«

Konsta nickt errötend: »Ein dänischer Meeresforscher hat schon seit langem –«

»Stellt euch dieses kleine, tapfere Wesen vor, wie es monate-, ja jahrelang gegen die stürmischen Fluten des Ozeans ankämpft«, sagt Frau Hallenberg, und ihre Stimme vibriert vor Mitgefühl. »Und es hat nur eine einzige Sache im Sinn: Ich muss nach Ruukkijoki, weil ich dort und nur dort, im Schatten finnischer Weiden und Wasserpflanzen, den Fluss immer weiter und weiter hinaufschwimmen, die Dämme und alle anderen Hindernisse überwinden kann, um die Aufgabe auszuführen, für die ich geboren bin –«

Hallenberg breitet sich das Taschentuch übers Gesicht:

»Hatte er vielleicht eine winzige Seekarte unter dem Arm mit einem kleinen Kreuz auf dieser Halbinsel?«

Die Frau weigert sich, ihn zu beachten.

»– um die Geschlechtsreife zu erlangen und danach mit letzten Kräften ins heimatliche Meer zurückzukehren.«

»Ja, das ist schon was«, sagt Aaro.

»Verstehst du jetzt, warum wir es retten müssen?«

Aaro begnügt sich damit, unsicher zu lächeln.

»Das Meer ist voller brünstiger Fische«, bemerkt Hallenberg.

»Inwiefern hat das hiermit zu tun?«, wundert sich seine Frau.

»Nur insofern, als es davon Tausende, Zehntausende, Hunderttausende, ja Millionen gibt. Die kleineren Schwärme vereinigen sich mit anderen, bis sie schließlich ganze Armeen bilden, die alle von demselben gnadenlosen Instinkt geplagt und zu den unglaublichsten Taten getrieben werden, die unermessliche Anstrengungen ertragen, jeder Gefahr trotzen und mit anderen Männchen kämpfen. Einzig und allein dank des Reifens ihrer Geschlechtszellen glänzen ihre Augen heller denn je, funkeln ihre Leiber, glühen die Farben –«

»Ich gehe von Frau Karppinen ein größeres Gefäß holen«, sagt die Frau. »Mir scheint, der arme Kleine ist nur erschöpft von der langen Reise.«

»Und nach all dem Getümmel können sie nicht mal rammeln. Dann wird noch behauptet, Gott habe keinen Humor.«

»Emil, was redest du da?«

»Aale ficken ja nicht.«

Frau Hallenberg steht einen Augenblick still da, hebt dann die Karaffe vor die Augen und richtet ihre Worte an den Fisch:

»Du musst dich einen Augenblick ausruhen. Dann wachsen dir neue Kräfte.«

Ohne die Männer noch eines Blicks zu würdigen, geht sie den Uferhang hinauf, wobei sie die Karaffe vorsichtig mit beiden Händen trägt.

Aaro setzt sich auf einen Stein und zieht die Stiefel von den Füßen. Er steckt sich einen Grashalm zwischen die Zähne, folgt der launischen Uferlinie mit den Blicken, betrachtet träge das wogende Meer. Ihm fällt eine andere Halbinsel im südöstlichen Neufundland ein, die er einst passiert hat. Ein unbewohnter, steiniger Ort am Rande windgepeitschter Heideflächen namens Mistaken Point. Im Nebel war vor allem dunkler Tonschiefer und Sandstein zu erkennen, woraus der wallende Atlantik bizarre Vorsprünge modelliert hatte. Der Steuermann erzählte, der Name Landzunge der Irrtümer rühre von den Schiffbrüchen her, die passiert seien, weil die Segler die Stelle irrtümlich für die vier Meilen entfernte Halbinsel Cape Race gehalten hatten. Erst dort musste man zum Hafen St. John abbiegen. Beim Mistaken Point abzubiegen bedeutete, geradewegs gegen die Riffs zu krachen …

Hallenberg hebt das Taschentuch an:

»Ist sie gegangen? Die Florence Nightingale der Aale.«

»Ja.«

Der Richter setzt sich auf und schüttelt sich den Sand von den Ärmeln.

»Ich glaube nicht, dass das überhaupt ein Fisch war. Vielleicht eine junge Schlange.«

Nach diesen Worten öffnet der neue Vorgesetzte von Jäger Harjula seinen Hosenschlitz, holt sein Organ hervor und bohrt mit seinem Strahl ein Achtung gebietendes Loch in den Sand.

»Vielleicht sollten wir auch hineingehen? Die Närrin hat ja dummerweise Ihr Glas mitgenommen«, sagt der Richter und schenkt seinem Untergebenen ein brüderliches Lächeln.

»Paasonen, verdammt! Wo steckt denn der Bengel? Er wird sich doch wohl nicht unsere Getränke hinter die Binde gießen?«, brüllt Hallenberg.

Einen Augenblick lang geht ihm der Gedanke durch den Kopf, dass er die neue Runde Flaschen mit etwas weniger Getöse bestellen könnte, denn Aaro Harjula könnte ihn mit der grausamen Neigung der Jugend zur Verallgemeinerung fälschlich für einen ungezügelten Säufer halten. Aber zum Glück ist der Jäger selbst auch schon ganz schön angeschickert.

»Da ist noch eine unangebrochene Flasche«, winkt der Jäger.

»Wo, zum Teufel?«

»Auf der Kommode.«

»Gott sei Dank. Und wo ist meine liebe Frau, die versprochen hatte, uns etwas vorzuspielen? Spielen Sie Klavier?«

»Kaum.«

Hallenberg bugsiert den Öffner in den Korken. Das unerwartete Auftauchen einer vollen Flasche Wein lässt seine fahrigen Hände erstaunlich ruhig werden. Fast kommt es ihm so vor, als seien er und Jäger Harjula alte Freunde, die es gelernt haben, einander ihre schlechten Angewohnheiten nachzusehen.

»Ich würde ja spielen, wenn ich nicht so völlig unmusikalisch wäre. Aber ich kann ja nicht mal singen. Als Kind habe ich gern Psalmen gesungen, aber mein Katechet bestritt, dass mein Geheul irgendetwas mit christlicher Musiktradition zu tun hätte. Er nannte es das Grölen eines Schwachsinnigen, wenn nicht gar Lästerung! Sogar meine eigene Mutter, die eine Heilige war, sagte zu mir: ›Hör um Gottes willen sofort auf, die Noten zu misshandeln, oder es setzt was.‹ Deshalb bitte ich Sie, spielen Sie mir den Jägermarsch.«

»Das kann ich wohl nicht.«

»Wieso? Sie stammen doch aus guter Familie. Aus einer, wo das Klavierspielen zur häuslichen Erziehung gehört.«

»Tut mir Leid.«

Hallenberg sieht ihn enttäuscht an.

»Na, dann nicht. Sie sind ja hier, um diese Frau, Miina Malin, zum Reden zu bringen. Trinken wir darauf? Auf die Zusammenarbeit.«

Hallenberg hebt sein Glas. Harjula erwidert stumm die Geste. Und ist sich sicherlich bewusst, dass es das Beste wäre, das Tempo etwas zu drosseln. Aber er will nicht.

Gut, denkt Emil, es ist also Zeit zuzuschlagen.

»Die Wahrheit, Harjula!«

»Welche Wahrheit?«

»Nichts anderes ist es, was ich möchte. Nur die Wahrheit darüber, was für ein Mann Sie sind. Sind Sie ein finnischer Soldat, oder ist Ihrem Vater zu viel Pisse dazwischen gelaufen?«

Es dauert eine Weile, bis diese ungeheure Kränkung Jäger Harjula ins Bewusstsein dringt. Mühsam steht er auf.

»Verzeihung, aber über meinen Vater wird nicht in diesem Ton gesprochen. Mein Vater war ein Held.«

Hallenberg glotzt ihn betont ungläubig an.

»Ach. In welchem Krieg denn?«

Harjula antwortet auf den Blick, indem er triumphierend das Kinn in die Höhe reckt:

»Mein Vater Leo Alexander Harjula gehörte zur Amur-Expedition von Hauptmann Höök«, sagt er stolz.

»Ach zu der, die irgendwo im sibirischen Wald in der Nachbarschaft der Chinesen eine finnische Kommune gründen sollte?«

»In den neuen Gebieten des Zarenreichs, südlich des Amurs.«

»Aber das ging ja voll in die Hose. Der ganze Versuch. So wie alle kommunistischen Schnapsideen.«

Die Miene des Jägers nähert sich dem Nullpunkt. So ist seine Mitteilung bisher offenbar noch nie aufgenommen worden.

»Hören Sie, diese Expedition hatte nichts mit Kommunismus zu tun«, sagt er. »Und Missgeschicke waren unter den damaligen Umständen zu erwarten. Aber mein Vater scheute keine Gefahr. Er wurde Walfänger und Tigerjäger und auch noch Goldgräber. Er hat allein durch sein Heldentum ein bedeutendes Vermögen erworben.«

»Tigerjäger? Hmmm. Das ist zweifellos etwas. Aber das ist ja schon Ewigkeiten her, mindestens fünfzig Jahre … Man sollte meinen, dass er für solche Prüfungen noch zu jung war?«

»Vierzehn. Hauptmann Höök wählte aus dem Armenhaus vier Jungen und vier Mädchen aus, damit die Zukunft der Kolonie auch in dieser Hinsicht gesichert war. Mein Vater war einer davon.«

Anstelle der erwarteten Respektsbezeugung bricht Hallenberg in schallendes Gelächter aus:

»Hat er sie miteinander bumsen lassen? Der hatte ja Methoden.«

»Davon kann keine Rede sein«, sagt Aaro, nun endgültig gekränkt. »Aber Sie scheinen diesen Themenkreis ja sehr zu schätzen.«

Hallenberg versucht, sich ein solches Leben vorzustellen:

An finsteren Schluchten entlang galoppierende Reiter. Primitive Lager und wilde Tiere, die die ahnungslosen Pferde zerfleischen. Von chinesischen Grenzräubern ausgeraubte Neusiedlungen. Eiswind. In haushohem Wellengang krachende Eisberge. Taifune, bei deren Herannahen selbst die großen Meeresvögel der Tragfähigkeit ihrer Flügel nicht trauen. Und inmitten von alledem ein elternloser Jüngling, der nur über eine einzige Waffe, den finnischen Mumm, verfügt und damit die Bedrohungen in Siege verwandelt.

Aaro Harjula hat Recht, ein solcher Mann verdient mehr als nur ein wenig Respekt.

»Verzeihung. Ich war taktlos«, sagt er. »Natürlich war Ihr Vater ein Held. Ein Tigerjäger. Das ist schon was. Hat mit leeren Händen begonnen und ein respektables Vermögen erworben. Wenn ich doch irgendetwas Vergleichbares hätte, was ich dagegen setzen könnte. Aber ich habe nichts. In mir strömt kein Tropfen Abenteurerblut so wie in Ihnen. Ich habe mich von klein auf an den gedeckten Tisch gesetzt. Der gähnende Schlund eines Wals hat niemals meine Mahlzeit gestört. Verflucht, wie ich mich schäme. Es ist mir peinlich, und ich bitte inständig für meine Taktlosigkeit um Entschuldigung.«

»Ich verzeihe Ihnen.«

Was für eine fürchterliche Last für einen jungen Mann, denkt Hallenberg, als Sohn eines solchen Vaters aufzuwachsen. Zu versuchen, dem Vater auch nur zu einem Bruchteil ebenbürtig zu sein. Kein Wunder, dass Aaro Harjula den Eindruck macht, so fürchterlich in die Irre geraten zu sein.

»Wunderbar. Setzen Sie sich. Können wir diese Vergebung damit besiegeln, dass Sie mir erlauben, Sie von jetzt an beim Vornamen zu nennen?«

Wieder stehen die Männer auf. Schlagen die Hacken zusammen. Geben sich die Hand.

»Emil.«

»Aaro.«

»Setzen wir uns.«

»Hör mal, Aaro, ich rede jetzt mit dir von Mann zu Mann«, sagt Emil. »Oder besser gesagt, so wie ein Angsthase, der sich hinter dem Schreibtisch versteckt, mit dem Sohn des Tigerjägers: Nach allem, was ich gehört habe, bist du der richtige und wahrscheinlich einzige Mann für diese anspruchsvolle Aufgabe. Du musst der Frau klar machen, dass wir jetzt einen *Ertrag* brauchen.«

»Ehrlich gesagt, akzeptiere ich nicht all die Mittel, die du –«

Nein, also das ist doch niveaulos, denkt Emil. Ich habe ihm eine faire Chance gegeben, mir näher zu kommen, sich mir anzuvertrauen, mich zu seinem Verbündeten zu machen. Und das Einzige, was ihm einfällt, ist, mich zu kritisieren. Dann hilft hier wohl nichts, als die väterliche Autorität hervorzukehren.

»Bist du denn, verdammt noch mal, kein Soldat in Großbuchstaben, wie ich es mir bisher naiv eingebildet habe?«, schnauzt er. »Wenn ein Mann in dieser Phase des Krieges noch nicht seine Verantwortung als Garant der Zukunft begriffen hat, dann hat er in der weißen Garde nichts zu suchen. Absolut nichts.«

»Wenn du dieser Auffassung bist, dann wird es Zeit, dass ich mich entferne …«

Er taumelt gegen den Tisch, wirft sein Glas um. Es fällt zu Boden, zerbricht.

»Verzeihung!«

»Macht nichts. Paasonen beseitigt das.«

»Nein! Ich habe es zerschlagen.«

Hallenberg betrachtet nachdenklich den gebeugten Rücken und die kurzen Haarsträhnen, die in der Nackengrube kleben, während der Jäger sich mit den Glassplittern abmüht, die über den Orientteppich verstreut sind.

»Lass sein«, sagt er. »Hör auf, wie ein Sprungfedermännchen hier auf und ab zu hüpfen und bleib mal einen Augenblick auf deinem Hintern sitzen. Du kriegst ein neues Glas, sobald Paasonen geruht, sich zu zeigen. Schau mal, ich verlange doch wirklich nichts Unmögliches von dir. Du sollst mir nur beweisen, dass du ein anständiger Jäger bist. Dass du erzählst ... dass du mir die Wahrheit beschaffst. Tu das! Und ich werde vor dir auf die Knie fallen. Ebenso wie die kommenden Generationen vor uns knien werden. Und das, lieber Freund, meine ich mit der Ehre des finnischen Soldaten.«

»Was also?«

»Du setzt Miina Malin unter Druck.«

Harjula steht ratlos vor ihm, die Hände voller kleiner Glassplitter.

»Unter Druck weshalb?«

»Wegen allem. Und wenn ich sage unter Druck, dann meine ich wirklich unter Druck.«

»Nein, zum Teufel, sie hat schon genug leiden müssen –«

Hallenberg nimmt eine Schale vom Tisch und hält sie dem Jäger hin, damit er die Splitter hineintut. Seine Geduld geht langsam zu Ende.

»Schwache Glieder hat es immer gegeben und wird es immer geben«, schreit er. »In jeder Armee und in jeder Familie. Auch in den allerbesten. Wenn es so weit ist, dass der Rauchfang im Ofen zu dir spricht, dann kann man da nichts machen. Auch die besten Fachleute des Landes nicht. Meine Mutter – Friede ihrer Seele – war eine Heilige, aber auch ihr Realitätssinn geriet ins Wanken. Eine Zeit lang war sie auch Patientin von Doktor Carpelan. Das hätten Sie sicherlich nicht gedacht? Na, das dazu. Keine Bezeigungen von Mitgefühl. Die sind unnötig. Genau genommen, unerträglich ...«

Er verstummt für einen Augenblick. Harjulas Hand blutet. Hallenberg zerrt ein Taschentuch aus der Tasche und reicht es dem Jäger.

»Aber wir, die gesunden Vertreter der Oberschicht, sind verpflichtet zu begreifen«, fährt er mit sanfterer Stimme fort, »dass die Nation auch ein Geschäftsunternehmen ist. Falls das zusammenbricht, ist alles verloren … Was heißt hier, die Frau hat genug leiden müssen? Was meinst du damit?«

»Dass Schluss sein muss damit, dass man ihr zusetzt.«

Hallenberg beobachtet, wie auf dem Taschentuch an Harjulas Hand kleine rote Flecke erscheinen.

»Du scheinst tatsächlich in dieses Frauenzimmer verknallt zu sein«, sagt er. »Ich hatte mich schon gewundert, was dich hierher zurückgetrieben hat. An diesen widerwärtigen Ort.«

Aaro Harjula lässt sich durch den Blick nicht entmutigen.

»Ich möchte an deine Gerechtigkeit glauben, Emil. Du würdest nichts tun, was deiner Moral zuwiderläuft.«

Welcher Moral?, denkt Emil. Du wirst selbst erleben, dass der Mensch in fortgeschrittenem Alter einen gesunden Widerstand gegen die Maßlosigkeiten des Tyrannen, den man Gewissen nennt, entwickelt. *Ich möchte doch nur wissen, aus welchem Holz du geschnitzt bist.*

»Hör mal, wäre es nicht höchste Zeit zu erzählen, was dort auf der Insel eigentlich passiert ist? Mir kannst du dich doch anvertrauen, jetzt, wo wir Freunde geworden sind.«

Einen Augenblick kämpft er mit sich, kann es sich dann aber doch nicht verkneifen, boshaft hinzuzufügen:

»Und wenn du recht schön bittest, dann kommandiere ich dich ab für ihre Bewachung, die ganze Nacht.«

Harjula wendet ihm den Rücken zu, geht zum Fenster, obwohl man im Dunkeln so gut wie nichts sehen kann.

»Mir gefallen deine Anspielungen nicht, Emil. Auf der Insel ist nichts geschehen.«

»Nein?«

»Nein.«

»Vielleicht solltest du wissen, dass ich mit deiner Miina allmählich ganz gut klarkomme. Jedenfalls hat sie jetzt angefangen, mit mir zu sprechen. Und eine Geschichte erzählt, die, nebenbei gesagt, recht unglaubwürdig klang. Aber sie hatte irgendeinen Grund, sie sich auszudenken«, erklärt Emil dem von den weinroten Vorhängen halb verdeckten Rücken. »Dann ist meine Frau hier eingedrungen und hat die Verhöre in gewisser Weise erschwert, aber vorgestern, als ich zu Miina ging …«

»Ja?«

Emil macht mit Bedacht eine Pause.

»… da hat sie die Beteiligung am Mord von Gutsbesitzer Henriksson gestanden, sich aber geweigert, über irgendetwas anderes zu sprechen. Sie will sterben.«

Der Jäger dreht sich um. Irrt sich Emil, oder glänzt da etwas in seinen Augen?

»Wieso?«

»Sie erwartet.«

»Häh?«

»Sie ist schwanger.«

»Das kann doch nicht sein …«

Der gemusterte Schirm der Tischlampe wirft netzartige Schatten auf Harjulas Gesicht, sodass man seine Miene schwer deuten kann.

»Und deshalb will sie sterben. Möchte erschossen werden wie ein krankes Tier«, fährt Emil ungerührt fort. »Um sie direkt zu zitieren: Lieber stirbt sie, als den Bastard eines Schlächters zur Welt zu bringen.«

»Nein … nein … Moment mal, das kann doch nicht stimmen?«

»Mit diesen Worten.«

»Nein, zum Teufel …«

Es ist unangenehm, mit anzusehen, wie Aaro Harjula sich am Haken windet. Aber Emil empfindet kein Mitleid mehr mit ihm. Eher hasst er ihn. Das Verhalten des Mannes ist wie ein direktes Geständnis.

»Ich glaube ihr. Tatsächlich kann sie sehr überzeugend sein, wenn sie will.«

»Wieso?«

Der Jäger marschiert, an der Hand das weiße Tuch, heftig im Zimmer auf und ab, weiß nicht, wohin er sehen soll, wohin er die gesunde Hand stecken soll. Emil hat rasch die düstere Rolle des Racheengels angenommen: So wie man sich bettet, so liegt man. Ursachen haben ihre Wirkung. Wer A sagt, muss auch B sagen.

Das Hinauszögern der Antwort vergrößert den schalen Genuss der Gerechtigkeit, die sich erfüllt.

»Sie hat mir ihre Brüste gezeigt«, sagt Emil. »Hat ihr Hemd geöffnet und gefragt, ob ich nicht auch finde, dass sie wie die Zitzen einer trächtigen Hündin aussähen. Sehr schöne Brüste übrigens, nebenbei gesagt. Aber das weißt du ja schon.«

Der Jäger schüttelt langsam den Kopf. Was will er damit sagen? Dass er mit Emils ästhetischer Bewertung nicht einig ist? Dass er seinen Anteil an dem, was geschehen ist, bestreitet?

»Sicherlich verstehst du, dass die Sache auch für dich schlimm ist? Das setzt eure kleine Irrfahrt in ein völlig anderes Licht.«

Emil reibt seinen Siegelring mit mechanischen Bewegungen gegen das Knie und dürstet nach einer Antwort. Aaro Harjula schluckt hörbar.

»Hat sie gesagt … hat Miina Malin gesagt, dass ich …«

»Nein. Im Gegenteil.«

»Im Gegenteil?«

In Emil erwacht ein Hoffnungsschimmer, dass er sich in diesem Mann doch geirrt haben könnte.

»Sie hat deine allumfassende Unschuld betont«, sagt Emil. »Ja, sogar deine Unfähigkeit zu jeglichen … Taktlosigkeiten. Ehrlich gesagt, hat sie von dir das Bild eines unsoldatischen Versagers gezeichnet, der sie nur deshalb hierher gebracht hat, weil er selbst nicht imstande war abzudrücken, als er es hätte tun sollen.«

Auf dem Gesicht des Jägers erscheint eine Art dümmliches Lächeln.

»Und weißt du was?«, fährt Hallenberg mit seiner von zeitweiligem Schnapsmangel bewirkten herben Beredsamkeit fort. »Gerade jetzt möchte ich nichts so sehr als ihr glauben können. Meiner Ansicht nach wird Heldentum in mancherlei Weise überbewertet. Es ist sogar verdächtig. Ein Held ist immer unerschütterlich davon überzeugt, dass kein Opfer zu kostbar ist für die Sache, an die er glaubt. Meistens will er Leben opfern. Sein eigenes, aber auch das von anderen. Von mir aus könnte man das Heldentum ebenso gut als Gipfel der Selbstherrlichkeit bezeichnen.«

»So denken Sie also.«

»Das einzige Problem ist, dass ich mir dieser Miina Malin nicht sicher sein kann«, sagt Emil. »Dass das nicht doch eine Intrige ist. Hand aufs Herz, Aaro. Sagt die Frau die Wahrheit oder nicht?«

Von der Tür her hört man leises Klopfen. Hallenberg wirft Aaro einen verwunderten Blick zu.

»Herein!«

Auf der Schwelle steht Frau Hallenberg in einem über den Boden schleifenden Satinmorgenmantel. Mit hängenden Schultern und kraftlos herabhängenden Armen.

»Was jetzt?«, fragt der Richter und steht auf.

Die Frau hebt das von Tränen streifige Gesicht.

»Es ist tot.«

»Was? Und wo?«

Frau Hallenberg sinkt in die Arme ihres Mannes.

»Das Aalkind«, flüstert sie. »Es ist ungefähr fünf vor halb elf gestorben.«

Mechanisch streicht Hallenberg seiner Frau über das Haar.

»Na, so was«, sagt er. »Und du hast dich doch so gut darum gekümmert. Dass das nun so kommen musste.«

Ein neuer Tränenstrom ergießt sich über Frau Hallenbergs Wangen.

»Ich versteh das nicht, was habe ich falsch gemacht?«

»Nichts, Liebling«, versichert der Richter, plötzlich erfüllt von der Energie des treusorgenden Gatten. »Überhaupt nichts. So etwas kommt vor. Es wird schon wieder. Du brauchst jetzt ein Glas Wein. Ich gehe es selbst holen.«

Er stützt seine Frau und führt sie zu dem grünen Samtsofa.

»Setz dich. Ich bin nur einen Augenblick fort. Jäger Harjula … Aaro wird dir inzwischen Gesellschaft leisten.«

Er schlüpft auf den dunklen Korridor hinaus und lässt einen verlegenen Mann mitten in einem seltsamen Drama zurück. Ich sollte ihr sicherlich ein Taschentuch reichen, denkt Aaro. Aber einen blutigen Lappen kann man niemandem zumuten. Dergleichen würde nicht einmal als gentlemanlike gelten.

Frau Hallenberg holt selbst ein Taschentuch aus dem lachsfarbenen Ärmel und bedeckt sich mit den Schößen des Morgenmantels die Knie.

»Ein trauriger Abschluss für einen schönen Tag, findest du nicht auch, Aaro?«

Aaro hört die Frage kaum.

Ich muss zu ihr. Und herauskriegen, was hier passiert ist.

»Das ist es.«

Die Frau lacht.

»Du hältst mich bestimmt für ein gefühlsduseliges Dummchen. Weil ich weine wegen eines Fischs.«

Hallenberg hat sich verändert, daran besteht kein Zweifel mehr, denkt Aaro. Aber diese düstere Geheimnistuerei kann nicht nur an diesem anstrengenden (und zauberhaft hübschen) Püppchen von Ehefrau liegen.

»Durchaus nicht.«

»An allem ist diese Geschichte über das Karibische Meer schuld«, erklärt sie. »Die war so rührend.«

Aaro holt die Schachtel heraus, in der er seine selbst gedrehten Zigaretten aufbewahrt.

»Das war sie. Stört es dich, wenn ich rauche?«

Die Frau schüttelt den Kopf, wedelt aber mit der Hand vor dem Gesicht, sobald Aaro den ersten Rauch ausbläst.

»Oder vielleicht hat sich mir das alles hier auf die Nerven geschlagen«, sagt sie. »Letztlich ist das hier ein fürchterlicher

Ort. Unnatürlich. Ich sollte gar nicht hier sein. Niemand sollte hier sein.«

»So ist es.«

Frau Hallenberg hebt den Blick. Ihre Stirn legt sich in Falten.

»Die ganze Zeit stimmst du mir zu. Egal, was ich sage. Auf diese Weise kommt kein Gespräch zustande.«

Wo ist das kleine Mädchen geblieben?, fragt sich Aaro unversehens. Will sie mich beeindrucken? Auf den Handelsreisen kam das manchmal vor. Nicht oft. Die Frauen wandelten sich, wenn ihr Ehemann sich entfernt hatte. Und was gab es da zu widersprechen. Verheiratete Frauen brauchte man nicht zu fürchten so wie die jungen Mädchen. Sie waren nicht beängstigend anspruchsvoll und zugleich voller Verachtung, träumten nicht von einer glänzenden Zukunft mit einem zufällig Durchreisenden. Und selbst wenn sie davon träumten, dann würde die Familie doch immer den Sieg über ihre Fantastereien davontragen. Ihnen genügte ein kurzer, hemmungsloser Augenblick, nach dem sie eher von ihm fortstrebten. Letzten Endes war immer er es, der die letzten Reste seiner Selbstbeherrschung aktivieren musste, um nicht unter einem Vorwand zurückzukehren und verzweifelt wenigstens noch ein einziges Treffen an irgendeinem heimlichen Ort vorzuschlagen.

»Besser kann ich mich über tote Fische nicht unterhalten«, sagt Aaro. »Es tut mir Leid. Aber ich bin mit dir einer Meinung darin, dass dieser Ort niemandem gut tut. Für mich ist es jetzt das Beste, schlafen zu gehen.«

»Ach, bitte nicht. Ich wollte dich nicht ärgern. Sei so lieb und leiste mir wenigstens noch so lange Gesellschaft, bis Emil zurückkommt.«

Aaro setzt sich widerstrebend in den Ledersessel und schlägt ein Bein über das andere. Frau Hallenberg betrachtet seine Hand.

»Was ist damit passiert?«

»Ich habe ein Glas zerschlagen.«

»Tut es weh?«

»Nein.«

»Bist du sicher, dass du alle Splitter rausbekommen hast? Lass mich mal sehen.«

»Das ist nicht nötig.«

»Wenn da auch nur ein kleiner Splitter drin bleibt, kann der bis ins Herz wandern. Bei diesen Dingen kann man nicht vorsichtig genug sein.«

»Da ist nichts.«

Frau Hallenberg springt auf und ergreift seine Hand.

»Sei nicht so starrsinnig«, sagt sie. »Mit solchen Sachen ist nicht zu spaßen. Ich verspreche dir, dass es nicht wehtut.«

Sie wickelt das Tuch auf und rückt die Tischlampe näher heran.

»Du hast eine interessante Lebenslinie«, sagt sie.

»Das hört man gern.«

»Lang und voller Abenteuer. Viele Kinder und Enkel.«

»Schön.«

»Glaubst du nicht an die Lebenslinie?«

»Natürlich glaube ich daran. Ich hab sie ja jetzt wohl nicht unterbrochen?«

Frau Hallenberg hebt den Blick. Einen Augenblick lang sagt sie nichts, führt nur ihren Finger vorsichtig über die Handfläche.

»Spürst du etwas?«

»Nein«, lügt er.

Die langsame Bewegung ihrer zierlichen Finger verursacht ihm eine Erektion. Frau Hallenberg lässt ihn los und sinkt zurück aufs Sofa.

»Du hast Recht«, sagt sie. »Da ist nichts. Ich mache zu viel Tamtam.«

Aaro setzt sich verlegen zurecht.

»Trotzdem vielen Dank.«

»Bitte sehr.«

Sie sitzen stumm da, bis die Tür aufgeht und Hallenberg mit zwei Flaschen und einem Glas in der Hand und einer dritten Flasche unter dem Arm ins Zimmer tritt.

»In diesen eisigen Keller mag man nicht so oft rennen«, erklärt er. »Ich hatte vergessen, dass ich Paasonen erlaubt hatte, schlafen zu gehen.«

»Würdest du mir helfen, Liebling«, sagt die Frau und lehnt die Stirn gegen seinen Hals.

»Wobei denn?«, fragt der Richter zerstreut und tastet über ihre Schulter hinweg nach dem Korkenzieher.

»Ich habe beschlossen, ihn zurückzuschicken«, erklärt Frau Hallenberg. »Meinen kleinen Aal. Ich schicke ihn zurück nach Hause.«

»Häh?«

»Na ja, zumindest ins Meer. Ich stecke ihn in eine kleine Flasche, dass er gewiegt wird, und wer weiß, wohin er dann segelt.«

Hallenberg grinst:

»Na, wenn du eine leere Flasche brauchst, dann hast du dich an den Richtigen gewandt.«

»Da wäre noch etwas«, sagt sie und nestelt an ihrem Kragen.

»Na?«

»Könntest du ein paar Worte zum Gedenken schreiben«, flüstert Frau Hallenberg. »Einen kleinen, erläuternden Psalm vielleicht. Falls jemand ihn findet.«

»Herr Gott, Bea!«

»Am besten auf Englisch, wenn es dir recht ist.«

»Ich werde doch keine Gedenkschrift für einen Fisch verfassen. Nun hör aber mal bitte auf mit diesen kindischen Possen.«

Kopfschüttelnd wendet der Richter sich an Aaro.

»Im Grunde ist sie eine relativ vernünftige Person. Obwohl man ganz was anderes denken könnte.«

»Es geht nicht nur um diesen Fisch«, fährt die Frau unbeirrt fort. »Sondern um den möglichen Finder der Flasche. Stell dir mal vor, wie aufregend ihm das Schicksal des kleinen Aals vorkommen muss. Möglicherweise würde der Seemann die Flasche in die Karibik mitnehmen.«

»Ich nehme mein Wort zurück. Sie *ist* verrückt«, seufzt Hallenberg. »Was zum Teufel hat der tote Fisch von all dem?«

»Was bist du nur für ein Schriftsteller«, wundert sich seine Frau. »In deiner Seele ist keine Spur von Poesie. Vielleicht sollten wir die Rollen wechseln. Ich schreibe, und du erledigst die praktischen Dinge.«

Aaro steht auf.

»Verzeihung, aber ich gehe jetzt schlafen.«

»Auf keinen Fall«, sagt der Richter mit Nachdruck und hebt den Klavierdeckel an. »Jetzt fängt die Party doch erst richtig an. Morgen ist ein anstrengender Tag, und ich muss harte Beschlüsse fassen, aber heute wird gefeiert. Und Bea spielt Klavier.«

Frau Hallenberg schüttelt den Kopf, die Hände in die Hüften gestemmt, den Mund verzogen.

»Ich spiele nicht.«

Der Richter drückt ihr den Finger auf den Mund.

»Kein Schippchen, meine Liebe!«

Frau Hallenberg stößt den Finger fort.

»Ich spiele nicht, denn du schreibst mir ja auch keinen Gedenkvers.«

Der Richter schlägt einen ärgerlichen, disharmonischen Akkord an.

»Also gut. Ich schreibe für den verdammten Fisch ein blödes Gedicht.«

Er überlegt einen Augenblick.

»Geht es auch auf Deutsch?«

»Nein. Ich verstehe kein Deutsch. Und warum rasierst du dich nicht? Du siehst ganz barbarisch aus.«

»So viel verstehst du schon. Und ich übersetze es dir«, sagt Hallenberg. »Oder Aaro.«

Er steht auf, räuspert sich und beginnt mit hohler Stimme so wie die todernsten Laienschauspieler in ländlichen Tableaus:

»Wer reitet so spät durch Nacht und Wind?«

»Na?«, fragt Frau Hallenberg.

Hallenberg übersetzt es ihr.

Seine Frau klatscht.

»Mein Fisch!«

Es ist der Vater mit seinem Kind.

Er hat den Knaben wohl in dem Arm,

Er fasst ihn sicher, er hält ihn warm …

»Ist da von einem Vater die Rede?«, erkundigt sich die Frau.

Der Richter nickt.

»Vater und Sohn reiten zusammen. Der Junge liegt geschützt in den warmen Armen des Vaters –«

Frau Hallenberg runzelt die Stirn.

»Warum bringst du hier den Vater ins Spiel?«

»Die Anwesenheit des Vaters ist hier nur symbolisch«, erklärt der Richter geduldig. »Der Sohn will dieselbe Heldentat vollbringen wie vor ihm sein Vater. Das Kind wäre ja gar nicht da ohne die Reise, die sein Vater einst gemacht hat. Und das Beispiel des Vaters überzeugt ihn, dass man mit dem Mut des wackeren Mannes Sieger werden kann.«

Er verspottet mich, denkt Aaro. Ohne Zweifel.

»Du bist ein Könner«, sagt Frau Hallenberg. »Aaro, ist mein Mann nicht ein glänzender Dichter?«

»Aber Bea. Du weißt doch verdammt gut, dass das nicht von mir ist.«

»Von wem dann?«

»Willst du nun diesen verdammten Vers oder nicht?«

»Verzeih mir, Liebling. Aber trotzdem brauchst du nicht dauernd zu fluchen. Man merkt, dass du die letzten Wochen in der Gesellschaft von Straßenräubern verbracht hast.«

»Mein Sohn, was birgst du so bang dein Gesicht?
Siehst, Vater, du den Erlkönig nicht?«

»Aaro, übersetz du«, bittet Frau Hallenberg. »Damit er mich nicht hereinlegt.«

»Das ist ein Dialog«, erklärt Aaro matt. »Der Sohn sieht eine Art Elfenkönig, aber der Vater nicht.«

Frau Hallenberg sieht ihn unter den Brauen hervor an. Nach Frauenart erfasst sie im Nu die Gemütsverfassung des Gastes. Der Richter setzt scheinbar harmlos seine heitere Stichelei fort:

»Den Erlenkönig mit Kron' und Schweif?
Mein Sohn, es ist ein Nebelstreif.«

»Sei nicht so pathetisch, Emil, das ist nicht mehr komisch«, sagt Frau Hallenberg und wirft sich auf das Sofa. Sie hat die Seite gewählt und will das nicht länger verheimlichen. »Außerdem begreife ich überhaupt nicht, was so ein Elfenkönig in dieser Geschichte zu suchen hat. Du verirrst dich immer auf Nebengleise.«

»Der maskierte Tod, meine Liebe. Hier wird doch eine Beerdigung betrieben, oder? Der Sohn beschreibt ein gespenstisches Wesen mit Krone und Schweif. Und der Vater sagt, das sei nur Nebel.«

»Ist es sehr lang, dieses Gedicht?«, fragt Frau Hallenberg und lässt die Beine über die Armlehne baumeln.

»Ziemlich.«

»Du brauchst nicht das ganze Gedicht runterzurattern. Sicherlich eignet es sich, wenn du das sagst.«

»Du möchtest doch aber bestimmt wissen, wie es ausgeht.«

»Das ist mir egal. Hauptsache, nicht auf Deutsch.«

»Wir haben also diesen Jungen. Wunderbar. Schön. Kurz: unwiderstehlich. Der Elfenkönig möchte ihn haben. Er lockt ihn mit verschiedenen hinterhältigen Mitteln. Er verspricht ihm lustige Spielchen mit seinen Töchtern und sogar mit seiner Frau, die unter den Bäumen warten.«

»Spielchen?«

»Na ja, also. Spiele. Wie man das nun auch immer deuten mag. Aber der Vater sieht weiterhin nichts anderes als Weiden, die im Wind schwanken, und andere Naturphänomene.«

»Was für ein Trottel!«

»Als seine Überredungskünste nicht fruchten, fährt der Elfenkönig schließlich schweres Geschütz auf. Ohne Umschweife fordert und befiehlt er, der Junge solle gehorchen. Und erklärt, dass es keine Alternative gebe.«

»Und dann …?«

»Einzelheiten werden nicht mitgeteilt. Aber als der Vater schließlich mit seinem Sohn zu Hause ankommt, stellt er fest, dass das Kind leblos ist.«

Frau Hallenberg runzelt die Brauen:

»Die Bestie hat ihn umgebracht.«

»Er hat ihn in sein Reich geholt.«

»Grausam.«

»In gewisser Weise schon«, gibt Hallenberg zu. »Aber man weiß ja nicht, ob der Junge es in der anderen Welt nicht ganz prima hat. Der Elfenkönig muss nicht unbedingt ein Monster sein. Es kann im Gegenteil so sein, dass der Vater des Jungen ein Tyrann ist, ein fantasieloser Spießer, der seinem Sohn auf jeden Fall das Leben verdorben hätte. Oder zumindest ein Trottel, wie du gesagt hast. Der Vater hat ja nichts anderes gesehen als Bäume und Wasserdampf da, wo der Sohn wimmelndes Leben von Geistern wahrnahm. Vielleicht wollte der Elfenkönig den Jungen retten. Und vielleicht hat der Sohn eine regelrechte *Neigung* verspürt, der Bitte des Elfenkönigs zu gehorchen. Aber er wagte es nicht, weil er seinen Vater fürchtete so wie alle Kinder.«

»Hör schon auf«, gähnt Frau Hallenberg. »Es bleibt also bei diesem Gedicht. In Ermangelung eines besseren.«

»Und Aaro?«, fragt Hallenberg. »Hat es dir gefallen?«

»Ich verstehe nichts von Gedichten.«

»Und wie ist es mit der Musik?«

Aaro leert sein Glas. Er durchschaut sehr wohl, dass man ihn nicht dazu drängen will, sich in den Untergang eines kleinen Jungen hineinzuversetzen, sondern ihn in eine Falle locken und mitleidlos gegen die Wand stellen will.

»Du hast erzählt, dass du Noten verkauft hast«, sagt der Richter. »Man sollte meinen, dass dir wenigstens die Schubert-Version der Ballade vor Augen gekommen ist.«

Er grinst breit. Und vermutetet – ganz richtig –, dass nur noch hinkende Antworten übrig sind.

»Ich bedaure.«

»Auch Beethoven hat einen Entwurf dafür gemacht«, fährt Hallenberg mit der grenzenlosen Selbstzufriedenheit eines Peinigers fort. »Allerdings hat er ihn verworfen. Genies können es sich leisten, mäkelig zu sein. Soweit ich mich erinnere, hat Reinhold Becker ihn bearbeitet. Auch dessen Noten waren im Umlauf. Ich würde sie euch vorsingen, wenn ich singen könnte. Aber ich persönlich bin der Auffassung, dass Beethoven ebendiese Ballade im Sinn hatte, als er das Allegro der Siebten Sinfonie komponierte. Das wird ja oft als Trauermusik bei der Beerdigung von Kindern gespielt. Ich kann mir sehr gut vorstellen, wie der Sohn seufzt: Siehst, Vater, du den Erlkönig nicht? Den Erlenkönig mit Kron' und Schweif …«

Woher weiß er das? Von Miina? Was ist zwischen ihnen vorgefallen?

Aaro steht auf und stellt sein Glas geräuschvoll auf den Tisch.

»Gute Nacht!«

»Siehst du nun, Emil«, sagt Frau Hallenberg, »kein Mensch kann dein ewiges Geschwätz ertragen. Ich habe dich um ein kleines Gedicht gebeten. Wo ist dein Augenmaß? Schreib jetzt rasch ein paar Verse auf, und dann gehen wir zusammen und werfen die Flasche ins Meer.«

Sie ordnet die im Nacken zusammengebundenen Haare und wendet sich, den Kopf schräg gelegt, an den in der Tür stehenden Jäger.

»Ein passendes Ende für diesen Tag, nicht wahr?«

Der Jäger ist wütend. Das sieht man an der Art, wie er mit der Sturmlaterne in der Hand den im Mondlicht schimmernden Sandweg zum Strand hinuntergeht. Die Schuld daran schreibt Beata nicht sich zu. Ich war schon etwas aggressiv, gibt sie zu, aber im Grunde geht es um einen Streit zwischen den Jungs. Wer bestimmt, und über wen, wer ist härter, stärker, mehr im Recht.

Den Jungs.

Seltsam, aber so denkt sie tatsächlich, wenn sie Emil und den Jäger zusammen sieht. Sie erinnert sich an ihren Bruder und dessen besten Freund, wenn sie sich wegen eines blödsinnigen Streits monatelang misstrauisch belauerten und nach einem ausreichenden Vorwand suchten, sich gegenseitig an die Gurgel zu springen. Aber Söhne aus guter Familie können sich doch nicht gegenseitig blutig schlagen, da ihre Freundschaft auf der Freundschaft zwischen den Familien gründete. Und die Traditionen der Familien waren unantastbar, die Mittagsmahlzeiten sonntags nach dem Kirchgang mal bei der einen, mal bei der anderen Familie, die langen, wechselseitigen Besuche der Freunde im Sommerhaus der jeweils anderen Familie, die Männerausflüge von Vätern und Söhnen in den Wald.

In der Beziehung zwischen Emil und dem Jäger gibt es ein ähnliches unterschwelliges Tauziehen. Die bittere Nähe, die

die Opfer und die geteilten Geheimnisse zum Erreichen des gemeinsamen Ziels mit sich brachten. Die Welt der Jungs, in der Mädchen und Frauen immer Fremde bleiben.

»Ist es recht, dass Aaro nach unserem Kriegszug hierher kommt und mir bei den Hausarbeiten hilft?« »Kann ich Aaro mein drittbestes Hemd leihen, weil er sich seins beim Umherstiefeln dort auf der Insel schmutzig gemacht hat?« »Können Aaro und ich auch heute gehen und ein paar bösartige Rote abschießen, wo von denen doch noch wer weiß wie viele übrig sind?«

Und Beata, das kleine Weibchen, wandelt sich zu einer Mutter, die alle jungenhaften Streiche, Lügen und Männlichkeitsproben duldet: *»Ja, er kann kommen«, »Leih es ihm ruhig«, »Geht nur, ihr Lieben, aber seid schön vorsichtig. Und zieht etwas an, was sich etwas leichter waschen lässt.«*

Denn das ist es, was den Frauen bleibt, die Rolle der Saubermacherin, nachdem aller Fanatismus, aller Trubel vorbei ist. Die Rolle derjenigen, die die Wunden verbindet, pflegt und tröstet.

Seitdem Jäger Aaro Harjula mit seiner Gefangenen in Ruukkijoki erschienen ist, hat Hallenberg keinen Brief und keinen Anruf bekommen, in dem der Fall nicht beiläufig erwähnt worden wäre. Seine anderen dienstlichen Aufgaben haben schnell ihren Glanz verloren, nur dieser einzigartige Fall fesselt seine ganze Aufmerksamkeit. Ein Irrsinn natürlich, eine Zwangsvorstellung, die man unter Kontrolle halten muss, aber woher kommt sie?

Die Theorie von Jägerleutnant Manner, dem alten Bekannten der Familie, ist, dass bei Emil einfach die Nerven versagt haben. Ein sensibler Künstler ist nicht für so brutale Verhältnisse geschaffen. Pappa ist besorgt, Mamma ist besorgt, wahrscheinlich auch Emils eigene Verwandte, seine Freunde, sein Verleger und seine Geschäftspartner. Die Einzige, die sich um seine zunehmende Eigentümlichkeit nicht weiter kümmert, ist Beata selbst. Als man sie aussandte, um ihren Mann zur Heimkehr zu bewegen, wusste sie von vornherein, dass sie damit scheitern würde.

Aber egal. Jungs sind und bleiben Jungs. Männer machen Männergeschichten. Die Frauen sollen gefälligst warten, bis sie dran sind. So hat man sie erzogen, und so funktioniert das. Aber das bedeutet ja nicht, dass sie selbst untätig dasitzen muss, während sie ein glückliches oder unglückliches Ende vorausahnt.

»Na«, sagt der Jäger missgelaunt, während er am Anleger stehen bleibt. »Wie machen wir das jetzt?«

Er macht kein Hehl daraus, dass man ihn gezwungen hat, gegen seinen Willen ein völlig unbegreifliches und lächerliches Ritual auszuführen. Der Richter, dessen Aufgabe es wäre, seiner kindischen Frau beizustehen und sie in der Nacht, wo es vor Bestien nur so wimmelt, zu beschützen, ist dafür zu faul, zu betrunken, zu gehässig.

Die dunklen Wellen wogen gegen die Trägerpfosten des Anlegers, ein Wasservogel draußen auf dem Meer gibt Laut. Beata legt die Flasche in den Sand.

»Alles, was wir brauchen, ist im Bootsschuppen«, sagt sie. »Gib mir die Laterne. Ich zeig dir den Weg.«

»Im Bootsschuppen? Was brauchen wir von da?«

Beata krümmt entschlossen den Zeigefinger. Was soll man auf so eine Frage schon antworten: Also, zuerst hab ich ja an die Sauna gedacht, aber dich dahin zu kriegen wäre noch schwieriger gewesen. Also frag nicht. Komm einfach mit.

Sie gehen hintereinander den von trockenem Tang und Wassergras patinierten Steg entlang. Die am oberen Ende geborstene Tür ist mit einer langen Stange verschlossen. Beata überlässt es dem Jäger, sie zu öffnen.

»Mach die Tür hinter dir zu«, sagt Beata. »Der Wind ist so schneidend geworden.« Sie stellt die Sturmlaterne auf die Bank, die unter Netzen und Seilbündeln steht. Sie steigt darauf, öffnet den blau angestrichenen Zubehörschrank und holt eine Decke heraus.

»Hier bewahre ich unsere Ausflugsdecke auf. Praktisch, nicht wahr?«

Sie breitet die Decke auf dem Bretterfußboden aus.

»Unter demselben Dach empfände ich es als schlechtes Benehmen«, erklärt Beata wahrheitsgemäß.

Sie bückt sich, um sich die Schuhe auszuziehen, und stellt sie nebeneinander an die Schmalseite der Decke. Sie dreht sich um, zieht ihren lachsfarbenen Schlüpfer aus, faltet ihn säuberlich zusammen und legt ihn auf die Bank. Dann setzt sie sich und beginnt, ihre Strumpfbänder zu lösen.

Der Jäger starrt sie verblüfft an. Als Beata das eine Bein über das andere, bereits entblößte, schlägt, räuspert er sich und sagt:

»Ich habe nicht vor, mit dir Liebe zu machen, wenn du darauf aus bist.«

Beata lässt sich durch diese Bemerkung in ihrem Tun nicht stören, aber lacht erfreut auf:

»Liebe machen! Wie entzückend gesagt. Diesen Ausdruck hab ich schon Ewigkeiten nicht mehr gehört!«

Sie steht auf. Ein kalter Lufthauch verursacht ihr eine Gänsehaut, sie muss sich beeilen.

»Hör mal, ich meine das ernst«, sagt der Jäger. »Was soll das hier bedeuten?«

Beata ergreift seine Hand.

»Ich will dich natürlich zu nichts zwingen, du Dummchen. Und zuallerletzt dazu, Liebe zu machen, wie du es nennst.«

Sie führt seine Hand an ihre Brust und öffnet die Knöpfe des Korsetts. »Aber trotzdem kannst du mich in einer so traurigen Nacht doch ein wenig berühren.«

Aaro Harjula steht einen Augenblick da wie gelähmt, reißt dann aber seine Hand los.

»Das geht nicht«, sagt er mit einer Stimme, die soldatisch resolut klingen soll. »Ich gehe jetzt.«

»Tu das nicht«, bittet Beata und bedeckt das Gesicht mit den Händen wie ein Kind, das sich seiner Ungezogenheit schämt. »Lass mich nicht allein. Erklär es mir.«

Der Jäger lacht konfus.

»Was gibt es da zu erklären?«

Beata lässt die Hände sinken und deutet mit dem Finger schüchtern auf die Bank.

»Setz dich. Setz dich wenigstens einen Augenblick.«

Sie ist immer noch voller siegessicherer Kühnheit. Aaro Harjulas Hilflosigkeit, in dieser peinlichen Situation den richtigen Entschluss zu fassen, erscheint ihr unendlich rührend. Am liebsten würde sie den Mann in die Arme nehmen, ihm das Haar streicheln, ihm die Verstimmung wegküssen. Und sagen: *Zögere nicht. Gerade jetzt brauchst du dich um nichts zu sorgen. Ich bin gut für dich. Ich habe geübt. Spiele mit dem besten Freund meines Bruders, die von Mal zu Mal wilder wurden. So, wie es sein sollte.*

»Sei lieb.«

Draußen der Wind nimmt zu. Das Licht der Sturmlaterne flackert auf dem Gesicht des Jägers. Ihm ist heiß geworden, und er hat einen Ständer.

»Warum bist du böse auf ihn?«, fragt Beata so wie schon damals.

Aaro Harjula schweigt. Seine Brust hebt und senkt sich im Takt tiefen Atmens. Er fragt nicht: Auf wen? Er sagt nicht: Nein, ich bin nicht böse auf deinen Mann Emil. Wie bist du mit deinem kleinen Köpfchen auf so eine verrückte Idee gekommen?

Er gibt nach und setzt sich.

Beata kauert vor ihm nieder und legt ihm die Hände leicht auf die Knie. Der Jäger fährt zusammen, schiebt aber die Hände nicht weg.

»Wegen dieser Frau?«, erkundigt sich Beata.

Vorsichtig bewegt sie die Hände wie ein Mädchen, das zwischen den Fensterscheiben einen Schmetterling fangen will, um ihm in die Freiheit zu helfen. Ihre Stimme ist leise, fast unhörbar.

»Emil quält dich absichtlich. Du möchtest ihn schlagen. Ihn ordentlich verprügeln. Aber du schlägst ihn nicht. Weil du es nicht darfst. Und das ist gut so, denn wenn du ihn schlügest, dann wäre auch ich böse auf dich. Mein Mann wird nicht geschlagen. O nein.«

Der nach Tabak riechende Wollstoff fühlt sich unter Beatas Fingern rau an, die Knöpfe dagegen glatt und kalt, sie sind mühelos zu öffnen.

»Dennoch musst du dich rächen dürfen. Ihn demütigen. Du weißt nur nicht, wie«, sagt sie, schwer atmend. »Aber *ich* weiß es.«

Der Wind lässt die Eimer an der Wand scheppern. Das Boot tanzt und quietscht in dem schwappenden Wasser. Sie hält sein Organ mit beiden Händen fest und neigt den Kopf, um dessen Kraft die Ehre zu erweisen. Als aber ihre Lippen es berühren, spürt sie einen Ruck an den Haarwurzeln.

»Nein!«, sagt Aaro Harjula.

»Das tut weh«, heult Beata und weicht zurück. »Entschuldige. Ich war ungezogen. Aber reiß mich nicht mehr an den Haaren.«

Er lässt sie los und knöpft sich die Hose zu.

»Nun entschuldige dich hier nicht, verdammt. Ich bin doch derjenige … ich wollte dir nicht wehtun. Nein, ich … es tut mir Leid.«

Sie versucht, sich die aufgelösten Haare zu ordnen, steckt sie fest, aber ihre Hände zittern, und sie weiß nicht, was sie tun soll.

»Es ist alles in Ordnung«, sagt Beata und beugt sich über die Bank, um die dahinter gefallene Haarspange zu suchen.

Ihr Morgenmantel gleitet herab. Mit einer Hand versucht Beata, ihr nacktes Hinterteil zu bedecken.

Bis eine Berührung sie erstarren lässt.

Eine warme Hand schiebt ihre beiseite und legt sich auf ihre Backe. Beata rührt sich nicht. Die Bewegungen der Hand erinnern sie daran, wie ihr Vater die Flanken eines unverschämt teuren und nervösen Rennpferdes abtastete. Penibel und zielstrebig prüfend, jedoch die ganze Zeit darauf bedacht, das edle Tier ja nicht zu erschrecken, und in dem vollen Bewusstsein, dass dies die letzte Anschaffung wäre, die ein vernünftiger, für den Ertrag verantwortlicher Geschäftsmann sich erlauben dürfte.

Beata richtet sich unmerklich gegen das raue Hosenbein auf, hütet sich, einen Fehler zu machen, der die Forschungsreise auf irgendeine Weise jäh beenden könnte. Sie will nur noch das eine. Dass die Hand den Weg zum Ziel finden möge. Aber sie weiß nicht, was die Hand will.

Ihre Furcht ist unnötig. Der Handel wird nicht mehr rückgängig gemacht. Ein prachtvolles Tier. Ein sprühender Warmblüter bis in die letzte pulsierende Falte hinein. Diese Stuten muss man nur zu behandeln wissen. Das ist alles. *Ich nehme sie. Jetzt ist sie mein.*

Ja, ich bin dein, behandele mich noch, hör nicht auf, mach mit mir, was du willst, nur hör nicht auf.

Und er hört nicht auf.

Erlaubt ihr zuletzt sogar, auf seinen Schoß zu klettern, ihre verschwitzte Stirn an seiner zu reiben, ihre Beine um seine Flanken zu schlingen und mit der Maßlosigkeit des übermütigen Kindes verkehrte Welt zu spielen: Wer ist denn jetzt das Pferd und wer der Reiter ...!

»Und die Flasche?«, fragt Aaro Harjula, als alles vorbei ist, als Knöpfe und Haken geschlossen, die Strümpfe angezogen, die Schuhe geschnürt sind und die Decke zusammengefaltet wieder im blauen Schrank liegt.

Beata würde ihn gern noch einmal berühren und flüstern: Was kümmert's dich? Das ist doch nur ein toter Fisch.

Stattdessen sagt sie:

»Bitte wirf du doch den armen Kleinen statt meiner ins Meer, sei so gut. So weit du kannst, damit seine Reise einen guten Start hat.«

Beata nimmt die Laterne, geht zur Tür. Ein heftiger Windstoß hätte sie beinahe auffliegen lassen.

»Lass mich«, sagt der Mann bemüht höflich und hütet sich, auch nur einen Blick auf sie zu werfen.

In dem schwarzen Nachtwind berührt Beata den Jäger am Arm, ein letztes Mal.

»Du brauchst keine übertriebenen Schuldgefühle zu haben«, sagt sie, ihrer Meinung nach beschwichtigend.

»Aha.«

Es ist zu spüren, dass Jäger Aaro Harjula in diesem Augenblick nichts so sehr wünscht, wie von dieser Frau, der schlimmen Gattin seines gegenwärtigen Chefs Emil Hallenberg, fortzukommen.

»Er schläft nicht mehr mit mir«, sagt Beata. »Ich weiß nicht, was er will. Aber jedenfalls nicht mich.«

»Die beliebtesten Arten der Jagd sind das Abschießen des Wolfs am Aas oder wenn er ruht, nachdem er beim Aas gewesen ist. Drollig ist auch die Methode der russischen Bauern, bei der ein Mann im Schlitten fährt, in dem er – ein Ferkel mitführt. Wenn er das ab und zu zwickt und drückt und ihm einen Fußtritt versetzt, quiekt es natürlich wie in Todesnot, und von der Stimme des Ferkels angelockt kommt der Wolf herbei, und die auf Wacht stehenden Gefährten des Schlittenlenkers können ihn abschießen.«

Heftige Böen über der Landzunge. Der Wind zaust das Meer, das als schäumende Gischt gegen die Uferfelsen schlägt. Das in der Bucht verankerte alte Segelboot hebt sich, von einem Windstoß gepackt, und zerrt an der Kette.

Miina steht auf dem Hof und atmet nach vielen Tagen des Aufenthalts im geschlossenen Raum tief die Seeluft ein.

»Los«, sagt der Wachmann und deutet in Richtung Friedhof.

Soll es nun dort passieren? War es das jetzt?

Miina geht schweigend den vergrasten Pfad hinunter. Im Bauch verspürt sie einen schneidenden Schmerz. Die Luft entweicht ihren Lungen, und neue kommt nur in kleinen, knauserigen Portionen nach.

Und ich hatte gedacht … noch nicht! Nicht so!

»Mach das Tor auf!«

Die Stimme des Wachmanns klingt nicht unfreundlich. Nur müde. Vielleicht denkt er an die Netze, die er für Zander ausgelegt hat. Möchte sie nachsehen, bevor Sturm aufkommt. Er hat sich nicht die Mühe gemacht, ein Gewehr in die Hand zu nehmen. Der Hund folgt ihm, das genügt.

Das Tor quietscht, als Miina es öffnet. Die spiralförmigen Blattmuster haben grüne Patina angesetzt, das Eisen fühlt sich kalt an.

Ist dies der letzte Gegenstand, den ich berühre?

»Den mittleren Weg. Zur Kapelle.«

Geweihte Erde. *Nicht irgendeine Grube. Also gut: Der Friedhof ist schon recht für jemanden, der den Tod bringt. Dort, wo Miina ist, ist auch der Tod. So als hätte jemand das so verfügt.*

Der Richter erscheint im Regenmantel zwischen den Grabkreuzen. Hinter ihm im Schatten des Bergahorns steht ein zweiter Mann. Ohne dorthin zu sehen weiß Miina, dass es Aaro Harjula ist.

»Tag, Miina«, sagt Hallenberg.

»Guten Tag des Jüngsten Gerichts.«

Der Richter krault den Hund und gibt dem Wachmann ein Zeichen, dass er wegtreten kann.

»Sei nicht so theatralisch«, sagt er und dehnt seinen Nacken. »Das passt nicht zu deinem Stil. Wir wollen doch nur ein wenig mit dir plaudern. Wie du siehst, ist Jäger Harjula zurückgekehrt, um mir zu helfen, und dafür bin ich verflixt dankbar. Dass es in diesem durch und durch verlogenen, kriegerischen Land noch jemanden gibt, auf den man sich verlassen kann. Auf den ich bauen kann wie auf einen Felsen.«

Miina steht regungslos da und sieht an den beiden Männern vorbei auf das Gesträuch, das der Wind von einer Seite zur anderen zerrt.

»Friedhöfe sind Friedhöfe, aber ich habe gehofft, dass dies doch eine willkommene Abwechslung in deinem Aufenthalt hier ist«, fährt Hallenberg mit der Fürsorglichkeit des Hausherrn fort, der an das Wohl seiner Kundin denkt. »Denn sieh mal, mir gefällt dein Zimmer auch nicht besser als dir. Dessen Gegebenheiten sind in vielerlei Hinsicht nicht glücklich.«

Die Stimme bittet um Entschuldigung, so als hätte er gegen seinen Willen bei der Verwendung von Spezialisten knausern müssen und als hätte der zur Verfügung stehende Handlanger mit Farbpinsel oder Tapeten nach Kräften gepfuscht.

»Ich habe immer Menschen heimlich beobachtet«, fährt er

fort. »In Restaurants, auf der Straße, im Zug. Habe Gesprächen gelauscht, Mienen und Gesten studiert. Das war ja ein Teil meiner Arbeit. Und die Leute haben nichts bemerkt. Meistens. Obwohl ich mich überhaupt nicht versteckt habe. Im Gegenteil. Sie sehen mich. Und sehen mich nicht. Das ist ihre freie Wahl. In deinem Fall wiederum ist es leider …«

»Man spürt es, wenn man beobachtet wird«, sagt Miina mit ausdrucksloser Stimme.

»Und der Beobachter spürt auch, wann der Beobachtete es weiß«, sagt Hallenberg. »Anfangs dachte ich freilich, da ist ein Mädchen, das *wirklich* gern mit kaltem Wasser herumpanscht …«

Er wirft einen komplizenhaften Blick auf den Jäger und zwinkert ihm zu – » … aber dann hab ich kapiert, was los ist. Weißt du, manchmal hatte ich das Gefühl, dass das nicht nur Verzweiflung war. Dass du wirklich ein bisschen in mich verknallt warst.«

Miina schlingt die Arme um sich. Der Wind bläst scharf durch die Kleider.

»Was ist daran so schwierig?«, fragt sie.

»Woran?«

»Daran, mich zu erschießen. Ich habe die Bluttat gestanden. Sollte das nicht genügen?«

Der Richter hat sich gebückt, um das Moos von einem granitenen Grabstein zu kratzen.

»Miina, Miina«, seufzt er. »Wieso hast du es bloß so eilig, unter die Erde zu kommen? Ob das nun altmodisch ist oder nicht, ich habe meine Vorurteile gegenüber dem Töten von Frauen. Und überhaupt ist es schlimm, dass ein junger Mensch die Erfüllung seines Schicksals beschleunigt. Sieh dir zum Beispiel das hier an!«

Er deutet auf die bemoosten Buchstaben des Grabsteins, die man gerade noch erkennen kann.

»Arvid Ericsson. Ist nur achtzehn Jahre alt geworden. Der

arme Junge. Der Erstgeborene von Pastor Ericsson. Ist vor über hundert Jahren an Lepra erkrankt. Sicherlich hat er sich schon als Kind angesteckt. Vermutlich durch irgendeinen Ungehorsam. Vielleicht hat er sich an den Glockenstrang gehängt, obwohl er wusste, dass das streng verboten war. Aber seit wann gehorchen kleine Jungen den Anordnungen ihrer Eltern?Um die Kranken hat der Wildfang sicherlich einen weiten Bogen gemacht, aber er erkannte nicht, auf welche Weise ein Seil, das so unschuldig wirkte, schicksalsschwere Folgen haben konnte.«

Miina und Aaro stehen schweigend da, Aaro sieht Miina an, aber Miina schaut nirgendwohin.

Du hättest nicht zurückkommen sollen. Hättest du mir doch vertraut.

»Wer mag wohl an dem glatten, schönen Knabenkörper die ersten Anzeichen der Krankheit entdeckt haben?«, sinniert Hallenberg. »Die Mutter? Der Vater? Er sah sie, aber wollte sie nicht sehen. Oder Arvid selbst, als er sich nackt vor dem Spiegel betrachtete, wie junge Leute das zu tun pflegen. Ihr kennt das doch: Taugt dieser Körper zu irgendwas? Bin ich gut genug?«

Er richtet sich auf und tippt mit der Spitze seines Regenschirms auf den Stein.

»Es wird behauptet, er sei keines natürlichen Todes gestorben, sondern auf das Dach der Kirche geklettert und von dort hinuntergesprungen«, fährt Hallenberg mit der rhythmischen Stimme eines Stadtführers fort. »Aber der Vater wollte, dass der Sohn auf dem Friedhof beigesetzt wurde, und vertuschte die Spuren des Selbstmords. Tat er das aus Ehrgefühl oder aus Verzweiflung? Was glaubt ihr, ging der Pastor am nächsten Tag zur Arbeit so wie alle Tage zuvor? Genoss er sein Frühstück, rasierte er sich, schlug er seine Bibel auf so wie in all den Jahren, in denen er diese Unglücklichen betreut hatte? Oder gab er sich selbst die Schuld daran, dass er seine Familie in diese Hölle gebracht hatte? Dass er, seiner edlen Berufung folgend, seine Liebsten einem Schicksal ausgesetzt hatte, das schlimmer war als der Tod?«

Eschen und Bergahorne rauschen und beugen sich in den Wirbeln des zunehmenden Windes, die trockenen Blätter des vergangenen Herbstes jagen über die zartgrüne Matte des jungen Rasens.

»Ich musste meine Frau von hier fortschicken«, sagt Hallenberg traurig. »Leprakranke gibt es hier zwar nicht mehr, aber etwas noch Gefährlicheres …«

Miina und Aaro beobachten stumm, wie er an seinem Siegelring dreht und nach dem treffenden Ausdruck sucht:

»Freiwilligen Irrsinn. Heftige kollektive Verrücktheit. Und Leute, die deren Märtyrer werden wollen. So wie diese Miina hier.«

Der Richter legt ihr vertraulich die Hand auf die Schulter und grinst Aaro an.

»Zwar kann ich mir meine Frau sehr schwer als feurige Sozialistin vorstellen, aber woher will ich das wissen? Dem Ehemann geht doch als Letztem auf, was seine Frau treibt.«

Miina entzieht sich der Hand und wischt sich über die Schulter, so als wäre sie beschmutzt worden.

»Haben Sie auch vor, verrückt zu werden?«, fragt sie. »Und sich zu erschießen? Wenn all dies vorbei ist.«

»Die Frauen dagegen«, fährt Hallenberg fort, so als hätte man ihn gar nicht unterbrochen, »die ahnen, was ihre Männer tun, schon lange, bevor sie selbst wissen, was sie vorhaben.«

Er lacht auf und sucht im Blick des Jägers die Geistesverwandtschaft, die zwischen Männern besteht.

»Sollten wir nicht allmählich zur Sache kommen«, schlägt Aaro, peinlich berührt, vor. »Hier ist es ziemlich ungemütlich.«

Der Richter dreht sich um, wird besorgt.

»Das ist wahr, das Mädel zittert ja vor Kälte«, sagt er. »Und auch du wirkst nicht sonderlich wohl, Aaro … Und ich stehe hier und tratsche. So geht das nicht. Ich wollte euch die Kapelle zeigen. Dort ist es geschützt und sehr schön.«

Zu dritt steigen sie die mit Gras überwucherten Steinstufen hinauf. Der Richter steckt den großen Schlüssel, den er aus der Tasche genommen hat, ins Schlüsselloch. Der böige Wind zerrt an der Tür.

Die Wände der Kapelle sind weiß gekalkt. Die Sitze der Bänke bestehen aus ungestrichenem, patiniertem Holz, die nummerierten Wangen sind graublau. Miina betrachtet das von der Decke herabhängende dreimastige Votivschiff, dessen detaillierte, präzise Arbeit mit seinen Tauen, Geschützen und Ankerketten. Sogar die Galionsfigur, eine rosa Seejungfrau, ist bis hin zu den Miniaturbrüsten sorgfältig geschnitzt.

»Setzt euch«, fordert Hallenberg seine Begleiter auf. »Miina mag vielleicht keine Kirchen, aber hier ist es doch angenehmer, sich zu unterhalten. Entspannt und unumwunden. Jetzt, wo wir uns schon so gut kennen. Natürlich kann ich mich nicht mit euch beiden vergleichen, die ihr eine so lange Zeit nur zu zweit verbracht habt. Dennoch wage ich zu sagen, dass ich mich in eurer Gesellschaft – weder in der des einen noch der der anderen – ausgesprochen fremd fühle.«

Jemand hat einen Strauß Frühlingsblumen auf den Altar gestellt. Oberhalb davon wirft ein von Engeln getragener leidender Christus einen schwer zu deutenden Blick auf die drei.

Hallenberg zieht den Regenmantel aus und setzt sich mit gespreizten Schenkeln auf die Altarbank.

»Ich habe versucht, Informationen über dich einzuholen«, sagt er. »Eine Person namens Miina Malin gibt es in Turku nicht. Auch nicht in den Nachbargemeinden. Und auch nicht in Tavastland, wo der Gutsbesitzer Henriksson getötet wurde. Wie erklärst du das?«

Miina zuckt die Achseln.

»Jäger Harjula ist der Meinung, dass du dir eine ganz neue

Person ausgedacht hast. Du hast gesagt, dass eine Frau namens Martta dich vor ihrem Tod gebeten hat, dich nach einem Jungen im Haus von Frans Rapola zu erkundigen.«

»Ja.«

»Jäger Harjula seinerseits hat dessen Spuren verfolgt. Aaro, möchtest du noch einmal dasselbe erzählen, was du mir erzählt hast?«

»Erzähl du es nur.«

Er macht sich mit seinen plumpen Händen an dem zerrissenen Rücken des vor ihm liegenden Gesangbuchs zu schaffen und schiebt die herauslugenden losen Seiten zurück an ihren Platz.

»Wenn ich das jetzt richtig verstanden habe, scheint es bei der gegenwärtigen Beweislage Martta Rapolas größtes Verbrechen zu sein, dass sie in einer Familie geboren wurde, wo der Vater ein guter Hufschmied, aber ein noch besserer Rittmeister war«, sagt Hallenberg. »Es kamen einfach zu viele Kinder. Vor allem Mädchen. Zuerst waren sie nützlich als Betreuerinnen der Kleineren, aber als sie älter wurden, stellten sie eine Belastung dar. Im Sommer wurden alle Hände gebraucht, aber im Herbst kamen dem Familienvater hässliche Gedanken …«

Miina blickt zum Deckengewölbe empor, das Malen der kleinen Sterne und des Mondes dort muss mühsam gewesen sein.

»Martta war dreizehn, als der Alte ihr erklärte, dass da an der Speicherwand ein Paar Skier stand, zu Hause gebe es keinen Ort mehr für sie, wo sie ihr Haupt betten könnte«, predigt der Richter.

Durch die Wände dringt fernes Donnergrollen herein.

»Leidenschaften und Wünsche und ein windumspülter Hintern, das war das Erbe der Mädchen zu Hause bei Martta. In Turku wandte sie die Theorie auf die Praxis an. Bis sie auf den Sozialismus stieß und auf Oskar Rapola. Da war

Schluss mit der Hurerei, aber der Ruf blieb haften. Und wie soll der Tiger seinen Streifen entfliehen, dachte man. Nach den Gerüchten, die dem Schwiegervater zu Ohren kamen, ging Martta mit einem weißen Offizier mit, bald nachdem sie erfahren hatte, dass ihr Oskar gefallen war. Das ist ja nun kein sonderlich nobles Verhalten, aber dafür verdient man nicht das Todesurteil. Und bekommt es auch nicht.«

Miina registriert, dass Aaros Nacken rot wird.

»Aha«, sagt sie. »Aber was geht das mich an?«

Hallenberg holt seine Metallbügelbrille hervor und wischt sie an seinem Jackett ab.

»Jäger Harjula ist der Meinung, du solltest so bald wie möglich freigelassen werden, damit du dich um den kleinen vaterlosen Jungen kümmern kannst. Und um das Kind, das du erwartest.«

»Er irrt«, sagt Miina.

Sie weicht Aaros verstohlenem Blick aus und richtet ihre Worte direkt an den Richter.

»Martta Rapola ist tot.«

Hallenberg hebt die Brauen.

»Du bist aber eigensinnig«, sagt er. »Wir bieten dir hier um die Wette eine Rettungsleine an, aber du sträubst dich nur. Glaub mir, du bist nicht die erste Frau, deren Kind durch Hurerei zustande gekommen ist. Du wirst es schon noch auf deine Weise lieb gewinnen. Und vielleicht auch lernen, dir selbst zu verzeihen.«

»Ich bin Miina Malin.«

»Das bist du nicht.«

Aaros Stimme ist trotzig, die Hände sind zur Faust geballt.

Miina schüttelt traurig den Kopf. *Verstehst du denn nicht,* spricht sie tonlos zu Aaros gebeugtem Nacken: *Ich bin ihm egal. Ich bin nur der Köder. Du bist die Beute. Du.*

»Dem Jungen wird es schlimm ergehen«, sagt Aaro. »Dem Eino. Er kommt ins Erziehungsheim, wo er lernt, seine Eltern zu hassen. All das zu verfluchen, woran sie geglaubt haben. Willst du das?«

An der Küste braut sich ein Gewitter schnell zusammen. Die Risse der Blitze vibrieren am Firmament wie weißglühende Zweige. Das helle Blaurot der Wolkenränder verschmilzt mit dem Meer, das, vom Regen gepeitscht, dunkel auf und ab wogt.

Hallenberg setzt sich neben Aaro und legt ihm den Arm um die Schultern.

»Hör mal zu, Aaro«, sagt Hallenberg, »ich weiß genau, was du von mir gedacht hast, als du mich zum ersten Mal sahst. Dass ich nur ein frustrierter Schreiberling bin, dessen Geschichten schon seit Ewigkeiten auf der Stelle treten. Aus Faulheit, aber auch deshalb, weil mir ein ordentliches Thema fehlte. Dann brach dieser vielversprechende kleine Aufruhr aus. Und nicht lange, da wuchs er sich zu einer ordentlichen Rebellion aus. Zu einem richtigen Freiheitskrieg. Das Vaterland bot plötzlich ein imposantes Thema, wie manch ein Schriftsteller es sich nur erträumen kann. Und das Beste, mir wurde ein Logenplatz ohne Lebensgefahr oder andere wesentliche Gefahren angeboten, ja geradezu aufgedrängt. Die zweite großartige Seite dieses Krieges war, dass er rasch zu Ende ging. Auf längere Sicht bekommen alle Leute die Kriege satt, die endlos ausgedehnt werden. Dann will man von etwas anderem lesen und die Gedanken möglichst weit von der trostlosen Wirklichkeit ablenken.«

»Ehrlich gesagt habe ich nicht ...«

»Schsch, lass mich ausreden. Du hattest nämlich Recht. Und ich möchte noch etwas anderes bekennen. Ich war neidisch auf dich. Du hattest eine unerhört harte militärische Ausbildung absolviert. Am Großen Krieg teilgenommen. Warst an der Front gewesen. Ich habe gehört, dass dort alle diejenigen erschossen wurden, die sich zurückzogen oder erlahmten. Die den Befehlen nicht gehorchten, egal, wie sinnlos sie waren. Ich dachte an meine eigene jämmerliche Selbstdisziplin und weiß ziemlich genau, dass ich auf die Liste der zu Erschießenden geraten wäre. Falls ich nicht schon während der Ausbildung ums Leben gekommen war.«

Es schaudert Miina. Nicht das, was der Richter sagt. Sondern sein Ton.

»Ich gebe ehrlich zu, dass ich dir gegenüber jämmerliche Minderwertigkeitskomplexe hatte. Bis ich begriff, in einer geradezu offenbarungsartigen Erkenntnis so wie dort auf dem Gemälde«, fährt Hallenberg fort und deutet auf die über dem Altar herumflatternden Engel und den Christus, »dass wir doch etwas Ähnliches erlebt haben, Aaro. Auch ich habe dem Tod ins Auge geblickt. Freilich nicht meinem eigenen. Aber diese Wochen hier in der fürchterlichen ländlichen Stille haben mich etwas gelehrt. Ich habe gesehen, wie wenig das Leben eines Menschen zählt. Wie leicht es ist, auf den Abzug zu drücken. Aber das Geräusch, das dadurch entsteht! Das reißt die ganze verschlafene Landschaft in Stücke. Nach alledem verstehe ich deine Tat besser als irgendjemand sonst. Du bekamst den Befehl, einen Flüchtling zu erschießen. Das wolltest du nicht. Das konntest du nicht. Die anderen mögen dich für einen Hosenscheißer halten, aber ich nicht. Auch mir ist dieses endlose Töten allmählich zuwider.«

Er zieht sein Taschentuch hervor und schnäuzt sich.

»Aber mich interessiert, warum du zurückgekommen bist mit deiner merkwürdigen Geschichte? Deshalb, weil du in diese Frau verknallt bist?«

Der Arm des Richters legt sich auf Miinas Schulter, bleibt dort.

»Oder deshalb, weil du deine Tat sühnen wolltest?«, fragt Hallenberg. »Wobei ich freilich nicht behaupten möchte, dass du deine Aufsässigkeit bereust …«

Aaro ist aufgestanden. Er sieht Miina an und er sieht die Tür an. Hallenberg ist ruhig und ungerührt.

»Ich glaube, du bereust, dass du es nicht schon viel früher getan hast.«

»Die Pflicht des Soldaten ist es, seinem Vorgesetzten zu gehorchen.«

»Redest du dir das in der Nacht ein, wenn du nicht schlafen kannst? Es ist ja wahr, aber hilft es dir?«

»Nein.«

Ein dröhnender Donner zerreißt die Wolkendecke. Strömender Regen peitscht die hohen Fenster der Kapelle, trommelt gegen das Schindeldach.

»Was meinst du, Miina? Oder wie du auch immer heißen magst. Muss ein Soldat blind jedem Befehl gehorchen?«

Miina runzelt die Brauen und schweigt.

Der Herr Richter irrt, denkt sie, *er war nicht dort. Er war nicht einer von denen.*

Hallenberg geht zum Orgelharmonium und öffnet den Deckel.

»Ich fände es schön, wenn die Stimmung durch eine kleine Musikeinlage aufgelockert würde. Möchtest du uns nicht etwas Schönes vorspielen, Aaro?«

»Nun lass doch gut sein.«

»Ich habe unseren gemeinsamen Freund schon unzählige Male gebeten, mir etwas Unterhaltsames vorzuspielen, aber nein«, seufzt der Richter betrübt. »Er behauptet, er könne es nicht. Ich finde das seltsam, denn ich habe gehört, dass er als ein richtiges Wunderkind der Musik bekannt war und auch öffentliche Konzerte gegeben hat …«

Miina denkt an die Fischerhütte, die sie und Aaro Harjula acht Tage lang teilten. Sie sieht sie von oben, wie sie grau und ohne Haltung am Waldrand kauert. Sie sieht sie im Mondlicht und in langen, windigen Nächten, sieht den Rauch aus dem Schornstein aufsteigen und das wilde Tier, das sie in der Dunkelheit anstarrt. Sie sieht sie vom Ufer her, im biergelben

Schein der aufgehenden Sonne, die Tür in den ausgeleierten Scharnieren hängend.

»Würde es denn etwas nützen, wenn unser weiblicher Gast dich schön um ein kleines Konzert bitten würde?«

Miina schließt die Augen. Sie bemüht sich angestrengt, sich eine noch fehlende Einzelheit in Erinnerung zu rufen. Die sich hinter einer Ecke verbirgt, unter dem Frühlingstanz der aus der Erstarrung erwachten Fliegen. Sie hat das Gefühl, dass sie, wenn sie nur das fehlende Bild fände, den wichtigen Gedanken, der ihr gerade gekommen, aber unversehens wieder zerfallen war, wieder zusammensetzen könnte.

Die Welt draußen prasselt und krampft sich in dem Gewitter, das an den Baumwipfeln zerrt, zusammen, aber durch den Regen hindurch hört man auch ein anderes Geräusch, das leise Rauschen des unsichtbaren Wellengangs.

»Der Wolf haust in dichten, dunklen Wäldern, in felsigen Gebirgen oder in Reisermooren. Im Allgemeinen meidet er den Menschen, begibt sich aber auf der Suche nach Nahrung auch in bewohnte Gegenden. Einem erwachsenen Mann wird ein Wolf zumeist nicht gefährlich, jedenfalls nicht dann, wenn er allein ist. Solche Wölfe jedoch, die in Frostwintern in Rudeln unterwegs und hungrig sind, haben schon öfter Menschen getötet. In den großen Wolfsjahren Finnlands 1879–82 drangen die Wölfe tollkühn bis nach Südwest-Finnland vor und töteten in der Nähe von Turku nicht weniger als 22 Kinder. Aber wie aus den Zahlen hervorgeht, bilden Haustiere die häufigste Nahrung der Wölfe. Ganz besonders scheint der Wolf Hunde, seine nahen Stammesverwandten, zu hassen und zu verfolgen. Es kann geschehen, dass der Wolf sich so sehr in die Jagd auf einen in seinem Gesichtskreis aufgetauchten Hund hineinsteigert, dass er ihn bis auf den Hof verfolgt. Auch ist es vorgekommen, dass er in seinem blinden Eifer dem Hund bis in den Vorraum des Hauses nachhetzte und den Hass auf seinen Verwandten mit dem Leben bezahlen musste. Eigentümlicherweise können Wolf und Hund trotz dieser Feindschaft auch Liebesbeziehungen eingehen. Deren Bastarde heißen Kreuzungen oder Hybride.«

Erst als er die Frau ins Boot geführt und sich selbst auf den Platz des Ruderers gesetzt hatte, kam Aaro der Gedanke, dass es gut gewesen wäre, ihr für die Fahrt die Hände zu fesseln. Er verwarf ihn jedoch, weil es ihm irgendwie lächerlich vorgekommen wäre, die Gefangene wieder ans Ufer klettern zu lassen und zurückzugehen, um eine Schnur zu holen.

Das war ein Fehler.

Nach der durchwachten Nacht war es anstrengend, ständig wachsam zu bleiben. Schweigend dazusitzen machte die Lage nicht besser, aber gemeinsame Gesprächsthemen waren rar.

Die Gefangene war unberechenbar. Daran bestand kein Zweifel. Ihr Fluchtversuch hatte von tief sitzender, zäher Beharrlichkeit gezeugt. Es war schwer zu entscheiden, ob sie Kräfte für neue Aktionen sammelte, oder ob sie ebenso erschöpft war wie ihr Begleiter.

Es wehte ein leichter Wind. Die Sonne zeigte sich bisweilen zwischen den grauen Wolken, die den Himmel bedeckten, sie wallten bis zum Horizont. Aaro beobachtete einen Vogel, der über dem Boot seine Kreise zog, und insgeheim die Gefangene.

»Ob das da eine Raubseeschwalbe ist?«

Schweigen.

»Ja, es ist eine«, beantwortete Aaro seine eigene Frage.

»Man erkennt sie am Ruf. Und an ihrem angriffslustigen Sturzflug.«

Er ruderte weiter, ein Weilchen schweigend, und bemühte sich, die bruchstückhaften Erinnerungsbilder der ungegliederten Ereignisse der vergangenen vierundzwanzig Stunden beiseite zu schieben.

»Du, guck mal da hinten … eine Mantelmöwe! Die sieht man hier selten. Mantelmöwen fühlen sich in den Außenschären der Ålandsinseln wohler.«

Die Gefangene schwieg hartnäckig. Natürlich. Was hatte Aaro denn erwartet? Ein entspanntes ornithologisches Geplauder über die Unterschiede zwischen den einzelnen Vogelarten?

»Du hast natürlich Angst, nach all … dem«, seufzte Aaro. »Aber es wird schon wieder. Das Schlimmste ist jetzt vorbei. Das verspreche ich dir. Ich bring dich nach Ruukkijoki vor das offizielle Standgericht. Du wirst dein Recht bekommen. Dort arbeitet Emil Hallenberg als Richter. Ein Schriftsteller und Journalist. Ein gebildeter Mann, und der wird dich sicherlich nicht …«

Die Gefangene lächelte.

Aaro beschloss, sich auf die Landschaft zu konzentrieren. Auf die mit Fichten und Kiefern bewachsenen Inseln. Auf die bleigrau und rot glänzenden Felsklippen. Auf die in den Wacholderwäldchen verborgenen Schafherden. Auf den rhythmischen Tanz der Wellen um das Boot herum.

Er spürte die ständige Anspannung in den Gliedern, sie lastete ihm schwer auf Schultern und Schenkelmuskeln. Die Anstrengung, die das zügige Rudern in kurzen Abständen erforderte, erfasste seinen ganzen Körper und brachte seine Gedanken durcheinander. Es war seltsam, dass die Frau es schaffte, nahezu regungslos in derselben Haltung da auf ihrer Bank zu sitzen.

Aaro fiel seine Bravournummer zum Thema Natur ein.

»Ich habe einmal gesehen, wie eine Mantelmöwe sich ein Seehundjunges schnappte«, sagte er. »Das Muttertier geriet völlig außer sich und jammerte herzzerreißend. Aber was konnte man da machen?«

Besonders bei Frauen hatte diese Geschichte immer von Mitleid untermischte Verwunderung und das Erfragen weiterer Einzelheiten ausgelöst. Nicht so jetzt.

»Ein Seehundjunges, so war das ...«

Die schweigende Feindseligkeit der Frau war niederschmetternd. Aaro hatte sie schon einmal nach ihrem Namen gefragt, aber keine Antwort bekommen. Er überlegte, ob es hilfreich wäre, wenn er zum Siezen überginge. Bei der Ausbildung hatte man ihnen eingebläut, wie wichtig das Duzen für die geistige Herrschaft über die Gefangenen war, aber das kam ihm jetzt abwegig vor.

»Mein Name ist Aaro Harjula. Aaro genügt, wo wir nun mal ... Wie kann ich ... dich nennen?«

Keine Antwort.

Ein Schweißtropfen nach dem anderen rann Aaro über die Wangen. Sein Rücken war klitschnass.

»Der Wind ist ganz schön kalt, auch wenn man das beim Rudern gar nicht so spürt. Wie ist es mit dir ...? Frierst du?«

Er hat ihre bläuliche Schläfe bemerkt, die blutige Schramme quer über der Nase, die Gänsehaut an ihren Armen.

»Soll ich dir nicht meinen Mantel geben?«

Er unterbrach sein Rudern, zog sich aus und reichte ihr fragend den Mantel.

Die Frau tat, als bemerkte sie die Geste nicht. Aaro musste gegen sein plötzliches Verlangen ankämpfen, ihr den Mantel mit Gewalt anzuziehen.

»Wir haben noch einen ziemlich weiten Weg vor uns«, sagte er herausfordernd. »Du könntest ruhig etwas sagen. Zum Zeitvertreib.«

Kein Mucks. Als die Gefangene den Kopf wendete und

Aaro ihr Gesicht sah, bemerkte er, dass das eine Auge rot und geschwollen war. Was mochte sie sonst noch für Verletzungen haben, die man nicht sehen konnte?

Aaro schluckte.

»Hast du Schmerzen? Brauchst du Ruhe?«

Die Frau strich sich die vom Wind zerzausten Haare hinter die Ohren. Ihre Ohren standen ein wenig ab, Aaro fand, in drolliger Weise. Sie seufzte und faltete die Hände um die Knie, löste aber nicht den Blick vom Horizont.

Die Anstrengung, eine sinnvolle Fahrtrichtung beizubehalten, dämpfte sein Mitleid. Aaro hatte Durst und musste pinkeln. Die Gefangene hatte den Blick abwärts gerichtet, vielleicht auf seine Stiefel. Neben ihren Schuhen wirkten sie unnatürlich groß. Aaro fühlte sich wie ein Tollpatsch mit grobschlächtigen Stampfern. Bestimmt war auch sein Gesicht schon rot und schweißglänzend.

»Kannst du rudern?«

Sie passierten eine Felsenklippe, auf der ein Kreuz aus Eisen für die Opfer eines Schiffsunglücks errichtet war.

»Da ist nichts Besonderes dran, wenn man sich nur in Acht nimmt. Die Untiefen erkennt man leicht an den Schaumköpfen«, erklärte er. »Jetzt ist es windig, aber nicht gefährlich. Weil da diese Inseln sind. Wenn der Wind richtig stark wird, dann gehen wir mit den Wellen und umfahren die Inseln auf ihrer geschützten Seite.«

Wie albern dieser Monolog klingen muss!

»Kannst du denn schwimmen?«

Er lachte laut auf.

Warum sollten wir nicht für einen Augenblick vergessen und reden, so wie Menschen miteinander reden, wenn sie nichts Böses im Schilde führen. Wenn sie zu zweit in einem kleinen Ruderboot auf dem Meer sitzen und niemand sie hört. Was könnte das schaden? Dies hier ist auch für mich kein Zuckerschlecken, weißt du.

»Ach was«, sagte Aaro. »Alles ist unter Kontrolle. Meine eigenen Schwimmkünste sind so bescheiden, und ich bin so eine Frostbeule, dass ich lieber trockene Füße behalte.«

Er hielt im Rudern inne und holte eine Pappschachtel hervor. Während er sich hinter den vorgehaltenen Händen eine Selbstgedrehte anzündete, musste er seltsamerweise über seine eigenen Assoziationen lachen.

Ich kann ja reden, was ich will. Soll das Mädchen doch denken, was sie mag. Das ist mir schnuppe. Nach dieser Geschichte sehen wir uns nicht wieder.

»Mir fiel gerade ein, wie ein Nachbarjunge und ich versuchten, meinem Cousin Maukka das Schwimmen beizubringen. Wir haben ihm einen Strick unter den Armen umgebunden und zogen ihn wie eine Laufangel hinter dem Boot her.«

Etwas wie ein Lächeln spielte der Frau um die Lippen. Sie neigte den Kopf ein wenig zur Seite.

»Na, und wie gefiel das dem Cousin?«

Aaro hätte sich beinahe die Finger verbrannt.

»In gewisser Weise hat er es wohl geschätzt«, entgegnete er hustend. »Ich meine, als Versuch, aber er schrie wie am Spieß, jedes Mal, wenn er über Wasser kam. Der alte Karlsson kam angerudert und fragte, was wir da trieben. Wir haben ihm natürlich gesagt, dass Maukka schwimmen lernen müsse, bevor er in den Konfirmandenunterricht kommt. Na ja, das ist eine gute Sache, sagte der alte Karlsson, aber wie wär's, wenn ihr das für alle Fälle etwas näher am Ufer machtet?«

»Krieg ich auch eine?«, fragte die Frau.

»Was?«

»Eine Zigarette.«

»Ich weiß nicht recht.«

»Gegen Dienst auf der Ruderbank?«

Aaro lachte.

»Das nun doch nicht.«

»Ich rudere gern.«

Sie beugte sich vor und stand auf.

»Setz dich hin!«

Aaro zog die Waffe aus der Tasche und entsicherte sie. Die Gefangene setzte sich.

»Du hast doch gefragt, ob ich es kann«, sagte sie leise.

Aaro wurde rot. Er wusste nicht, ob das an der durch das Duzen entstandenen Vertraulichkeit lag oder daran, dass er sich wegen seiner unverhältnismäßigen Notwehr schämte. Aber das sah man seinem ohnehin schon glühenden Gesicht wahrscheinlich nicht an.

»Stimmt. Aber das geht trotzdem nicht. Und dies ist das letzte Mal, dass du aufgestanden bist.«

Er sah den Revolver in seiner Hand an und wusste nicht recht, was er damit machen sollte. Sollte er ihn wieder in die Tasche stecken oder ihn neben sich legen?

»Regel Nummer eins«, sagte er, um seine Verlegenheit zu überspielen. »Im Boot steht man nicht.«

»Ich habe Hunger«, sagte die Frau, und es klang eher wie eine Feststellung und nicht wie ein Appell. »Sonst würde ich nicht darum bitten.«

»Bald kriegst du was zu essen.«

»Wie bald?«

»Schauen wir mal.«

Aaro dachte einen Augenblick nach. Dann reichte er ihr eine zerdrückte Selbstgedrehte und Streichhölzer.

»Ich finde, Frauen sollten nicht rauchen.«

Die Frau beugte sich vor, um eine Schutz bietende Haltung zu finden. Sie hatte einen langen Hals und im Nacken ein Grübchen mit hellem Flaum.

»Warum nicht?«, fragte sie, den Mund hinter der Hand verborgen.

»Ich weiß nicht. Es sieht nicht schön aus.«

Ihre Augen richteten sich als grüne Flecke hinter den gebräunten Händen hervor auf ihn. Sie sah ihn an, aber sagte nichts.

Was für eine blöde Bemerkung. Wer bin ich denn, dass ich dem weiblichen Geschlecht der Arbeiterklasse Manieren beibringen könnte! Ich sollte zufrieden sein, dass sie endlich redet. Dass es auf dieser albtraumhaften Reise wenigstens ein Minimum an Zeitvertreib gibt.

»Warum willst du mir deinen Namen nicht sagen?«

Die Frau hatte es geschafft, die Zigarette anzuzünden, und machte routinierte Lungenzüge.

»Was fängst du damit an? Hier ist doch niemand außer uns«, sagte sie. »Wenn du sprichst, weiß ich, zu wem du sprichst. Ist es noch weit?«

Aaro drehte sich um und sah die hinter ihm liegende Inselgruppe an.

»Vielleicht könnten wir eine Abkürzung nehmen. Was meinst du?«

»Du bist der Kapitän.«

Aaro nickte, auf unbestimmte Weise zufrieden. Wieder entstand zwischen ihnen ein Schweigen. Aaro empfand es nicht mehr als so drückend, zwischen ihnen herrschte eine unausgesprochene Waffenruhe, ein Burgfrieden. Er fuhr fort, rhythmisch zu rudern, wollte seine Müdigkeit nicht zu erkennen geben.

Als Aaro zwischen den Inseln eine neue Route suchte, geschah es, dass die zwischen den Wolken hervorgetretene Sonne ihm direkt in die Augen schien und ihn für einen Augenblick blendete.

Das genügte.

Bevor der erste Tritt ihn zwischen den Beinen traf, registrierte er noch, dass die Augen der Frau durchscheinend gelb geworden waren. Ihm fiel die Geschichte von dem goldäugigen Amurtiger ein, dessen Jagd für viele Männer eine fatale Zwangsvorstellung geworden war. Er hatte einer unbekannten und außergewöhnlich grausamen Rasse angehört und die Fähigkeit besessen, völlig unerwartet aufzutauchen und schneller als der Wind durch die Taiga zu jagen, und keine Kugel konnte ihm etwas anhaben.

Es gibt Tiere, die angesichts des Todes wie gelähmt sind. Und dann gibt es andere, die bis zum letzten Atemzug kämpfen. Meistens sind das Raubtiere. Wie der Mensch. In den Tiefen des eisigen Wassers empfand Miina sich nicht als einen Menschen, der da um sein Leben kämpfte, sondern eher als jemanden, der von außen jemand anders beobachtete, der am Leben bleiben wollte. Nicht um seiner selbst willen, sondern um seinen Gegner zu verspotten. Oder sein Schicksal.

Stirb. Stirb. Stirb.

Ich bin nicht diejenige, die du vor zwei Tagen gefangen genommen hast. Die gibt es nicht mehr. Und deshalb darf es auch dich nicht geben. Klammere dich nicht an mich, ertrinke wie ein Mann. Allein.

An den abgleitenden Griff des Mannes kann sie sich erinnern. Und an das Wasser, das sich rot färbte.

An die schwimmend zurückgelegte Strecke überhaupt nicht.

Als Nächstes an das Ufer, den Boden unter den Händen.

Das eisige Wasser schlägt gegen den Uferfelsen. Auch die entsetzliche Kälte hörte auf, real zu sein, der Schmerz verflog erstaunlich schnell, als die bleischwere Erschöpfung kam.

Wo endet das Wasser, und wo beginnt der Uferhang? Ich kann nicht mehr. Vieles ist unerledigt geblieben bei der Person, die ich einmal war. Jetzt bleibe ich hier auf der Erde lie-

gen. Ich umarme die Erde und verwandle mich in einen Baum. Vielleicht in eine Weide. Kann sein, dass ich im Wind weine, aber du wirst zu Bodenschlamm, die Fische fressen deine Augen und deine Zunge und deinen Schwanz. Du wirst niemals im Wind weinen, wirst nicht grünen, wenn der Sommer kommt. Ich aber werde grünen, ich habe das Land erreicht und die Luft. Nein, ich muss aufstehen. Kämpfen. Mir einen geschützten Platz suchen.

Miina versuchte sich aufzurichten, ein ums andere Mal, aber die Arme versagten ihr den Dienst. Ihr Kopf sank auf den Felsen, wie ein fremder, schwerer Gegenstand auf ihren Schultern.

Das war die Rache. Im Boot steht man nicht. Abgesehen von einigen Leuten. Ich weine nicht. Ein Fick fühlt sich an wie ein Fick. Auf dem Eis ist es immer windig. In Russland haben sie zwei Männer zusammen begraben, Vater und Sohn. Lebendig. Zuerst sollten sie ein bisschen so was wie ficken. Aber daraus wurde natürlich nichts. Wenn er nicht steht, dann steht er nicht. Ich muss mich ausziehen. Ich muss aufstehen. Gleich steh ich auf. Wenn ich mich ausgeruht habe.

Ihre Knie zogen sich wie von selbst an den Körper heran, die Hände suchten bei ihnen Schutz.

Hah, ich hab dich geschlagen, du Idiot. Wagst du es immer noch, dich Soldat zu nennen, wie? Das war nicht einfach. Das kann ich dir sagen.

Ihr klapperten die Zähne. Sie zitterte am ganzen Körper. Schmerz und Kälte kehrten zurück und verschwanden wieder.

Irgendwo auf der Welt werden Lerchen gegessen, Millionen von Lerchen. Von einer einzigen vergeht der Hunger nicht. Die ist so klitzeklitzeklein. Wenn man ihr Lied in sich haben will, isst man eine Lerche.

Mit leicht geöffnetem Mund schluckte sie Wind, versuchte, Wörter hervorzubringen.

Hilf mir, Mutter, ich friere so. Wo bist du? Halt mich fest. Zieh mir die nassen Sachen aus, bevor sie gefrieren. Die erste Regel. Im Boot steht man nicht. Die zweite Regel. Wie lautet die zweite Regel? Mutter? Mutter? Muuutteeer!!?

Sie drehte sich auf die andere Seite, wimmerte und zitterte im Schüttelfrost.

Da haben wir es. Was habe ich dir immer gesagt, was? Die nassen Strümpfe muss man ausziehen. Damit man keine Lungenentzündung kriegt. Und keinen Schnupfen. Wo hast du dich nur so nass gemacht, du großes Mädchen? Ich wäre tatsächlich beinahe ertrunken, Mutter. Es hat nicht viel gefehlt. Schlimme Männer waren das. Ja, das hat man davon, wenn man nicht aufpasst. Hab ich es dir nicht mindestens tausend Mal gesagt. Wenn doch mal jemand auf mich hören wollte.

Mit klammen Fingern öffnete Miina sich mühsam das Kleid. Ihre Lippen verfärbten sich von blau zu weiß.

Es hat Selma wehgetan. Sie war noch so klein. Struwwelköpfiges Vöglein klein. Flog in den blauen Himmel hinein. Man darf unsere Selma nicht abschießen und aufessen. Selmas Lied gehört ihr. Ich schaffe es nicht, mich auszuziehen. Zieh du mich aus, Mutter, du hast so warme Hände. Mutter …?

Sie richtete sich auf die Knie auf und schaffte es tatsächlich, beide Knie ein wenig vorwärts zu bewegen.

Hinter den Schienen auf dem lehmigen Feld wachsen Blumen, deren Namen ich nicht kenne. Klein und weiß, ich trage sie in der Hand und pflanze sie auf den Hof, siehst du? Mein eigenes Blumenbeet, trallala. Wenn die Lerche singt, flattert sie in einer Spirale immer höher und höher, bis sie im Blau des Himmels verschwindet.

Über den Felsen verliefen blutige Streifen, der Wind drehte. Sie fiel zurück zu Boden. Und rührte sich nicht mehr.

Mach nicht mehr solchen Wirbel. Hör mal, Mutter. Lass mich einen Augenblick ausruhen. Nur ein kleines Weilchen.

Dann schiebe ich die Wurzeln in den Boden. Und verwandle mich in einen Baum. In die Braut des Schneemenschen. Das habt ihr nun davon, ihr Zweifler. Bald mach ich es. Aber noch nicht gleich. Erst ein bisschen ausruhen.

Der Rauchfang zog schlecht, die Tür musste wegen des Rauchs ab und zu geöffnet werden. Aaro blieb nichts anderes übrig, als aufs Dach zu steigen und im Dämmerlicht mit dem Feuerhaken im Schornstein zu stochern. Er fand ein Gebilde aus Zweigen, vielleicht ein Elsternest, und warf es fort. Als er wieder hineinkam, bemerkte er, dass die unter Säcken und schmutzig grauen Zeitungen liegende Frau die Augen geöffnet hatte.

»Es war nichts anderes zum Zudecken da«, sagte Aaro, legte Holz in der Feuerstelle nach und wärmte sich darüber die Hände. Er hatte nur die Hosen aus Wollstoff an, die von Hosenträgern gehalten wurden. Seine Stiefel, das Hemd, der Mantel und die Sachen der Frau waren nahe beim Herd aufgehängt.

»Sie haben Sachen zum Feuermachen dagelassen«, sagte er. »Das ist umsichtig.« Das Sprechen fiel ihm schwer, war aber unvermeidlich. Vom Rauch tränten ihm die Augen, die Lippen waren immer noch blau, unterhalb des Ohres hatte er eine lange Wunde. Ein Büschel Haare klebte an dem getrockneten Blut. Er tauchte einen Blechbecher in den verbeulten Topf und kostete.

»Hier ist etwas warmes Wasser. Möchtest du einen Becher?«

Der unter dem klatschnassen Haar hervorlugende Blick ließ keinerlei Gefühlslage erkennen.

»Ich habe beschlossen, dich Sascha zu nennen«, sagte Aaro. »Wir hatten im Dorf einen Bock, der so hieß. Ein schönes Tier, das Fell wie Seide, aber von unglaublich bösartigem Wesen.«

Er trat an das Bett – versuchte sein Hinken zu verheimlichen – und reichte ihr den Becher. Als die Frau sich nicht rührte, hob er ihren Kopf an und führte ihr den Becher an die Lippen.

»Nun trink mal, Sascha. Das wärmt«, sagte er. »Aleksanteri hieß dein Namensvetter offiziell. Aber wer hätte es schon geschafft, den zu benutzen, wenn er mit seinen Hörnern gegen jemandes Hinterteil anstürmte. Ich habe ihn manchmal geärgert, wenn er angepflockt war und mir nichts tun konnte. Der hat einem nicht so leicht verziehen. Ziegen können ebenso nachtragend sein wie Menschen. Und noch länger.«

Ihr Mund blieb zu. Aaro legte die kalten Hände der Frau von beiden Seiten um den Becher. Ihm gingen viele abgenutzte, aber bewährte Gesprächseröffnungen und Redewendungen zur Entspannung der Atmosphäre durch den Kopf.

»Ich glaube aber, dass er mich trotzdem mochte. Auf seine eigene, feindselige Art. Nur wenige Ziegen haben es geschafft, meinem Charme bis zuletzt zu widerstehen.«

Na ja, das war jetzt vielleicht nicht so sonderlich komisch. Aber irgendjemand muss ja hier versuchen durchzuhalten.

»Du solltest bestimmt ein bisschen trinken«, sagte Aaro, »damit du warm wirst und dich wieder prügeln kannst.«

Im dämmerigen Abendlicht der Fischerhütte suchte er den Blick der Frau.

»Aber eine Sache solltest du endlich begreifen. Ich bringe dich in dieses verdammte Ruukkijoki, und wenn es donnert und hagelt. Das ist der einzige Grund, warum ich mir die Mühe gemacht habe, dich hierher in diese Hütte zu schleifen und zu verhindern, dass du auf den Uferfelsen stirbst. Nichts, was du auch immer ausbrüten magst, wird mich daran hindern. Damit du es weißt.«

Er hinkte zurück zur Feuerstelle und hängte die dort trocknenden Kleider um. So was, er hatte dieser mordgierigen Gefangenen an einem Tag zweimal das Leben gerettet und trotzdem das Gefühl, ihr immer noch eine Erklärung zu schulden. Die undankbare Feindseligkeit der Frau ärgerte ihn plötzlich maßlos. Aber noch mehr seine eigene Einstellung.

»Ich muss schon sagen, ich verstehe dich nicht, Sascha«, sagte er. »Ich verstehe Frauen wie dich nicht, die sich mit aller Macht in Schwierigkeiten bringen, indem sie sich in Operationen einmischen, die sie nichts angehen. Es ist klar, dass uns Männer irgendetwas in den Krieg treibt. Etwas, das in unserer Natur liegt. Sicherlich wird dieses Etwas durch Armut und harte Arbeit schlimmer, sodass es Agitatoren leicht haben, es zu Tage zu fördern. Und die Schafsköpfe ins Verderben zu führen. Aber dass die Frauen in dieselbe Falle tappen. Das will mir überhaupt nicht in den Kopf.«

Die Frau trank ein wenig aus dem Becher. Sie zitterte am ganzen Leib.

»Ich habe nicht nach Krieg gedürstet«, fuhr Aaro fort und breitete theatralisch die Hände aus. »Nicht nach diesem und auch nach keinem anderen Krieg. Ich wollte nicht Soldat werden. Ich brauchte Geld, aber das, was ich wirklich begehrte, war etwas anderes. Ich wollte Gebirgsbäche talwärts fließen sehen. Auf den Spuren der Hirsche durch Buchenwälder reiten. Lach nur, aber so kindisch war ich. Ich konnte mir keine erfrorenen Pferde, amputierten Beine, Frieren und Schmerz vorstellen.«

Er zerklatschte eine von der niedrigen Decke herabhängende Spinne und wischte sich angewidert die Hand ab.

»Noch schlimmer war das, was ich während der militärischen Ausbildung über mich selbst lernte. Ich hatte mir eingebildet, ich würde wie ein Mann alle Schindereien und Demütigungen ertragen. Alles, einfach alles. Fünfzehn Jahre lang hatte ich nicht geweint. Nicht einmal, als ich vom Tod meines Vaters erfuhr. Aber im Lockstedter Lager brach der Damm. Ungelogen, ein fast dreißigjähriges, verwöhntes Gör heulte sich in den Schlaf, weil es keinen anderen Ausweg gab.«

Aaro verstand selbst nicht, warum er plötzlich zu so heiklen und peinlichen Enthüllungen bereit war. Einer Frau gegenüber seine Gefühle preiszugeben bewirkt selten, dass das Gegenüber dasselbe tut. Ihm fiel ein kleines Mädchen aus der Nachbarschaft ein, das ihn, als er acht war, in den Geräteschuppen gelockt und versprochen hatte, sie würde ihren Rock heben und die Hosen runterlassen, wenn Aaro zuerst seine runterließe. In dem Augenblick, als seine Hosen unten waren, sprang das Mädchen flink seiner Wege.

Die Blockhütte war so niedrig, dass Aaro sich bücken musste, wenn er umherging. Von der Decke hing eine kaputte Sturmlaterne herab. Die an der Rückwand angebrachte Schlafbank und eine als Tisch dienende umgedrehte Kiste waren die einzigen Möbel.

»Mein Vater glaubte, ein Mann kommt überall zurecht, wenn er tut, was man ihm befiehlt, und es besser macht als die anderen«, fuhr Aaro wider bessere Einsicht fort. »Ich habe ihn bewundert. Ich habe seine Leistungen bewundert. Aber ich war nicht imstande, dasselbe zu tun. Ich wollte keine Befehle ausführen, die mir zuwider waren. Ich war störrisch. Keineswegs laut oder frech. Einen wirklichen Mangel an Gehorsam konnte man mir nicht vorwerfen. Aber ich habe mich ihm und den Lehrern widersetzt, indem ich mich in meine eigenen Welten zurückzog. Mein Vater hielt das für Unfähigkeit und Trägheit. Aber auch das ist eine Art, sich aufzulehnen. Wenn man seine Befehlshaber nicht unterwerfen kann, flüchtet man sich in die Gleichgültigkeit. Auch einige moderate Abreibungen haben mich nicht geändert.«

Er grinste melancholisch und horchte einen Augenblick auf das gleichmäßige Rauschen der ans Ufer schlagenden Wellen

»Dann habe ich mich wirklich davongemacht. Und bin zur See gegangen, natürlich. Und nach Amerika. Es soll doch niemand behaupten, meine Art der Selbstsuche sei allzu individuell. Aber was ist Amerika anderes als eine Fantasievorstellung von Freiheit? Ich habe es dort schwer gehabt. Glaubte ich. Ich betrachtete mich im Spiegel und meinte, einen tollen Hecht zu sehen. Ich hab schmutzige Arbeiten verrichtet. Egal. Wenn die Visage des Chefs mir genügend auf die Nerven ging, hab ich meine Siebensachen gepackt und die Tapeten gewechselt. Erst im Lockstedter Lager hab ich gelernt, was Demut ist.«

Allmählich erfüllte die Wärme des Feuers den kleinen Raum und ließ die erstarrten Glieder auftauen.

»Ehrlich gesagt«, bekannte er, wobei er im Feuer stocherte und ihm alle Muskeln der Hand empfindlich waren und schmerzten, »der wirkliche Grund dafür, dass ich nach Deutschland ging, war sicherlich der, dass ich das Gefühl hatte, eine Strafe zu verdienen. Wegen meines Vaters. Finanzielle Schwierigkeiten hatten ihn zerbrochen. Die Arbeit hatte einen Mann umgebracht, der nicht einmal angesichts eines Riesenwals gezittert hatte. Das Familienunternehmen, in dem ich die Familie sein sollte. Harjula & Sohn. Nur wollte der Sohn nicht. Er konnte sich dem Befehl des Vaters nicht unterordnen. Der Sohn verschwand einfach nach Amerika und ließ den alternden Mann seine Last allein tragen.«

Er beugte sich vor, um Wasser zu trinken, hustend wie eine lange nicht benutzte Maschine, die endlich doch in Gang gekommen ist und nach Brennstoff verlangt.

»Die christliche Erziehung war eines jener Dinge, gegen die ich mich auflehnte. So wie ihr auch. Die verdammten Pfaffen. Aber ich kehrte in ein vaterloses Haus zurück und verspürte das Verlangen nach grausamer Sühne. Gebt mir den miesesten Gruppenführer von Lockstedt und eine Zahnbürste, mit der ich an seinen Katertagen seine Kloschüssel putze, und ich werde meine Reue bis zur Neige auskosten. Von wegen! Ich hatte keine Ahnung von der Realität. Zuletzt hab ich nichts mehr in Frage gestellt. Ich hatte überhaupt keinen eigenen Gedanken mehr. Keinen eigenen Willen. Mich gab es gar nicht mehr.«

Er schwieg einen Augenblick. Der Raum war nur von dem schweren, röchelnden Atem der Frau erfüllt. Aaro blickte kurz durch das von Fliegen gesprenkelte Fenster hinaus, sah aber nichts. Dunkelheit hatte sich über die Insel gesenkt.

»Aber jetzt bin ich erwacht«, erklärte er herausfordernd, so als erwartete er, dass die Frau das bezweifeln würde. »Aaro Harjula ist zurückgekehrt und weiß, was er zu tun hat.«

Diese Mitteilung war von entschiedenen Handbewegungen begleitet. Erregt von seiner unerbittlichen Rede, die ihn selbst nicht geschont hatte, fühlte er sich stärker denn je in den vergangenen zweieinhalb Jahren.

»Ich habe in meinem Leben wohl noch kein einziges Vorhaben, das ich in Angriff genommen hatte, zum Abschluss geführt. Aber dieses hier werde ich, verdammt noch mal, zu Ende bringen.«

Aaro seufzte. Setzte sich auf den Rand der Kiste. Er hatte noch niemals zu irgendjemandem so lange über sich selbst gesprochen.

Die Frau stützte sich auf den Arm und richtete sich auf. Der Becher fiel zu Boden, der Sack glitt ihr von der Brust. Im Feuerschein spiegelte sich in ihren Augen die stumme Angst eines Kindes, das sich bewusst wird, mit einem völlig fremden Menschen allein zu sein. Das nicht versteht, was es sieht. Aaro bekam das Gefühl, sein Gegenüber habe kein Wort seines Ergusses mitbekommen. Dann sank die Frau zurück aufs Bett und schloss die Augen.

Aaro horchte auf ihren kraftlosen Husten und stand zögernd auf. Vorsichtig bedeckte er ihr die Brust wieder mit den

Säcken. Da öffneten sich die Augen der Frau erneut, und die zerbissenen Lippen bereiteten sich auf ein Flüstern vor.

»Du irrst«, keuchte sie. »Du wirst sterben. Ich töte dich.«

Aaro schlief vor der Tür. Die kaputte Öllampe, das Brennholz, den Kochtopf, sogar die als Tisch dienende Kiste hatte er hinter seinem Rücken versammelt. Er wollte nichts in Reichweite der Frau lassen, das ihr als Waffe hätte dienen können. Er schlief ein, hatte Albträume, fuhr zusammen und erwachte, lag wach und horchte auf den Atem, der vom anderen Ende des Raumes zu hören war. Die ganze Nacht hindurch erwachte er wieder und wieder.

Am nächsten Tag schien die Sonne von einem wolkenlosen Himmel. Als Aaro ins Freie trat, roch er den Duft der betauten Erde, sah das Gras in einem Felsloch und lauschte dem heftigen Vogelgezwitscher. Die Luft war kühl und unbeweglich, aber der blendende Himmel kündigte an, dass es sich erwärmen würde.

Die Frau schlief, in die Hütte gesperrt, den ganzen Tag. Aaro streifte planlos auf den Felsen und in den Wäldchen umher. Er hoffte, auf dem Meer oder auf gegenüberliegenden Inseln Spuren anderer Menschen zu entdecken. Vergebens. Ein paar Mal sank er auf sonnenwarme Fichtenzweige hin und lag wie tot auf der Stelle, ohne zu träumen.

Ab und zu ging er zu der Hütte und trug Brennholz hinein. Er schöpfte Regenwasser aus der Tonne unter der Traufe und kochte es ab. Während er herumhantierte, schlief die Frau, aber wenn er das nächste Mal hereinkam, war der Becher leer.

Nach Einbruch der Dämmerung blätterte Aaro im Schein des Feuers in den Heften mit Fortsetzungsromanen, die er in der Ecke gefunden hatte, und in zerfetzten Zeitungen.

Kerttu, Opfer von Frauenhandel, Seite 1439: *»Kerttus Qual nahm zu. Sie fand sich in einem luxuriös ausgestatteten Zimmer wieder. Dann sah sie an der Wand Bilder, die ihr sittliches Gefühl verletzten ...«*

Prinz Henry von England bei einem Geländewettlauf der Schule von Eton. *»Er kam als Zwölfter von hundertzehn Teilnehmern an – in England hat man, wie aus dem Bild ersichtlich, keine Angst vor Wasser. Bei uns kann man die Geländeläufer jammern hören, wenn sie etwas nasse Füße bekommen haben.«*

Fazer warb für *Chokolade, Kakao, Bonbons, Dragées* und *Waffeln* und die Tabakfabrik Pietarsaari für *mit zweifachem Nikotinentferner ausgerüstete ungefährliche Zigaretten ...*

Während er mit den Seiten das Feuer nährte, erinnerte Aaro sich wehmütig an die Zeiten, da er mit seinem Motorrad durch die Gegend gebraust war und mit Luxuswaren und Fantasiebildern gehandelt hatte. Ganze Familien hatten sich nacheinander inbrünstig über die Probenummern der Zeitschriften gebeugt und sich über die Sitten der fremden Länder und die übermächtigen Verlockungen des Stadtlebens gewundert. Durch die Fragen hindurch hatte er deutlich spüren können, wie das Bild dieser Menschen von ihrer eigenen, geliebten Umgebung zusammenschrumpfte und verblasste. Die Blicke hatten verraten, dass die Wunder der Welt in der Fantasie der Leute mit demjenigen in Verbindung gebracht wurden, der sie ihnen vorlegte, und Aaro hatte auch selbst einen Augenblick lang das Gefühl gehabt, der geheimnisvolle Sendbote eines seltsamen, nur in der Fantasie vorhandenen Landes zu sein.

Der Tag, an dem er sein Motorrad, seine stolze, treue Wolf, verkaufte, blieb ihm lange als der finsterste seines Lebens in

Erinnerung. Ich habe gestern gelogen, dachte er, als ich sagte, ich hätte seit fünfzehn Jahren nicht geweint. Der Verzicht auf das Motorrad hatte ihm Tränen des Ärgers in die Augen getrieben. Wahrhaftig, von einem leblosen Fahrzeug hatte er sich mit Tränen in den Augen verabschiedet, aber der von seinem Sohn enttäuschte alte Mann, der mit seinen Kräften am Ende gewesen war, musste mit trockenem Sargdeckel in die Grube fahren.

Ein einziges Mal war Aaro – in betrunkenem Zustand – am Grab seines Vaters gewesen und hatte versucht, ihn durch seine Reue wieder zum Leben zu erwecken. Aber der Alte war nicht mehr aus dem grünen Schatten der Farne aufgestanden, um für seinen verlorenen Sohn ein gemästetes Kalb zu schlachten. So hatte Aaro die Macht des Zorns getestet. Er hatte einen Blumenstrauß, den er von einem anderen Grab gestohlen hatte, gegen den Stein geschleudert, in seiner Wut dem Rasen Fußtritte versetzt und Erdklumpen auf das verfluchte Todesjahr von Viktor Aleksander Harjula gestoßen, um es unleserlich zu machen, bis die letzte Ruhestätte des Vaters mehr an ein umgepflügtes Feld als an einen Grabhügel erinnerte. Gott allein weiß, was er sich als Nächstes ausgedacht hätte, wenn nicht ein Augenzeuge dazu gekommen wäre. Die ältere Frauensperson in Trauerkleidern war von der Grabschändung so erschüttert, dass sie weinend geflüchtet war. Aaro hatte sich den verschwitzten Kopf unter der Friedhofspumpe abgespült und war davongetrottet, noch ehe die Amtsgewalt eintraf.

Aaro schloss die Herdtür und reckte die Glieder.

»Ich leg mich jetzt schlafen«, rapportierte er ins Dunkel hinein wie ein guter Zimmergenosse. »Möchtest du noch etwas Wasser?«

Er hatte das sichere Gefühl, dass die Frau jetzt wach war.

Ich bekomme bestimmt Fieber, dachte Aaro, während er sich ausstreckte. In der Brust, zwischen den Rippen spürte er gemeine Stiche. Diese Nacht muss ich noch durchstehen, sagte er sich, wir werden bestimmt schon gesucht. Morgen kommen sie.

Er schloss die Augen und schlief sofort ein.

Er wanderte durch die mit roten Teppichen ausgelegten Privaträume eines ägyptischen Fürsten und suchte den Speisesaal, als eine dunkle Stimme ihn in die Dunkelheit der Fischerhütte zurückholte.

»Ich muss raus«, sagte ein dunkler Schatten neben ihm.

Aaro fuhr verschlafen auf.

»Was ist los?«

»Ich muss Pipi machen.«

Aaro stand auf und fuhr sich durch die Haare. Am Tage, als er selbst zwischen den Kiefern gehockt und sich entleert hatte, war ihm klar geworden, dass er die Frau nicht einmal bei ihren intimen Verrichtungen allein lassen konnte. Aber jetzt kam es ihm albern vor, mit ihr zusammen ins Dunkel hinauszugehen.

Er öffnete die Tür und trat beiseite.

Erst als die Gefangene in der raschelnden Dunkelheit verschwunden war, begriff Aaro seine Dummheit. Erst da wurde er richtig wach. Die Frau hatte keine Schuhe an den Füßen, aber würde das sie aufhalten? Er zog sich eilig die Stiefel an die Füße, hielt aber unvermittelt inne. Was hatte es für einen Sinn, ins Stockfinstere hinauszugehen, wo dieser mordgierige Wirrkopf ihm wahrscheinlich mit einem ordentlichen Knüppel oder Stein in der Hand auflauerte? Die Frau hatte ja geschlafen und in ihrer Durchtriebenheit eine ganze Nacht und einen Tag und noch einen Teil der zweiten Nacht Kräfte gesammelt, während er selbst sich kaum auf den Beinen halten konnte.

Nach Abwägung der Situation verriegelte Aaro die Tür von innen und begann wütend, das erloschene Feuer zu schüren.

Jedes Holzscheit, das er ins Feuerloch schob, war sein eigener Holzkopf.

Idiot.

Idiot.

Idiot.

Die Selbstkasteiung brachte jetzt auch nichts mehr. Ihn beschlich das unangenehme Gefühl, dass all die Verwandten und Lehrer, die Bäuerinnen, die darauf erpicht waren, mit ihm zu schlafen, die Gruppenführer des Jägerbataillons und die Oberfeldwebel des Schutzkorps, die der Meinung gewesen waren, er sei nur ein Witz von einem Mann, doch Recht gehabt hatten. Dass das ganze Spiel verloren war.

In diesem Moment klopfte es an die Tür. Oder besser gesagt, es wurde mit den Fäusten wie in Todesnot dagegen gehämmert.

»Lass mich rein«, schrie die Frau. »Sofort!«

Dies ist eine Falle, schoss es Aaro durch den Kopf, wenn ich jetzt öffne, ersetze ich meine Dummheit durch eine noch größere.

»Nun mach schon auf!«

Sie muss eine meisterhafte Schauspielerin sein, dachte Aaro, wenn dieser angstvolle Ton nicht echt ist. Außerdem war es absurd, die Gefangene ohne einen vernünftigen Grund vor der Tür stehen zu lassen. Was könnte eine einzelne Frau, die höchstens unbeholfen bewaffnet war, gegen einen ausgebildeten Jäger ausrichten? *Das ist doch lächerlich. Wo bist du, Soldat?*

Er öffnete die Tür.

»Was ist denn los?«

Die Gefangene setzte sich außer Atem auf die Säcke. Im Feuerschein wirkten ihre Augen wirklich angstvoll.

»Da war ein … Tier.«

Aaro spähte in die Dunkelheit hinaus.

»Was für ein Tier?«

»Ich weiß es nicht. Ein großes und dunkles. Ich habe seine Augen gesehen.«

»Ich kann nichts erkennen.«

»Aber es war da.«

»Na gut. Morgen wird sich das klären. Bei Tageslicht. Diese Insel ist nicht so groß, dass es vor mir verborgen bleiben könnte. Das Beste ist es, jetzt schlafen zu gehen«, sagte Aaro und hoffte, seine Worte möchten ein Gefühl von Sicherheit vermitteln (er war doch der Leiter ihrer kleinen Expedition, den auch die schlimmsten Bestien nicht erschüttern konnten) und zugleich barsch klingen (jeder Versuch von Rebellion wird erbarmungslos im Keim erstickt).

Die Frau kauerte auf dem Bettrand und machte sich an ihren Haaren zu schaffen, ganz eigentümlich. Ist sie vom Fieber benommen, überlegte Aaro. Ist sie vielleicht Schlafwandlerin? Es fiel ihm schwer, ihre kleinmädchenhafte Angst mit dem Bild in Einklang zu bringen, das die Gefangene selbst von sich geschaffen hatte. Wie auch die Tatsache, dass sie für ihr Bedürfnis einen Kleinkinderausdruck verwendet hatte.

Aaro legte sich wieder auf den unbequemen Fußboden. Seine nackten Füße erwärmten sich im Feuerschein, und das genügte, sein Organ rebellisch zu machen.

»Wusstest du«, sagte die tiefe Stimme, »dass, als Nansen beschloss, den Rekord im Erreichen des Nordpols zu brechen, er schon im Voraus berechnete, dass man mit einem Hundegespann achtzig Tage unterwegs sein konnte, wenn man einen Teil der Hunde an die anderen verfütterte?«

»Nein«, erwiderte Aaro wahrheitsgemäß. Dafür wusste er, dass der größte Teil der Entdeckungsreisenden im Norden am Skorbut gestorben war. Und dass das erste Symptom für den Skorbut das Zahnfleischbluten ist. Dann fallen die Zähne aus, und alle Gliedmaßen schwellen an. Schließlich schrumpfen die Sehnen, und das Opfer wird kohlschwarz. Er griff sich ans Zahnfleisch und sagte:

»Als kleiner Junge habe ich um einen eigenen Hund gebettelt, aber sie ließen sich nicht erweichen. Vater und Mutter.«

»Als Nansen mit seinem Kameraden nach Franz-Josef-Land zurückkehrte«, fuhr die Stimme fort, »hatten sie nur noch ihre Lieblingshunde bei sich. Die anderen waren zu Tode gepeitscht worden oder vom Hunger entkräftet.«

»Wirklich?«, wunderte sich Aaro und richtete sich, auf den Arm gestützt, auf. Sein Gesicht glühte. Der Weg eines stolzen Forschungsreisenden ist also von Hunderten von Hundeschädeln gesäumt, dachte er. Sicherlich hatten sie die Tiere für nichts als Glasperlen von den Eskimos gekauft, deren Leben von diesen Hunden abhing. *Immer wenn ein irrwitziger Abenteurer von Tatendrang erfasst wird, bezahlen Unschuldige den Preis dafür.*

»Nansen erschoss den Hund seines Reisegefährten und dieser seinen«, fuhr die Gefangene fort. »Das waren die einzigen Hunde, für die sie eine Kugel opferten.«

Sie seufzte und legte sich hin. Aber der Vortrag über die Polgegend war noch nicht zu Ende.

»Viele wissen auch nicht, dass der erste Forschungsreisende, der den Nordpol eroberte, ein Neger war.«

»Was du nicht sagst!«

»Der schwarze Diener von Robert Peary«, erklärte die Stimme aus der Dunkelheit. »Peary hatte nicht die Kraft, die Fahne bis ans Ziel zu bringen, sodass sein Diener das tat. Die Tour dauerte so lange, dass er mit einer Eskimofrau Kinder bekam.«

»Oho!«

Über die Auffassung der Eskimos von Gastfreundschaft, die über die westliche weit hinausging, wusste Aaro wohl Bescheid, aber im Übrigen klang diese Geschichte sonderbar. Er wartete auf die Fortsetzung, aber kurz darauf hörte man nur den gleichmäßigen Atem der Schlafenden. Das Feuer knisterte, von draußen drang der traurige Lockruf eines Nachtvogels herein.

Aaro lag mit offenen Augen da und überlegte, was für ein verlorener Anblick das gewesen sein musste:

So ein kleiner schwarzer Eskimo inmitten der weißen Eiswüste.

Einen laichenden Hecht im Uferwasser mit bloßen Händen zu fangen ist nicht besonders schwierig, aber auf den Jäger machte es großen Eindruck. Alles geschah in wenigen Augenblicken. Miina bemerkte den Fisch unter dem Wassergras, zog rasch die Schuhe aus, glitt ins Wasser und ergriff ihn.

»Halt ihn fest«, rief sie und warf den Hecht ans Ufer.

Aaro Harjula, der gerade über die Merkmale eines geschickten Jägers doziert hatte, stand, gelähmt vor Verblüffung, am Felshang, bis er endlich darauf kam, sich auf den Hecht zu werfen, der zappelnd dem Meer zustrebte.

Miina kam zitternd vor Kälte ans Ufer gewatet. Das war ein kleines Übel, verglichen mit dem Hunger, der den Magen wie ein Dampfhammer bearbeitete. Der Jäger keulte den Hecht tot.

»Das kann nicht wahr sein. Das kann doch nicht wahr sein«, heulte er begeistert. Er schob dem Hecht seinen Daumen in den Rachen, brach ihm das Genick und steckte ihm einen Stock durch die Kiemen. Im Gesicht das selige Grinsen eines großen Anglers, begann er zu tanzen, wobei er pfiff und den Hecht in den Armen trug, als wäre es eine Frau. Bei seinem inbrünstigen Walzer warf er über die Schulter einen Blick zu Miina. Und hielt inne. Er wirkte überrascht.

Es dauerte einen Augenblick, bis Miina begriff, woher seine Miene rührte. Unbemerkt hatte sie auch selbst gelächelt. Hatte der Jäger geglaubt, sie könne das nicht?

»Ich muss mir die Kleider trocknen«, bemerkte sie streng und hob die Schuhe vom Felsen auf.

»Na klar«, stimmte Aaro Harjula zu, während er sich den Mantel auszog und ihn ihr reichte. »Ich habe ja schon alles Mögliche gesehen, aber diesen Riesenhecht aus dem Meer zu ziehen, das war schon …«

Er fand keinen Ausdruck für diese unerwartete Heldentat. Es hatte auch nicht den Anschein, als hätte er das Gefühl, sich lächerlich gemacht zu haben. Er hatte mit einem Fisch getanzt, den seine Gefangene – eine Frau! – gefangen hatte, und er schnurrte vor Zufriedenheit.

Es war ihr dritter Tag auf der Insel. Aaro hatte auf seinen Ausflügen nichts Essbares gefunden außer Rinde, Wurzeln und Würmern. Miina, der der Hunger zuletzt die Fähigkeit zu schlafen geraubt hatte – und sie hatte sich ja auch schon ausgeruht –, hatte verlangt, mitgehen zu dürfen, um ihr Glück zu versuchen. Der Jäger hatte sich kaum widersetzt, und es war vielleicht auch vernünftig, die Gefangene unter ständiger Beobachtung zu haben.

Vom Morgen an war der Himmel so blau gewesen, dass er fast unwirklich, wie gemalt, wirkte. Sie waren durch den Wald geschlichen wie die Ureinwohner Australiens und hatten die Steine umgewendet. Alles vergeblich.

Miina empfand also gerechten Stolz, als der Fisch auf dem Herd bräunte, während zwei Augenpaare unverwandt darüber wachten. Wenn nicht der Mann da gewesen wäre, hätte sie das rohe Fleisch von den Gräten gerissen. Dass ihr am Ufer ein Lächeln unterlaufen war, ärgerte sie. Es hatte davon gezeugt, dass ihr Hass irgendwie unvollkommen war. Während sie eingesperrt allein in der Hütte lag, hatte sie in ihren Rachegedanken tiefen Trost gefunden und verschiedene Pläne entworfen, wie sie ihrem Bewacher endgültig entkommen könnte, bevor eine Suchpatrouille oder ein zufälliger Passant hier eintraf. Aber wenn sie den Jäger vor sich sah, wurde alles komplizierter.

Außer über Aaro Harjula hatte Miina zwei Todesurteile verhängt. Nur eines davon hatte sie vollstreckt. Nicht eigenhändig, aber doch vollstreckt.

Das erste war auch an ihrem unvollkommenen Hass gescheitert. Als sie die kleine Selma von zu Hause holen ging und schon durchs Fenster ihren Vater mit dem Lederriemen in der Hand sah, da schwor sie, dass er endlich für seine jahrelange Grausamkeit bezahlen müsse. Der neunjährige Elias, der stille, großäugige Elias, hatte mit dem Oberkörper auf dem Tisch gelegen. Durchs Fenster war auf den kleinen Bruder der herbstlich durchsichtige Schein der Sonne gefallen. Der Junge hatte sich am Tischrand festgekrallt. Das Hemd auf dem schmächtigen Rücken war hochgestreift, und man hätte die Rippen zählen können. Die Hosen an den Knöcheln. Das Hinterteil nackt. Seine weißen Haare wirr und die Augen weit aufgerissen, aber in beängstigender Weise ausdruckslos. Wie bei den ausgestopften Tieren des Fotografenmeisters Reinberg.

Auch dieses Mal hatte Miina das unausweichliche Ritual nicht verhindern können. Nur Selma konnte gerettet werden. Elias blieb nur, Gott, den Vater und den Riemen, der ihm blutige Striemen geschlagen hatte, um Verzeihung anzuflehen. Tyyne, Saimi und Oiva hatten Selma neidisch und traurig verabschiedet. Aber Elias' Blick, der hatte sich unauslöschlich am Grund ihrer Seele festgesetzt.

Ich bring dieses bibelverrückte Stück Vieh um. Ich schwöre, dass ich es umbringe. Wenn nur erst …

Aber Töchter werden nicht zu Mörderinnen ihrer Väter. Darauf verstehen sie sich nicht, das bringen sie nicht fertig. Die schwachen Mütter, die nicht zur Verteidigerin ihrer Kinder taugen, verstehen sich darauf, gegenüber dem Monster der Familie Mitleid zu erregen. Schließlich bringt er doch das

Brot ins Haus. Und die Tochter erinnert sich an den einzigen guten Augenblick irgendwann in der fernen Kindheit, als die Bestie, die dem Monstergott gehorchte, bedauernswert und nahezu freundlich zu ihr war. Und so durfte sie die Hilflosen in aller Ruhe weiter misshandeln.

Mit Gutsbesitzer Henriksson war es anders gewesen. Bei ihm hatte es eine Gelegenheit gegeben und Männer, die es taten. Miinas Rolle hatte sich darauf beschränkt, dass sie erzählte, wo sich das Versteck des Herrn befand. Dasselbe, in dem sich die Mitglieder der fotografischen Gesellschaft seinerzeit im Zeichen eines heiteren Sommerausflugs zusammen mit ihren kleinen Amoretten und Cherubim getroffen hatten. Darunter auch Schwester Selma.

Selma selbst hatte niemals etwas erzählt. Nur hatte sie sich nach dem ersten Sommerausflug verändert. War sonderbar geworden. War immer wieder ausgerissen. Wollte sogar zurück zu ihrem prügelnden Vater.

Miina hatte das alles erst durchschaut, als sie zufällig die Bilder eines Mitglieds der Gesellschaft gesehen hatte, die geheim bleiben sollten. Natürlich hätte die große Schwester es schon damals verstehen müssen, als es passiert war. Aber ihre Aufmerksamkeit war auf andere Dinge gerichtet. Sie hatte sich dem Rausch der unglücklichen Verliebtheit hingegeben und alles getan, um in dem widerstrebenden Mann unerlaubte Gefühle zu wecken. Wie hätte sie bei solch einer Operation Geduld für die unsinnigen Kapriolen der undankbaren Schwester aufbringen sollen.

Die Bilder waren viele Jahre zu spät aufgetaucht. Damals waren sie direkt in Miinas Blutkreislauf gedrungen und würden dort nie wieder verschwinden.

In einem Augenblick hatte sie mehr gesehen, als auf Amateuraufnahmen passte. Sie hatte die Arme und Beine und den Schweiß auf der kahlen Stirn gesehen. Sie hatte das Wimmern des Kindes gehört und das Keuchen des alten Mannes.

Und sein Ächzen, wenn er sich ergoss. Sie hatte die Vaseline und den Angsturin und den Ammoniakgeruch des Spermas gerochen. Sie hatte das Kind gesehen, das darauf wartete, an die Reihe zu kommen. Sie hatte die Bonbons, die Belohnung für das brave Mädchen, auf dem Tisch gesehen und das Klirren der Schnapsgläser und die schnarrende Stimme gehört, die bedeutet hatte, dass die Schutzdecke von der Kamera entfernt wurde.

Das alles und noch viel mehr hatte sie unauslöschlich in sich aufgenommen, als das alles schon unendlich lange her und nur noch der schale Trost der Rache übrig war.

»Der wird doch schon gar sein«, sagte Aaro Harjula und legte den Hecht, ohne die Antwort abzuwarten, auf eine Zeitung am Boden. Sie schlugen beide gleichzeitig zu. Halb irrsinnig vor Hunger kümmerte sich keiner von beiden darum, ob er sich den Mund verbrannte.

Weißes Fischfleisch und dazu Wasser in der Wärme des Feuers.

Welche Seligkeit!

»Ich begreife immer noch nicht, wie du das gemacht hast«, ereiferte sich der Jäger. »Aber dies ist garantiert die beste Mahlzeit, die ich je genossen habe. Wenn ich als Nachtisch noch eine Zigarette … Das wäre die Krönung …«

Er senkte den Blick und konzentrierte sich darauf, ein neues Stück aus der Flanke des Fisches zu lösen. Seit wann sprach er in so abgehackten Sätzen? Gottlob hatte er immerhin seine peinlichen Versuche aufgegeben, unterhaltsam zu sein.

»Es tut mir Leid wegen der Zigaretten«, sagte Miina. »Es tut mir Leid, dass sie am Meeresgrund liegen.«

Der Jäger lachte.

»Ich vermute, du hättest nichts dagegen, wenn sie und ich die Plätze tauschten.«

»Stimmt.«

Miina hatte jetzt auch ihre Unterwäsche zum Trocknen aufgehängt. Sie hatte nur den Mantel an. Er kratzte auf ihrer nackten Haut.

»Hier hocken wir nun trotzdem alle beide«, stellte Harjula fest.

»So sieht es aus.«

Der Mann schlang einen großen Happen auf einmal hinunter und kriegte dabei eine Gräte in den Hals. Er fing an zu husten und zu plinkern. Auf seinem Gesicht breitete sich flammende Röte aus. Bevor Miina sich dessen bewusst wurde, tat sie das, was man tut, wenn der Tischgenosse zu ersticken droht: Sie streckte die Hand aus, um zu helfen. Erst als sie schon fast seinen Rücken berührte, hielt sie inne.

Oh Scheiße! Was für eine idiotische Geste!

Miina zog sich zurück und beobachtete schweigend, wie er hustete. Schließlich gelang es ihm, die Gräte loszubekommen. Sie war blutig so wie auch seine Finger, die er an den vergilbten Zeitungsfetzen abwischte.

Man stelle sich vor, nach all dem Kriegsgetümmel hätte eine Gräte das Schicksal des unermüdlichen Kämpfers besiegelt. Das wäre einmal eine Ironie des Schicksals gewesen!

Der Zwischenfall hatte den Mann nicht aus der Fassung gebracht. Er fuhr in demselben gutmütigen Ton fort zu reden, mit dem er während der ganzen Mahlzeit den Zeremonienmeister gegeben hatte.

»Ich möchte klar machen, wie du sicherlich auch schon verstanden hast ...«, sagte der Jäger und räusperte sich, »dass ich das, was dort in dem Gutshaus geschehen ist, nicht richtig finde.«

Miina wollte sich nicht an Martta und die anderen erinnern. Das war eine allzu schwere Last. Die zu tragen musste sie auf später verschieben. Dennoch fragte sie: »Was denn im Einzelnen?«

»Na, im Krieg sterben Menschen«, erklärte der Jäger und

bewegte unruhig die Beine. »Das gehört nun mal dazu, aber …«

Der Staub von Jahren stieg vom Fußboden auf hin zu den schräg einfallenden Frühlingssonnenstrahlen, die durch die Balkenritzen drangen.

»Töten darf man, aber nicht vergewaltigen? Du hast den Spaß verpasst, ja?«

»Ich war nicht … Ich musste …«

Miina spürte ein Kribbeln im Nacken.

Er sagt die Wahrheit! Er war nicht einer von denen. Ich würde mich auch daran erinnern, wenn er dabei gewesen wäre. Ganz genau würde ich mich daran erinnern.

»Wo zum Teufel warst du dann?«

»Ich … war zu etwas anderem abkommandiert.«

»Du Ärmster, wahrlich eine schreiende Ungerechtigkeit.«

Ist mir recht, dachte Miina, wir haben keinen Grund, hier wie zwei alte Anglerkumpels zu plaudern. Was beweist das schon, dass er nicht unter diesen Bestien war. Wenn man ihm nicht befohlen hätte, etwas anderes zu tun, wäre er garantiert genau so eifrig gewesen wie die anderen!

Der Jäger stand auf, öffnete die Tür und ließ sich auf die Schwelle fallen. Sarkasmus war eindeutig nicht der Stil, in dem er das Gespräch fortführen wollte. Aber Aaro Harjula hatte noch etwas auf dem Herzen.

»Ich habe einmal für die Zeitung Jagd und Fischerei eine Geschichte über einen merkwürdigen sudanesischen Fisch übersetzt. Mit wissenschaftlichem Namen Protopterus annectans. Möchtest du sie hören?«

Miina starrte eisig an ihm vorbei. Das vorübergehende Wohlgefühl des gefüllten Magens war dahin.

»Er lebt in Bächen, die nur sechs Monate im Jahr Wasser führen«, begann der Jäger, als er es für richtig hielt. »Während der übrigen sechs Monate werden die ausgetrockneten Bachbetten als Landstraßen benutzt. Wenn das Wasser versiegt, gräbt der Fisch sich ein Loch in den Grund des Baches und wird bewusstlos. Sein Körper scheidet einen Stoff aus, der eine Art Futteral bildet. Da liegt er dann ein halbes Jahr und wartet auf das Wasser, um wieder zum Leben zu erwachen. Es ist ein schnell wachsender, äußerst wohlschmeckender Fisch, sodass er eifrig gefangen wird. Das Fischereigerät ist nur ein Spaten. Man sucht das Loch, in dem er sich eingegraben hat, gräbt einen Klumpen trockenen Flussgrunds aus und bringt ihn auf den Markt zum Verkaufen.«

Der Jäger lehnte seinen kantigen Schädel gegen den Türrahmen, den Blick aufs Meer gerichtet. Miina beobachtete ihn verstohlen.

Merkwürdiger Mann, merkwürdige Geschichten.

»Na, der französische Landwirtschaftsminister entsandte einen Herrn Vincent nach Afrika, um solche Fische zu beschaffen; sie sollten in der Seine ausgesetzt werden. Erfinderisch, wie der Franzose war, nahm er einen solchen Fischklumpen mit nach Paris«, fuhr Harjula fort, so als hätte sein Publikum dringend nach weiterer Aufklärung über die Überlebenskünste des Fisches verlangt. »Bei seiner Rückkehr nach Frankreich erwies sich die bedauernswerte Kreatur als völlig geschrumpft und vertrocknet. Aber was meinst du, was passierte, als er ins Wasser geworfen wurde! Er schwoll zusehends an, und in einer halben Stunde schwamm er putzmunter und hungrig umher.«

»Und dann…?«

»So endet die Geschichte.«

»Aha.«

»Damit habe ich viele Bestellungen bekommen.«

»Schön.«

»Die Menschen lieben Überlebensgeschichten.«

»Diese hast du dir selbst ausgedacht, stimmt's?«

Der Mann runzelte immer noch die Brauen mit derselben Heiterkeit, mit der er sich zum Herrn der Situation aufgeschwungen hatte: »Wirklich nicht. Die Genialität der Natur entsteht aus sich selbst heraus. Ohne dass jemand nachhilft.«

Miina konnte sich auch weiterhin nicht für die Einzigartigkeit eines Fisches erwärmen, der irgendwo am Ufer der Seine in einer Glasschüssel herumschwamm. Sie hatte Lust zu sagen:

Die Geschichte ist von der Art, dass ich dich überhaupt nicht verstehe. Hast du einfach einen Knacks, oder ist das Erzählen von blöden Geschichten eine Zwangsvorstellung von dir? Oder sollte man darin vielleicht irgendeine tiefere Symbolik entdecken? Willst du damit sagen, dass es Menschen gibt, die ihr Inneres zusammenschnurren lassen wie ein sudanesischer Bachfisch, sobald die Umgebung sie betrügt? Betreffen die Anspielungen mich, oder geht es dir um Selbstenthüllungen?

»Du hättest also auf diesen Köder für ein Jahresabo von Jagd und Fischfang nicht angebissen?«

»Kaum.«

»Ein schnell entschlossener Abonnent bekam eine gut gezeichnete Schautafel mit Bildern von den Fischen unserer tausend Seen und Flüsse. Eine schöne und nützliche Küchendekoration.«

»Das Meer interessiert mich mehr.«

»Warum?«, wunderte sich Harjula. »Es tut doch nichts als wogen. Ich habe mir die Augen wund gestarrt an den monotonen Wassermassen und bin bereit zu sagen, dass das ganze verfluchte Element völlig überromantisiert wird. Zum Teufel mit dem Meer. Und diese blöden Enten, die es so lieben. Findest du nicht, dass es unerträglich langweilig ist, wie sie da hocken?

Geradezu heimtückisch. Sie sollten lieber herkommen und Omeletts produzieren so wie die wackeren Vögel in den Schulbüchern.«

Miina überlegte, ob sie sich auch wegen des Revolvers entschuldigen sollte, der gleichfalls ihretwegen am Grund des Meeres lag.

»Wenn man doch einen Menschen zu sehen bekäme«, setzte der Mann seine Träumereien fort. »Oder ein Boot. Oder wenigstens eine Schachtel Zigaretten, die sich bei einem fernen Schiffbruch wie durch ein Wunder bis hierher gerettet hat. Das wäre was.«

Miina schüttelte den Kopf.

»Es wundert mich überhaupt nicht mehr«, fuhr der Mann, berauscht von seiner eigenen Fantasie, fort, »dass die Bewohner dieser Ufer in der guten alten Zeit die Schiffe absichtlich ins Verderben lockten. Stell dir mal vor, wie viele tüchtige Seeleute wegen des Schnapsdurstes und anderer kleiner Begierden der Bewohner dieser Ufer ihr Leben lassen mussten. Vielleicht haben sich die nach Rache schreienden Seelen der armen ertrunkenen Männer allmählich versammelt und sich in einen gewaltigen, bösartigen Geist verwandelt, der jede lebende Seele daran hindert, hier vorbeizukommen.«

Miina klaubte die letzten Fischreste vom Zeitungspapier und leckte sich die Finger ab.

Sie musste es jetzt glauben: Aaro Harjula war nicht normal. Er war nicht unbedingt geisteskrank, jedoch weit davon entfernt, vernünftig zu sein. *Egal.*

Die Männer sandten ihre verworrenen Botschaften aus. Aber im Allgemeinen gab es nur eine einzige Art, sie zu deuten.

Aaro Harjula hatte begonnen, eine neue Geschichte zu erzählen. Diesmal von einer Insel, die König Gustav Vaasa samt Einwohnern und allem Drum und Dran hatte verbrennen lassen, nachdem er berechnet hatte, dass vor der Insel allzu viele Schiffe unter merkwürdigen Umständen untergegangen waren. Nach dieser Vernichtungsaktion war dort kein einziger Baum mehr gewachsen. Da aber die Insel für die Schifffahrtslinien wichtig war, konnte man sie auch nicht unbewohnt lassen. Der König hatte zwei Dutzend Männern und Frauen Steuerfreiheit versprochen, wenn sie sich dort ansiedeln würden. Die Paare, die sich kaum kannten, wurden auf dem Festland getraut, aber der Hochzeitstanz durfte erst am Ziel, auf der Insel, getanzt werden. Aber vor der Insel war ein Sturm aufgekommen, und alle waren ertrunken.

»Die Operation hat also nichts gebracht als weitere Geister«, erklärte der Jäger feierlich. »Die unglücklichen Bräutigame, die niemals ins Brautbett gelangt sind, schwenken jetzt ihre Mädchen im baumlosen Dämmer der dunstigen Sommernächte im Tanz.«

»Traurig«, gab Miina zu. »Welchen Jahrgang verkaufst du jetzt?«

Ein Nesselfalter umflatterte den Mann, der erste dieses Frühjahrs. Miina war immer mehr davon überzeugt, dass der Jäger im Grunde gar nicht mehr so leidenschaftlich von hier fort wollte.

»Sascha, Sascha! Warum soll der Mensch nicht ganz uneigennützig ein sprühender Gesellschafter sein können? Wo wir ohnehin hier herumlungern müssen, da gibt es doch wohl keinen Grund –«

Miina war plötzlich aufgesprungen und hatte sich so nahe über Aaro Harjula gebeugt, dass sie dessen Atem auf ihrem Gesicht spürte. Sie stellte ihm ihren nackten Fuß auf den Schenkel.

»Hör zu«, sagte sie ernst, »können wir uns nicht so einigen, dass du mich nach Herzenslust ficken darfst und mich dafür in aller Ruhe meiner Wege gehen lässt?«

»Der Wolf schlägt in einer Herde immer dasjenige
Tier, das sich anders bewegt als die anderen.
Ein geschickter Jäger kehrt die Natur
der Bestie gegen sie selbst und macht so
aus dem Räuber das Opfer.«

Da sind sie wieder.

Der Doktor im Sonntagsanzug und seine kahl geschorenen Patienten hocken in der Sakristei und warten.

Konsta hört durch die Tür ihr unruhiges Getuschel, und es ist ihm nicht geheuer, noch einen Schritt weiter zu gehen. Obwohl er es gelernt hat, die Gespenster mit List hinters Licht zu führen, ist es doch das Beste, auf der Hut zu sein, wenn sie so geschlossen auf der Lauer liegen. Dann ist ihnen jeder recht, den sie sich schnappen und dem sie ihre Todesgeheimnisse anvertrauen können.

Die Stimme des Richters strömt in der Kapelle rhythmisch dahin. Er hat keine Ahnung, wie nahe er den Gespenstern gerade ist und wie rasend ihr Hunger in den letzten Monaten angewachsen ist. Man kann kaum ein Foto machen, ohne dass sie sich mit ins Bild drängen. Zwar versucht der Doktor, die wildesten zu beschwichtigen und zu disziplinieren, aber was soll man machen, wenn sie sich einfach nicht zurückhalten lassen. Seit der Doktor den STIMMEN gehorcht, wird er nicht mehr so respektiert wie früher. Aber das ist kein Wunder.

Schließlich hat der Doktor zuletzt nichts anderes getan als an seinem Schreibtisch zu hocken und endlose Berechnungen über die Wahrscheinlichkeit einer neuen Sintflut anzustellen. Die Mitteilung Gottes, nach der Er es nie wieder zulassen würde, dass das Wasser die Erde überflutet, war dem Doktor eher wie ein Versprechen erschienen, das er in einem vorübergehenden Anflug von Reue gegeben hatte, denn als fester Entschluss. Hatte doch der Allmächtige schon manch andere eilig gefasste Entschlüsse rückgängig gemacht, erklärte der Doktor Konsta traurig, so wie er auch seine eschatologischen Heimsuchungen immer weiter hinausgeschoben hatte. Leider hatte Gott sich dem Doktor allmählich als eine recht unentschlossene Himmelsmacht dargestellt. Obwohl Er in all seinem Scharfblick schon in den ersten Jahrtausenden seiner Schöpfung recht genau registriert hatte, was die Bosheit der Menschen für ein bodenloses Fass war, und Er bitter bereute, dass Er überhaupt solche undankbaren Geschöpfe geschaffen hatte, so hatte doch aus den Schlussfolgerungen nichts Rechtes werden wollen. Erst nach Jahrhunderten des Zauderns, kurz vor einem ordentlichen Wutanfall, hatte Herr Zebaoth geschworen, alle Menschen und Tiere auf einmal zu vernichten. Sogar die Vögel unter dem Himmel. Aber wiederum, nachdem Er ein paar hundert Nächte über die Sache geschlafen hatte, reute es Ihn, und Er beschloss, doch immerhin eine Sippe, Noah und seine Familie, zu begnadigen.

Ein merkwürdiger Ausrutscher, fand der Doktor. Warum gerade Noah? Er war wohl kaum der einzige anständige Mann in der Gegend gewesen. Und noch weniger überzeugend war es später beim Nachspiel der großen Flut gewesen, die wenigen Gerechten in der falschen Sicherheit zu wiegen, dass, sollte das Spiel unverändert so weitergehen, eine noch fürchterlichere und diesmal vollständige Säuberung allem ein Ende setzen würde. Dennoch hatte eine Generation nach der anderen mit eigenen Augen feststellen können, dass es trotz der blutroten Sünden der Völker keineswegs so gekommen war.

Ich vernichte sie. Ich vernichte sie nicht. Ich vernichte sie.

Genau genommen war es so: Den Doktor bedrückte die hoffnungslose Unbestimmtheit der in der Bibel festgehaltenen Versprechungen und Drohungen. Die Stimmen hatten gewarnt, dass bald etwas Schreckliches geschehen werde.

Aber was?

Da die Bibel nur wenig Hilfe bot, blieb dem Doktor schließlich nichts anderes übrig, als sich der reinen Mathematik zuzuwenden. Wenn es also seit Jahrzehntausenden keine ordentliche Sintflut mehr gegeben hatte, konnte man jeden Tag damit rechnen. Und da der Doktor leider keinen Grund hatte, sich einzubilden, er sei wie Noah der Erwählte des Herrn, hatte er allen Grund, einen funktionierenden Rettungsplan für sich selbst und die überlebensfähigen Patienten auszuarbeiten. Es würde ja nicht genug Platz für alle geben.

Mist, aber so war es nun mal. Das verstand Konsta. In gewisser Weise.

Aber es war nicht ganz fair.

Und dann kam es so: Der Doktor wechselte selbst in die Welt der Gespenster hinüber, und das ist eine Bande, die sowohl dem Richter als auch dem Herrn Jäger und sogar Fräulein Malin Ärger machen wird. Konsta hat nach besten Kräften versucht, sie zu warnen, aber nicht alle haben auf seinen Rat gehört.

Die Gespenster werden allmählich so unverschämt, dass es nur noch ein einziges Mittel gibt. Das, was Fräulein Malin vorgeschlagen hat, das aber Konsta noch mehr Angst macht als die in der Sakristei herumwuselnden Toten.

Er darf aber kein elender Feigling sein. Er muss sich einfach nur trauen.

Er muss.

Er muss.

Er muss.

Konsta schließt die Augen und denkt an den Doktor, so, wie er war, bevor die STIMMEN kamen. Im weißen Leinenanzug, rasiert, trällernd. Er denkt an das Lachen des Doktors, das ihn an das Tosen des Wasserwerks an einem heißen Sommertag und an das komplizenhafte Augenzwinkern erinnerte, das das Versprechen begleitete, Konsta habe eine größere Zukunft vor sich, als er es auch nur ahnte.

Diesen Teil hatte Konsta besonders gern.

Man wehrt dem Tröpfeln des Wassers und bringt, was verborgen ist, ans Licht. Wo will man aber die Weisheit finden? Und wo ist die Stätte der Einsicht?

Als Er dem Wind sein Gewicht gegeben und dem Wasser sein Maß gesetzt, als Er dem Regen ein Gesetz gegeben hat und dem Blitz und Donner den Weg: Damals schon sah Er sie und verkündigte sie …

Eins. Zwei. Drei. Jetzt.

Konsta trottet mit pfeifendem Atem, vom Regen über den Steinboden getrieben, und öffnet die schwere Tür der Kapelle einen Spalt breit.

Alle drei drehen sich um und sehen ihn an.

»Was ist?«, fragt der Richter über seine Brille. Er hat ein Notenheft in der Hand, das er dem Herrn Jäger aufdrängt.

Konsta windet sich wie ein Hund, der seinen Pelz schüttelt, und spritzt Tropfen auf den Schieferboden der Kapelle. Er ist so aufgeregt, dass ihm die Zähne klappern.

»Da-da-darf der Unterzeichnete je-je-jetzt die Fotos in di-di-die A-a-ausstellung br-bringen?«

Er hat seit Jahren nicht mehr gestottert. Der Doktor hatte ihn von dem Leiden befreit, an dem Konstantin Martikainen seit seiner Kindheit gelitten hatte und das Konsta vor Jahren nichts ahnend an einem Sonntagnachmittag in Paris befallen hatte. »Nun hör mal zu«, hatte der Doktor nachdrücklich zu ihm gesagt. »Der Umstand, dass der vornehme Direktor Martikainen manchmal stotterte, besonders wenn er seinen

Untergebenen eine unangenehme Aufgabe erteilen oder sie tadeln oder der Haushälterin Helenius eine Änderung der Essenszeiten mitteilen oder um eine schöne Frau werben musste, war nichts als ein pittoresker Charakterzug von ihm. Du aber, Konsta, hast wirklich genug daran zu tragen, dass du als total verrückt giltst, sodass ich an deiner Stelle diesen Eindruck nicht noch durch überflüssiges Stottern vertiefen würde. Lass uns zusammen ein paar Sprechübungen machen, dann wird das schon …«

»Von mir aus«, seufzt der Richter. »Bring sie, in welche Gespensterausstellung du immer willst, wenn du uns nur in Ruhe lässt. Du siehst doch, dass ich hier mitten im Verhör bin.«

Fräulein Malin sucht Konstas Blick und nickt ihm ermutigend zu.

Konsta bemerkt, dass sie heute irgendwie anders aussieht.

Plötzlich wird ihm klar, was es ist.

Fräulein Malins Licht, das die Gespenster vertreibt und das schon lange immer schwächer geworden ist, hat sich überraschend verstärkt und brennt wieder mit voller Flamme.

»Na?«, drängt der Richter. »War sonst noch was?«

Konsta steht wie angewurzelt da, er kann nicht genug bekommen von diesem unerwarteten Moment der Seligkeit. Wenn Direktor Martikainen hier wäre, könnte er der Versuchung sicherlich nicht widerstehen, sondern würde zu Fräulein Malin gehen, sie bei den Händen fassen, ihr in die Augen sehen und sagen: Meine Liebe, ich weiß nicht, was dich in der letzten Zeit bedrückt hat, aber ich sehe, dass alles wieder gut ist. Ich bin sehr glücklich für dich, denn wer, wenn nicht du, hätte ein wenig Freude in diesem Leben verdient? Du hast ja wohl nicht angenommen, ich hätte mich nicht an deine blitzenden Augen hinter der Kamera erinnert, auch wenn du damals wohl einen anderen Namen hattest? Oder dass ich das Lächeln vergessen hätte, das geeignet war, auch die trostloseste Gasse in einer dunklen Winternacht zu erhellen ...?

Da aber Direktor Martikainen verhindert und nur der im Oberstübchen nicht ganz richtige Gehilfe Konsta anwesend ist, begnügt sich dieser damit, sich an seiner Kamera zu schaffen zu machen und zum Herrn Jäger hinüberzulugen, falls er es sein sollte, dessen Anwesenheit den plötzlichen Wandel von Fräulein Malin erklärte.

Den Eindruck macht er allerdings nicht. Jäger Harjula weist die Noten in der Hand des Richters zurück, so als wären sie mit Strychnin behandelt. Sein Gesicht ist verschwitzt und fahl, seine Haltung eine Schande für einen Soldaten der weißen Garde.

Der Richter wiederum ereifert sich wegen irgendetwas, das mit diesen Papieren zu tun hat, sodass er Konstas Anwesenheit völlig vergessen hat.

»Sieh sie dir doch wenigstens mal an«, sagt er. »Das Allegro von Beethovens Siebter Sinfonie, eine wirklich schöne Melodie, wie ich finde. Schwer, aber nicht zu schwer für einen begeisterten Musikliebhaber. Auch Miina hat mir das auf meine Bitte hin vorgesummt. Für ein musikalisches Wunderkind wie dich sollte das doch keine Kunst sein.«

Jäger Harjula sieht unter den Brauen hervor Fräulein Malin an, holt tief Luft und schafft es tatsächlich, seinem schweren Körper wieder etwas Haltung zu geben.

»Das ist nun wirklich zu viel gesagt«, bemerkt er traurig. »Wahrscheinlich waren nur meine Eltern der Meinung, ich hätte das Zeug zu Höherem. Mein alter Vater organisierte für mich ein Konzert, als ich knapp neun war, aber ich, der Sohn, habe ihn ziemlich gründlich blamiert. Auch der Flügel im Konzertsaal war wohl etwas zu groß für so einen Steppke. Oder der Hocker eine Spur zu hoch gestellt. Immer wieder glitt mir der Fuß vom Pedal ab, und das Ganze war ein fürchterliches Gestümper. Ein Reinfall, das ganze Konzert. Vater hat deswegen niemals mit mir geschimpft, aber es war für meine Eltern eine ziemliche Demütigung. Meine Stunden haben sie weiterhin klaglos bezahlt, aber … Man kennt das, es war nicht mehr dasselbe.«

»Bestimmt nicht«, pflichtet der Richter ihm mitfühlend bei.

Der Jäger zerrt sein Tuch aus der Tasche und schnäuzt sich.

»In gewisser Weise pflegt man im Innersten die Musik insgeheim sein ganzes Leben lang. Ob man nun spielt oder nicht.«

»Man liebt sie«, schlägt der Richter vor.

Vermutlich hat er schon vor einer Weile den Abendmahlswein im Altarschrank gefunden, und entsprechend steigt seine Stimmung.

»Man kann es auch so sagen«, stimmt Harjula zu, aber meint, das präzisieren zu müssen. »Immerhin hat sie wie eine Art Fluchtweg funktioniert. Oder wie man das nun beschreiben mag.«

»Fluchtweg ist ein gutes Wort, finde ich«, versichert der Richter energisch. »Aber nun ist auch dieser Weg beschmutzt und verbaut?«

Jäger Harjula lässt die Luft in kleinen Schüben aus der Lunge, so als hätte er den Atem schon längere Zeit angehalten.

»Ja«, sagt er. »So weit ist es wohl gekommen. Aber das ist doch hier nicht das Schlimmste, oder?«

Kein Kommentar.

Das Gewitter grummelt jetzt schon weiter weg. Nur der Regen ist geblieben. Er peitscht mit enormer Kraft das Schindeldach.

Jäger Harjula macht zögernd ein paar Schritte auf Fräulein Malin zu und bleibt vor ihr stehen.

»Ich weiß, dass jene Nacht durch nichts wieder gutzumachen ist«, sagt er. »Und auch nicht das, was ich getan habe. Dass ich eingewilligt habe zu spielen, während ihr … während man euch Schreckliches antat. Auf Befehl zwar, aber gespielt habe ich. Schöne Musik. Das war unverzeihlich.«

»Sehr schöne«, sagt der Richter. »Beethoven. Einen solchen Verwendungszweck hatte der geniale Meister sicherlich nicht im Sinn, als er die Siebte Sinfonie komponierte.«

»Das war falsch«, sagt Harjula. »Schlimmer als falsch. Viel schlimmer. Und ich schäme mich für dieses Spielen tausend Mal mehr als für das dumme Konzert, mit dem ich die Träume meiner Eltern zerstört habe. Das wollte ich dir nur sagen.«

Er macht auf dem Absatz kehrt, wendet sich aber noch einmal zurück und fügt hinzu: »Und dass ich auch weiß, dass ich ein erbärmlicher Feigling bin, weil ich das nicht eher getan habe.«

Jäger Harjula wendet sich ab, lässt sich auf die erste Bankreihe fallen und starrt seine Stiefel an. Der Richter wiederum sieht ihn verdutzt an; irgendwie ist er aus dem Konzept gekommen.

Fräulein Malin aber, sie sendet Konsta einen so klaren, von Wärme und Mut erfüllten Blick, wie er seinerzeit Direktor Martikainen in heiße und unruhige Überlegungen stürzte, und nickt mit dem Kopf in Richtung Tür.

Das kann nur eines bedeuten.

Dass es für Konsta Zeit ist zu gehen und das zu tun, was sie gemeinsam besprochen haben.

Während Konsta davontrabt, hört er, wie Fräulein Malins wohlklingende Stimme Jäger Harjula anspricht.

»Ach, du warst das also«, sagt sie ruhig. »Und ich hatte schon gedacht, dass du nicht imstande bist, irgendeine Sache ordentlich zu Ende zu bringen.«

Konsta versucht, schneller, als seine Fähigkeiten es erlauben, durch den Vorraum zur Außentür zu kommen. Die Gespenster sitzen bestimmt immer noch dicht gedrängt in der Sakristei, aber jetzt hört man keinerlei Gezischel.

Der Regen nässt immer noch den Friedhof. Weiter weg im Südwesten sind ein Streifen wolkenloser Himmel und ein Schimmer von der Sonne zu sehen.

Er schiebt die nasse Pelzmütze von den Augen. *Was der Sommer nass macht, das trocknet er auch.* Der Sommer war niemals seine Jahreszeit. Im Namen der Ehrlichkeit muss Konsta jedoch zugeben, dass auch er seine guten Seiten hat.

Emil liegt in der Bibliothek hingefläzt im Sessel vor dem Kachelofen und fühlt sich ebenso uralt und abwesend wie Onkel Fabian in seinen letzten Jahren. Es fehlt nur der Schnupftabak auf der Oberlippe und Tante Elisabeth in ihrem ewigen grünen Tuchkleid mit Stricknadeln oder Patiencekarten, die sich über die schlechten Gewohnheiten der Dienstboten beklagt und von Besuch aus Helsinki träumt. Während sich aber der Onkel, Feldrichter des ehemaligen sechsten Scharfschützenbataillons, gern in der Sicherheit der Ereignislosigkeit wiegte, nagt an Emil die wachsende Angst, seine Kräfte könnten für die Durchführung der erforderlichen Maßnahmen nicht mehr ausreichen.

Hätte ich dieses Amt wohl jemals übernommen, wenn ich nicht zufällig mit Onkel Fabian in der Gartenlaube bei Nachmittagskaffee und hausgemachtem Punsch gesessen hätte, als uns die Nachricht vom Ausbruch des Krieges in Europa erreichte?, überlegt Emil.

Es war ein warmer und schöner Augustnachmittag. Das Fohlen umsprang in der Umzäunung hinter der Hofeiche seine Mutter, die Kühe ließen ihre Glocken bimmeln. Die Haushälterin Mikkonen, die wieder einmal ihr Zimmer für den Sommer als Brutraum für die Küken hatte hergeben müssen, jammerte über die Legefähigkeit der Hühner. Tante Elisabeth hatte gerade vor dem Badehäuschen ein Foto von den Brüdern gemacht, von Emil und Johan mit ihren neuen Tennisschlägern von Wright & Ditson, und wollte als Nächstes Onkel Fabian in seinem Korbsessel, neben sich die Haushälterin mit weißer Schürze und Kaffeetablett, verewigen.

Zu diesem Foto kam es nicht. Der Anruf aus der Hauptstadt dämpfte für einen Augenblick die heitere Stimmung. Dennoch konnte sich noch niemand die bevorstehenden politischen Umwälzungen, den Abschied vom Russland des Zaren und schon gar nicht den Krieg zwischen den Bürgern des eigenen Landes vorstellen.

Erst später am selben Tag, als Onkel Fabian Emil bat, ihm beim letzten Glas Punsch des Abends Gesellschaft zu leisten, und erzählte, wie viel Freude ihm die Tätigkeit als Kriegsrichter des sechsten finnischen Scharfschützenbataillons seinerzeit bereitet hatte, begriff Emil, dass der alte Mann weiter in die Zukunft blickte als irgendjemand sonst im Haus. Wehmütig erinnerte sich der Onkel daran, wie er sich mit den Offizieren angefreundet hatte. An die gemeinsamen Jagdausflüge und die bis in die Morgenstunden durchfeierten Klubabende. Er erinnerte sich an ihre Unermüdlichkeit, ihre Treue, ihre Couragiertheit.

Aber so ergiebig das alles auch gewesen war, an jenem Abend grämte sich der Onkel, weil er sich – aus Furcht vor den mit Arbeit verbundenen häuslichen Pflichten – keine Gattin genommen hatte. Wie viel tröstlicher wäre es doch gewesen, das Gut liebenden Kindern zu hinterlassen, wenn dereinst seine Stunde schlagen würde.

Ziemlich unumwunden warnte er Emil davor, seinen Fehler zu wiederholen, denn – wie er gerührt sagte – von den Kindern seiner Schwester erinnerte Emil ihn am meisten an sich selbst, und deshalb war er ihm auch das liebste.

Während er mit den abgenutzten knöchernen Steinen des Mah-Jongg-Spiels hantierte, gab er Emil indirekt zu verstehen, dass, sollte Emil eine geeignete Gattin finden, er seinerseits nicht anstehen würde, ihm seine Häuser und Besitzungen testamentarisch zu vermachen.

Danach verbrachte Emil alljährlich mehrere Wochen auf dem Gut und bemühte sich, unter Anleitung von Onkel Fabian in die Geheimnisse von Ackerbau und Viehzucht einzudringen. Das langweilte ihn, er sehnte sich immer nach dem Trubel der Stadt, der Alte aber strahlte wie ein kleiner Junge, der ein neues Haustier bekommen hat.

Schließlich, an einem Abend im April, brachte Emil aus Helsinki Fräulein Beata Candolin mit, um sie vorzustellen, und berichtete von seiner Absicht, um sie zu freien. Die Freude des alten Mannes kannte keine Grenzen. Das Mädchen stammte aus guter Familie und war obendrein ganz entzückend. An jenem Abend wurde der Tisch im Speisesaal zu seiner vollen Länge ausgezogen und so viele Gäste einschließlich eines bekannten Richters geladen, dass das Haus voll war.

Die Hochzeit wurde noch im selben Sommer im Haus von Onkel Fabian gefeiert. Ein großes Fest, auf dem bis spät in die Nacht hinein getanzt wurde. Als Emil am nächsten Morgen verkatert auf den Hof hinaustrat, fand er Onkel Fabian leblos in seinem Korbsessel. Der Alte hatte seinen weißen Leinenanzug an und einen Strohhut auf. Ein großer Schwarm Tauben umflatterte ihn. Sie saßen auf seinem Kopf, staksten auf seinen Schultern herum und versuchten vergebens, ihm die Saatkörner aus der geschlossenen Faust zu picken. Der Onkel hatte auf dem Dachboden des Nordflügels zahme Tauben gezüchtet, und es hatte zu seinen allmorgendlichen Ritualen gehört, sich mit ihnen zu beschäftigen.

Einige Monate lang schaffte Emil es, den Gutsherren zu spielen. Zuallererst wollte er das Dasein der Hilfskräfte und Kleinpächter verbessern. Zu den vielen guten Eigenschaften von Onkel Fabian hatte nicht die Freigiebigkeit gehört. Die Mägde arbeiteten gegen freie Verpflegung, und die Kleider, die sie bekamen, mussten sie nach Ende der Dienstzeit wieder abgeben. Die Schlafräume waren winzige Löcher und im Winter eisig kalt. Emil vergrößerte die Zimmer, ließ darin Bretterfußböden verlegen und Kamine einbauen. Der Haushälterin Mikkonen versprach der neue Herr, dass sie ihre Schlafkammer nie wieder als Brutraum für die Küken würde hergeben müssen. Er bestellte moderne Maschinen anstelle der primitiven Werkzeuge, erließ den Kleinpächtern, die Familie hatten, ihre Schulden und unterstützte die Witwen und unehelichen Mütter mit großzügigen Schenkungen.

Die Arbeiten auf dem Gut selbst interessierten Emil nicht, aber er fand es schön, von Häuschen zu Häuschen zu gehen und die Gesichter zu sehen, die vor Freude strahlten. Besonders gern überraschte er die Kinder mit kleinen Mitbringseln.

Denn Kinder, »die kleinen Schreihälse«, hatte er wirklich gern.

Aber dann verlangte Beata, die es für angezeigt gehalten hatte, auch die buchhalterische Seite der Gutsverwaltung kennen zu lernen, mit der übermäßigen Freigiebigkeit müsse Schluss sein. Wenn es so weiterginge wie bisher, könnten sie das Gut nicht mehr viele Jahre halten.

Seine Frau fand, Emil solle sich wieder auf das Schreiben konzentrieren. Beata holte einen Inspektor ins Haus, der die strenge Zucht liebte, und drohte mit Scheidung, falls Emil weiterhin das Geld mit vollen Händen austeilte. Die gemeinsamen Mahlzeiten des Gesindes in der großen Küche wurden eingestellt, von nun an mussten die Leute sich selbst um ihr Essen kümmern. Die ersten Löhne der Mägde wurden für die Teller, Gläser und Bestecke einbehalten, die Beata für sie kaufte.

Nach einigen Wochen stellte Emil fest, dass er nicht nur

nutzlos, sondern wie ein Gefangener der vollständigen Verblödung auf seinem eigenen Gut ausgeliefert war. Das Schreiben ging ihm nicht von der Hand, und der Herbst, der sich zum Winter neigte, versprach keine Änderung, jedenfalls nicht zum Besseren.

So kehrten sie nach Helsinki zurück, und das Gut blieb unter der Aufsicht des Inspektors. Aber nach anfänglicher Begeisterung fühlte Emil sich auch in der Stadt nicht wohl. Er hatte das Gefühl, die Erwartungen von Onkel Fabian enttäuscht zu haben, und plante, das Gut seinem Bruder Johan zu überschreiben, der es immer hatte haben wollen. Dann aber kam der Krieg. Johan eilte mit der weißen Garde in den Kampf und fiel, noch ehe er einen Schuss auf den Feind hatte abgeben können.

Emil blieb nur noch ein einziger Weg, sich für Onkel Fabians Erbe zu revanchieren. Er beschloss, dem von ihm vorgezeichneten Weg zu folgen und sich freiwillig als Kriegsrichter zu melden.

Und da bin ich nun, lächelt Emil und schenkt Wein nach. Ein wenig davon kleckert auf den Teppich. Vergebens sucht er in der Tasche nach einem Tuch, mit dem er den Fleck wegwischen könnte, gibt es dann aber auf.

Soll er doch da bleiben. So habe ich wenigstens eine Spur meines Hierseins hinterlassen!

Hier ruht der von emsiger Arbeit erschöpfte Herr Kriegsrichter, aber wo treiben sich die Offiziere, die lustigen Kameraden, herum? Wo sind die langen, feucht-fröhlichen Abende? Da ist nur der verschlossene Jäger Aaro Harjula, in dem sich nicht mal der Teufel auskennt.

Ein Mann, der nichts von Frauen versteht, hat Miina Malin gesagt.

Ein Mann, der zurückkehrte, weil er seine Ehrlosigkeit sühnen wollte. Damit er sich selbst wieder achten könnte. Der

Verzeihung erlangen wollte sowohl in den Augen Gottes wie in denen von Emil Hallenberg.

Luthers Gewissen. Byrons Träume.

Konnte man ihr Glauben schenken? Der Aussage der Gefangenen. Dem Wort einer Frau.

Kindisch oder nicht, genau deswegen war es für Emil sowohl amüsant als auch notwendig gewesen, Aaro in die Kapelle zu führen, ihn in Gegenwart des Allmächtigen anzuhören, wie es so schön heißt.

Und der Mann war tatsächlich schwach geworden. Aber nicht so, wie Emil es erwartet und gehofft hatte. Denn in seiner Reue war etwas Trotziges, etwas Herausforderndes gewesen.

Wie sollte Emil das verstehen? Suchte der arme Junge bei ihm Beistand, neuen Mut, anspornende Kraft, mit der er die schwierige Situation, in die er geraten war, meistern würde? Natürlich hat er Angst, so wie alle Menschen angesichts des Neuen. Ist nicht letztlich gerade das, die Versicherung eines wichtigen, nahe stehenden Menschen, man verdiene immer noch zu leben und zu lieben, im Grunde die wahre Quelle des Begehrens, das ein Mensch einem anderen gegenüber empfindet?

Meine Aufgabe ist es also, denkt Emil, Aaro Harjula vom Gefühl seiner Wertlosigkeit zu befreien. Ihn zu ermutigen. Ihn von Einsamkeit und Gewissensbissen zu befreien.

Schließlich war das Verbrechen nicht so sonderlich groß. Die meisten Männer würden da nur die Achseln zucken.

Der Soldat hat den Befehl ausgeführt, den er bekommen hatte.

Und damit gut.

Die Sache ist erledigt.

Aber Aaro ist kein gewöhnlicher Mann. Der Mensch, der acht Tage und acht Nächte mit Jäger Harjula auf einer einsamen Insel verbracht hat, behauptet, er sei von einer so außergewöhnlichen Sensibilität, wie sie normalerweise nur Frauen eignet.

Und dasselbe bezeugte auch die flatterhafte kleine Beata: Dein Jäger da ist vielleicht eine langweilige Gesellschaft. Lass mich nicht mit ihm allein. Sonst verschmachte ich, der kann ja in der Gesellschaft einer schönen Frau nicht mal flirten!

Es klopft an die Tür.

Paasonen schiebt sich herein, in den Händen ein mit einem Tuch bedecktes Tablett und Weinflaschen unter dem Arm.

»Auf welchen Tisch soll ich das stellen?«

Emil steht auf, er schwankt kaum merklich.

»Hierher«, sagt er und deutet auf den geschlossenen Schachtisch.

»Ist Jäger Harjula mitgeteilt worden, dass das Abendessen hier in der Bibliothek eingenommen wird?«

»Jawohl.«

»Ich habe mir überlegt«, sagt Emil und versucht, sich entspannt gegen den Tischrand zu lehnen, »ein kleines Kaminfeuer könnte an einem so unfreundlichen Abend ein wenig Gemütlichkeit verbreiten.«

Paasonen seufzt.

»Aha. Soll ich es jetzt gleich anzünden?«

»Wenn es Ihnen nicht zu viel Mühe macht.«

Der Soldat starrt ihn verwundert unter den Brauen hervor an.

»Sie sagen mir, was zu tun ist, Herr Richter.«

»Na, dann machen Sie mal ein Feuerchen«, ruft Emil scherzhaft. Er reibt sich die Hände, wie er es zu tun pflegt, wenn er richtig gut gelaunt ist. Er hat keine Ahnung, woher all dieser Schwung und dieses Selbstvertrauen kommen, aber plötzlich hat er das Gefühl, voll neuer Energie zu sein.

Jetzt, wo ich diese Rettungsaufgabe habe.

Er greift nach einer Flasche Wein und prüft das Jahr, bevor er sich ans Öffnen macht. Nachdem er den Korken herausgezogen hat, füllt er das Glas nur zur Hälfte. Auch das ohne Eile. Der erste Geruchstest bestätigt seine Ahnung: Kein Wein hat vor eben dieser Flasche so absolut verlockend und vollmundig geduftet. In einem plötzlichen Anfall von Kameradschaft, die die ganze Welt umarmen möchte, kommt er auf die leichtsinnige Idee, auch dem Soldaten Paasonen eine Kostprobe anzubieten, und schenkt ein zweites Glas halb voll.

»Bitte sehr!«

Der Soldat dreht sich um, immer noch in der Hocke vor dem Kachelofen, und schüttelt den Kopf.

»Nein, danke«, sagt er. »Ich trinke nicht.«

Hallenbergs Hand, die das Glas darreicht, erstarrt in der Luft. Die Gebärde des Innehaltens wirkt mehr als komisch. Irgendwie Mitleid erregend. Einen Augenblick lang ist es ihm, als spürte er im Arm die ersten Anzeichen des Alters, die spröde werdenden Knochen und die starren Sehnen.

»Aha«, sagt er und stellt das Glas auf den Tisch. »Na, da kann man nichts machen.«

Paasonen sagt nichts, fährt nur fort, am Ofen zu hantieren.

Eindeutig eine Lüge, geht es Emil durch den Kopf. Was für eine schlaue Art, die Zweifel zu zerstreuen und zugleich die Weinvorräte zur eigenen Freude nach Herzenslust zu dezimieren! Wie sollte sich sonst die nahezu alarmierende Menge der auf geheimnisvolle Art leer gewordenen Fächer im Keller erklären?

Die heuchlerische Unehrlichkeit des Soldaten ist Emil zu viel. Aber nein, die gute Laune wird er sich von ihm nicht verderben lassen.

»Sie können gehen, ich erledige den Rest«, sagt er mit feierlicher Ruhe.

Als Paasonen die Tür hinter sich geschlossen hat, zieht Emil sich die Jacke aus und hängt sie über die Stuhllehne, krempelt die Hemdsärmel hoch und schiebt neue Scheite in den laubgrünen Kachelofen.

So findet Aaro Harjula Emil später am Abend. Neben ihm stehen zwei leere Weinflaschen und eine dritte, halb volle.

Emil hat Tränen auf den Wangen. Er sagt, er habe gerade begriffen, dass er Aaro liebe wie seinen toten Bruder. Oder wie ein Vater seinen Sohn. Wie ein Soldat den anderen.

Er sagt, er verachte Aaro nicht für das, was er getan hat, aber umso mehr – aus ganzem Herzen – Jägerleutnant Manner, der Aaro einen so gemeinen Befehl gegeben hat.

Er sagt, er werde den Klavierdeckel erst öffnen, wenn Aaro bereit ist zu spielen. Und wenn Aaro in seinem Leben niemals mehr spielen wolle, dann auch er nicht.

Er sagt, im Kopf des Menschen lebe die Musik auch ohne Spielen, und man könne in deren Takt bis zum Morgen tanzen.

Er erzählt von seinem Onkel Fabian, der nur Offiziere und Tauben liebte. Er fragt, ob Aaro vielleicht mit ihm im Takt der schönen Musik, die er in seinem Kopf hat, tanzen möchte.

Er sagt, Aaro dürfe ihn um jeden beliebigen Dienst bitten, und er werde die Bitte erfüllen, wenn es nur in seiner Macht steht.

Und als Aaro antwortet, in diesem Fall wünsche er sich, der Richter möge das Todesurteil von Miina Malin aufheben, fragt Emil, ob Aaro mit ihm tanzen wolle, so wie ein Soldat mit einem anderen die ganze Nacht durchtanzt, wenn dieser Wunsch sich erfüllt.

Und Aaro antwortet, das werde er tun.

Da fragt Emil, ob Aaro das aus freiem Willen tue oder nur, um Miina Malin zu helfen, und Aaro sagt, er tue das aus eigenem, freiem Willen.

Dann möchte Emil noch wissen, ob er ihm das Versprechen schriftlich geben solle, bevor Aaro mit ihm tanzt, so wie ein

Soldat mit einem anderen Soldaten die ganze Nacht durchtanzt, oder ob das bloße Versprechen genüge.

Aaro sagt, das bloße Versprechen genüge.

Da vergießen Emils Augen erneut Tränen, und er beschreibt in allen Einzelheiten und veranschaulicht durch verschiedene Schlaghaltungen die unglaubliche Leichtigkeit und Elastizität der Tennisschläger von Wright & Ditson und fragt, ob Aaro vielleicht irgendwann einmal mit ihm ein oder zwei Partien spielen würde, jetzt, wo Johan ihm als Spielpartner nicht mehr zur Verfügung steht.

Aaro sagt, er spiele sehr gern mit Emil, wenn er auch bekennen müsse, im Tennis recht unerfahren zu sein.

Emil sagt, das mache überhaupt nichts. Er sei durchaus bereit, Aaro in die Geheimnisse des Spiels einzuweihen, so wie er es mit seinem kleinen Bruder gemacht hatte.

Nach diesen Worten trocknet er sich die Augen und fragt Aaro, ob er auch bereit sei, mit ihm zu schlafen.

Aber nicht so, wie ein Soldat mit einem Soldaten, sagt er.

Und Aaro überlegt einen Augenblick und sagt dann, er sei dazu bereit, aber nur dann, wenn er die Sicherheit bekomme, dass Miina Malin freigelassen wird.

Jetzt schweigt Emil seinerseits, fragt dann aber, ob Aaros Gewissen damit dann endgültig entlastet sei.

Aaro glaubt, dass das der Fall sein würde.

Auch unter der Voraussetzung, dass Miina Malin ihre Freiheit nicht möchte?, fragt Emil.

Ja, versichert Aaro.

Emil fragt, welche Sicherheit Aaro möchte.

Aaro sagt, er möchte die Sicherheit in Form eines Entlassungsschreibens.

Jetzt oder am Morgen?, fragt Emil.

Jetzt, erwidert Aaro.

»Die Ålandsinseln sind schon lange frei von Wölfen. Im Jahre 1844 war dort der letzte Wolf geschossen worden, aber dann kamen im Winter 1875–76 wahrscheinlich vom finnischen Festland schwarze Wölfe dorthin, und in den folgenden Jahren wurde erzählt, dass dort graue und schwarze und rote Wölfe gesehen worden seien, die angeblich bellten wie Hunde. Einige dieser bellenden Wölfe wurden mit Gift zur Strecke gebracht, und man erklärte, sie seien auf der Insel als Mischung eines Hundes und einer Wölfin geboren worden. Diese Auffassung wird durch eine Erfahrung aus Skansen, Stockholm, gestützt: Ein Hund hatte sich dort mit einer Wölfin gepaart, und dabei waren die Individuen der ersten Mischlingsgeneration grau und sahen wie Wölfe aus, aber unter deren Nachkommen gab es graue, schwarze und rote, und sie bellten wie Hunde.«

In der Nacht war die Frau anders. Wenn sie erwachte und hinausmusste.

»Da ist es wieder«, flüsterte sie, während sie auf der Treppe stand. »Ich hab Angst.«

Aaro wunderte sich. Die Sintflut wäre ihm weniger überraschend erschienen, als dass diese Frau irgendeine Schwäche eingestand.

Hatte sie wirklich Angst, oder war dies wieder irgendein Plan?

»Da ist nichts.«

Die Frau drehte sich um und sah ihn ratlos an.

»Doch. Ich weiß es.«

»Was soll das denn sein?«

»Du musst mitkommen.«

Ja. Das musste eine Falle sein. Die Frau wartete ja auf nichts anderes als auf eine Gelegenheit, ihn loszuwerden, ihn mit einem Stein totzuschlagen oder irgendetwas in der Art.

»Ich bleib hier an der Tür stehen«, sagte Aaro.

»Nein. Allein geh ich nicht.«

Ihre Stimme war leise, aber entschieden wie bei einem Kind, dessen schlimmste Ahnung von einer auf dem Hof lauernden, menschenfressenden Bestie sich bewahrheitet hat. Ihr Atem dampfte in der kalten Nachtluft.

»Na gut.«

Aaro zog sich die Stiefel an.

Der Mond schien. Das Meer glänzte silbern. Aaro schnappte sich vor der Hütte einen Stock.

»Der wird ja wohl ausreichen, um es zu verscheuchen, was es nun auch sein mag.«

Es war ihm peinlich. Die Frau musste doch verstehen, gegen wen er eine Waffe brauchen würde.

»Ein Stein wäre besser.«

»Meinst du?«

»Ich weiß es.«

Bei dem Fichtenwäldchen hockte sie sich hin.

Sie muss da etwas versteckt haben, dachte Aaro. Er blickte verstohlen zu ihr hin und sah ihr nacktes Hinterteil im Mondlicht. Sie wandte den Kopf und sah ihn über die Schulter mit einem scheuen Blick an.

»Hörst du? Es ist in der Nähe.«

Das einzige Geräusch, das Aaro hörte, war das Auftreffen des Urinstrahls auf den Boden. Seine Nackenhaare sträubten sich. Auf irgendeine absurde Art spürte er in der Nacht etwas in ihrer Nähe keuchen. Er trat näher an die Frau heran. Ihn hatte das unerträgliche Verlangen gepackt, sich auf sie zu werfen und den halb nackten Frauenkörper in seinen Mantel zu schließen.

Die Frau streckte die Hand nach einer Fichte aus.

»Halt«, sagte Aaro und ergriff die Hand.

Sie war warm, fast heiß. Und leer. Das Gesicht der Frau war in Höhe seines Gesichts. Aaro roch den Schlaf in ihrem Atem.

»Ich muss mich doch abwischen«, sagte sie.

Aaro ließ sie nicht los. Er holte tief Luft. Die Gefangene hatte Recht gehabt. Es gab die Bestie. Sie war in ihm.

Aaro ließ den Stock zu Boden fallen, legte beide Hände der Frau in den Nacken und presste den Mund auf ihren.

Die Grenze war überschritten.

Die Bestie atmete keuchend, so wie es sich für eine Bestie gehört. Sie befühlte den Spalt, der nach dem Pinkeln heiß und feucht war.

Das ist es doch, was du wolltest. Das.

Die Frau widersetzte sich nicht, fiel aber unter dem schweren Gewicht zu Boden. Aaro verlor mit ihr das Gleichgewicht. Die Bestie wandte für einen Augenblick den Kopf, so als hätte sie in der Nähe etwas Störendes gehört. Sie wollte ihre Beute nicht lassen. Sie wollte ihren Geschmack im Mund spüren. Sie wollte sich tief in sie hineingraben.

Als aber sein Blick dem der am Boden liegenden Frau begegnete, war es, als wäre in der Nähe das Knacken eines Astes oder vom Wasser her ein leises Platschen zu hören.

Die Futterruhe der Bestie war gestört, sie zog sich zurück.

Aaro stand auf. Er kehrte der Frau den Rücken zu. Die Sprödigkeit des Vorfrühlings senkte sich zwischen sie. Das Schwert des Mondes senkte sich zwischen sie. Schatten und Stille verdichteten sich zwischen ihnen.

Fort. Er musste schnell fort.

Er ging. Zuerst trottete er, dann rannte er, so schnell die Beine ihn trugen, zum Ufer. Am Wasser ließ er sich auf die Knie nieder und drückte die Hände in den kalten, rauen Sand. Zuletzt auch die Stirn.

Er dachte an die Kreuzotter, die er am Tag zuvor auf dem sonnigen Felsen gefunden hatte, dem fünften Tag auf der Insel. Eine leichte Beute, nach dem Winter war sie noch klamm gewesen. Er hatte sie mit dem mürrischen Stolz des großen Jägers in die Hütte getragen. Sie hatten alles bis zum letzten Krümel vertilgt außer dem Kopf, den die Frau hatte begraben wollen. Unbedingt. Und sie hatte auf den kleinen Grabhügel auch noch einen Grabstein gesetzt. Die Frau hatte viele unbegreifliche Gewohnheiten, daran führte kein Weg vorbei.

Aber ihr Lächeln, das musste man einfach mögen.

Aaro erinnerte sich, wie er sich auf dem Weg zum Lyzeum in ein Mädchen verliebt hatte, das unter einer Karbidlampe stand und ihn schöner anlächelte als irgendjemand jemals zuvor und das ihm direkt in die Augen sah. Irgendwann später hatte er gehört, dass sie eine von denen war, die ihre Dienste verkauften. Traurig hatte er begriffen, dass er für das Taschengeld von nur zwei Wochen das Lächeln für eine ganze Stunde für sich allein hätte haben können und vielleicht auch etwas über die Liebe gelernt hätte.

Aaro schöpfte Wasser mit der Hand und befeuchtete sich das Gesicht. Seine Hand duftete nach Frau. Die gegenüberliegenden Inseln schimmerten wie blaue Ahnungen zwischen seinen Fingern. Er erhob sich auf die Knie, öffnete die Hosenknöpfe und befriedigte sich.

Als er in die Hütte zurückkehrte, sagte die Frau:

»Du hättest mich nicht allein lassen dürfen.«

»Nein?«

Eine andere Antwort fiel Aaro nicht ein. Ein Gentleman hätte sich für den Vorfall entschuldigt. Nicht nur dafür, dass er die Frau allein gelassen hatte, sondern für den für einen beschützenden Wachmann unschicklichen Vergewaltigungsversuch. Die Bitte um Verzeihung lag ihm auch auf der Zunge. Aber sie war nicht bereit, sich in Worte zu kleiden.

»Mir hätte sonst was passieren können«, sagte die Frau tadelnd. »Wen hättest du dann nach Ruukkijoki geschafft zu deinem viel gepriesenen Richter?«

»Ja. Wen wohl«, wunderte sich auch Aaro mit rauer Stimme.

»Ich musste auch noch Holz im Ofen nachlegen«, setzte die

Frau die Liste der Besorgnis erregenden Versäumnisse des Mannes fort.

Hier streiten wir uns schon so traulich wie Mann und Frau, dachte Aaro. Der Magen mit Schlangenbraten besänftigt, im Hintergrund das fröhliche Prasseln harziger Scheite. Erst vor ein, zwei Tagen hast du mir in deiner unverblümten Art versprochen, ich könne es nach Herzenslust mit dir treiben. Als taktvoller Depp habe ich die Ehre zurückgewiesen, aber in dieser Nacht habe ich es mir plötzlich und für mich selbst überraschend anders überlegt, als ich dich da hocken und pinkeln sah.

Macht das die gesunde Inselluft? Eine ihrer weniger gerühmten Eigenschaften? Kann man sich eine herzigere Abendstimmung vorstellen?

»Hast du dir wehgetan?«, fragte Aaro.

»Nein«, sagte die Frau. »Ich kann Brennholz nachlegen, ohne mir die Finger zu verbrennen.«

Wir sprechen also nicht davon. Das war nichts als ein Traum. Das ist nie geschehen.

»Gut«, sagte Aaro. »Jetzt kannst du ruhig schlafen. Ich kümmere mich darum, dass das Feuer nicht ausgeht.«

Der Feuerschein und die Schatten waberten in den Winkeln der Hütte. Zum ersten Mal dachte Aaro die Gedanken seiner Mutter: Eigentlich sollte er schon eine Frau und auch ein paar Kinder haben. Er sollte jemanden haben, dem er nicht gleichgültig war. Jemand, der an ihn denken, ja, ihn vielleicht vermissen würde. Und den er vermissen würde.

»He«, flüsterte er in die Dunkelheit. »Erzähl mir, warum du die Schlange begraben wolltest. Und noch einen Gedenkstein daraufgelegt hast.«

Von der Wand her war ein langes Gähnen zu hören.

»Damit die Vögel sie nicht fortschleppen.«

»Was hätte das für eine Rolle gespielt?«

Ein tiefes Auflachen.

»Eine Kreuzotter kommt immer an die Stelle, wo ihr toter Partner liegt.«

»Häh? Was ist denn das für eine Legende?«

»Unausrottbare Volksweisheit. Aber das ist auch wissenschaftlich bewiesen.«

Ein neues langes Gähnen.

»Du kannst es mir glauben. So kriegen wir noch eine zweite Schlange auf den Tisch.«

»Wohl kaum.«

So viel zur Zartbesaitetheit. Was für eine provozierende Kombination aus beharrlichem Aberglauben und Mangel an vernünftigen Gedankengängen!

Aaro streckte sich aus. Er war wütend, wusste aber nicht, warum.

»Wenn mein Vater dort gewesen wäre«, sagte die Stimme aus dem Halbdunkel, »dann hätte er gesagt, dass ich das verdient habe. Dass Gott in seiner großen Gerechtigkeit mich zurechtgewiesen hat, damit ich bereue, ehe es zu spät ist.«

»Wenn er wo gewesen wäre ...?«

»In dem Haus. Weil ich anständige Männer ruiniert hatte, war es höchste Zeit, dass auch ich ruiniert wurde. So hätte er gesagt. Und hätte sicherlich selbst mit der Peitsche den Takt geschlagen.«

»Hast du das?«, fragte Aaro verlegen.

»Was denn?«

»...anständige Männer ruiniert.«

»Kann sein. Was das auch immer bedeuten mag. Ich glaube, ich habe versucht zu lieben, aber ich konnte es nicht. Jedenfalls nicht genug. Sodass mein Vater vielleicht Recht hatte. Vielleicht habe ich das alles verdient.«

»Nun hör mal zu«, sagte Aaro, immer noch in unbestimmter Weise wütend. »*Niemand* verdient es, vergewaltigt zu werden. *Egal, was er auch für ein Mensch sei.*«

Aus dem Dunkeln war überraschendes Gelächter zu hören

Oder geradezu mädchenhaftes Gekicher. Wie man das nun interpretieren wollte.

»Ich war ja nun doch nicht *egal was für ein Mensch.* Ich habe nicht herumgehurt, wenn du das denkst. Ich wusste nur nicht, was ich wollte.«

»Aha.«

»Weißt du das denn?«

»Was denn?«

»Was du willst.«

Aaro hatte nicht die Absicht, sich einem Verhör zu unterziehen. Er schwieg und drehte sich auf die Seite.

Aber die Stimme fuhr fort, sich ihm anzuvertrauen.

»Nachdem sich herausgestellt hatte, dass ich keine Kinder kriegen und auch nicht ... Na ja, es hat keinen Sinn, sich daran zu erinnern. Das ist Schnee von gestern.«

Wenn Aaro etwas aus tiefster Seele hasste, dann waren es abgebrochene Sätze, aber in diesem Fall war es das Beste, einen Punkt hinter der nächtlichen Unterhaltung zu machen, an die sich keiner von ihnen bei Tageslicht würde erinnern wollen.

Diesmal dauerte das Schweigen lange. Aber es war noch nicht alles gesagt.

»Aber deine Freunde, die Soldaten, werde ich vernichten, sobald sich die Gelegenheit dazu bietet«, erklärte die Stimme abschließend. »Jeden Einzelnen.«

»Soso«, sagte Aaro.

Im Schutz der Dunkelheit musste er über eine so exaltierte und deshalb rührende Drohung einfach lächeln.

»Das sind auch Menschen«, sagte er. »Männer. Männer sind einfach so. Unvollkommen. Auch ich hätte nicht ... Aber das Leben geht trotzdem weiter.«

Er wusste, dass er bartstoppelig und ungepflegt war. Alles andere als das Urbild eines Elitesoldaten. Dennoch hatte er Nahrung für sie beide beschafft und sich im letzten Augenblick selbst besiegt. Man hatte natürlich schon stolzere Leistungen gesehen, aber unter diesen Umständen konnte keiner von beiden zu anspruchsvoll sein.

»Großer Gott«, murmelte die Frau schläfrig. »Du wirst ja nun als Erster sterben.«

Die wird runterplumpsen wie eine Schellente vom Nistkasten, glaubst du mir das?«, fragte der Mann und zielte mit Pfeil und Bogen auf eine Seeschwalbe, die am Himmel herumschwirrte.

Der Pfeil flog weit unterhalb des Vogels an ihm vorbei und fiel mit der aus dem Griff einer Öllampe gefertigten Spitze voran in das Kiefernwäldchen.

Miina lachte.

»Du, ich bin ein Meisterschütze«, sagte der Mann, ohne sich entmutigen zu lassen. »Wenn ich noch meinen Revolver hätte, dann würdest du dich wundern.«

»Die haben wir doch schon gesehen«, sagte Miina. »Deine Schießkünste.«

»Du glaubst mir wohl nicht?«

»Nein.«

»Ich habe eine Medaille bekommen«, prahlte der Jäger. »Als bester Schütze meines Truppenteils in Lockstedt. »Die einzige Sache, in der ich kein völliger Versager war.«

»Ja. Bestimmt.«

Der Jäger harkte den Boden unter den Bäumen mit dem Bogen durch, den er mit einer Schnur aus Sackstoff gespannt hatte.

»Du wirst schon sehen«, sagte er über die Schulter. »Und dich wundern.«

»Wann?«

»Das weiß ich nicht. Aber mach dich auf eine Überraschung gefasst.«

»Was für eine Überraschung meinst du? Wenn ich mich darauf gefasst machen soll.«

»Gerade deshalb. Weil du mir nicht glaubst.«

Miina hoffte, dass die Prahlerei des Mannes wenigstens ein Quäntchen Wahrheit enthielt. Dass er das bewies, indem er etwas traf, was man essen konnte. Der nagende Hunger wurde immer schlimmer, er übertönte alles andere und ließ den Krieg und die ganze Welt außerhalb der Insel unwirklich erscheinen.

Sie lauschte dem grünen Atem des Waldes, betrachtete aufmerksam die Graswurzeln, wandte die Steine um.

Irgendetwas. Egal, was.

Der Mann hatte seinen Pfeil gefunden und schwenkte ihn triumphierend. Seine unbegründete Heiterkeit war durch nichts zu beeinträchtigen.

»Darf ich auch mal probieren?«, fragte Miina.

Der Jäger schüttelte lachend den Kopf und machte sich nicht die Mühe, seine Ablehnung zu begründen.

»Henka Laaksonen, ein Schulkamerad von mir, fand, den größten Spaß am Flitzbogen hatte man erst, wenn man seinem Bruder in den Hintern geschossen hatte«, sagte er. »Aber ich hatte keinen Bruder. Und auch keine Schwestern. Und du?«

Miina schüttelte den Kopf, sie interessierte sich mehr für den Adler, der über der Felsplatte kreiste.

»Dann weißt du, wie man sich als Einzelkind fühlt. Das ist überhaupt nicht so beneidenswert, wie manche denken. Oder was meinst du?«

Miina dachte an den Ahorn, der vor dem Atelier wuchs. Sie dachte an Selma, die in den zu großen Schnürschuhen der

Schwester die Straße entlangtrabte: *klack, klack, klackerdi-klack.* Sie dachte an die goldgelben Blätter auf den Pfützen, den Duft des Windes und der herbstlichen Erde.

Selma hatte ihren ersten Lohn bekommen und beschlossen, Glanzbilder zu kaufen und sie zusammen mit dem Geld nach Hause zu schicken. Sie wollte sie zusammen mit ihrer Schwester aussuchen.

Miina erinnerte sich an das Bimmeln der Türglocke in der Papierhandlung. An den Duft der Bücher. An die Eichenholz-Glasvitrine, aus der Frau Wikman einen mit chinesischem Seidenpapier bedeckten Karton genommen hatte. Und an Selmas nasse Zöpfe, die über den mit Goldglimmer bestreuten Blumengruppen und den Lämmern mit Schleife um den Hals baumelten.

Miina dachte daran, wie sie lange und gründlich die Bilder betrachtet und die Auswahl erörtert hatten, leise und würdig. Selmas Scheitel war im Nacken ein wenig schief gewesen, die Ärmel ihres Mantels waren zu kurz, ihre Handgelenke wie Vogelknochen gewesen.

Miina dachte an Selmas Gesichtsausdruck, als sie mit der Papierrolle das Geschäft verlassen hatten. Ebenso vornehm lächelten nur die Großfürstinnen in ihren hohen Sälen.

»Wir müssen bestimmt ein Floß bauen«, sagte Miina mehr zu sich selbst, aber der Mann nahm das als Eröffnung eines neuen Gesprächs.

»Natürlich. Aber womit sollen wir die Bäume fällen? Und aneinander befestigen?«

Miina legte den Finger an die Lippen und ging um einen Felsen herum auf dessen andere Seite. Der Jäger folgte ihr und zertrat in seiner ungeschickten Art Zweige, dass es knackte.

Miina bückte sich und hob einen Stein auf. Der Jäger sah das misstrauisch mit an, aber ließ sie den Stein behalten.

Der Stein lag hart in Miinas Hand, als sie sich, gegen die Felswand gedrückt, langsam vorwärts bewegte.

Es waren zwei. Junge.

Sie balgten sich übermütig und bemerkten die Eindringlinge nicht. Dann fuhr das eine zusammen, hob die kleine Schnauze in die Luft und heulte auf, als sich die nadelspitzen Zähne des anderen in sein Hinterbein schlugen.

Der Jäger schob sich an Miina vorbei, warf sich auf die Tiere und bekam das eine zu fassen. Das andere Junge schaffte es, in die Felshöhle zu huschen.

Miina betrachtete das schwarzgraue Fellbündel, das im Arm des Jägers zappelte.

War das ein wilder Hund? Oder ein Wolf?

Er winselte und zitterte, die großen Ohren vor Entsetzen gespitzt, und urinierte vor Angst dem Mann in den Schoß. Miina streckte die Hand aus und berührte beruhigend den runden Bauch des Jungen. Sie hatte das Gefühl, noch niemals etwas so Weiches und Rührendes gefühlt zu haben. Das Junge verströmte einen merkwürdigen, zugleich strengen und milchartigen Geruch.

Miina bekam feuchte Augen.

»Setz es auf den Boden«, flüsterte sie. »Es kann passieren, dass die Mutter es nicht mehr annimmt, wenn sie riecht, dass wir es berührt haben.«

Der Jäger sah sie verwundert an.

»Den Teufel werde ich tun«, sagte er. »Hiermit locken wir ein großes Tier in die Falle. Mit dem hier kriegen wir den Kochtopf wohl kaum gefüllt.«

Er kraulte das Junge hinter den Ohren und grinste breit.

Etwas wallte in Miina auf. Sie hob die Faust mit dem Stein in die Luft.

»Setz es ab! Sofort!«

Der Mann begegnete ihrem unverwandten Blick.

»Sofort sofort sofort …«

Der Befehl wanderte als Echo über die Insel.

»Nun lass mal gut sein ...«

Sie sahen sich an. Der Himmel war an seinem Platz. Bäume und Steine und das Meer waren an ihrem Platz. Und sie waren an ihrem Platz und sahen endlich das, was es zu sehen galt.

Die Hand senkte sich. Der Stein fiel zu Boden.

»Lass es laufen«, sagte Miina leise. Sie streckte die Hand aus und berührte den Mann am Arm. »Sei so lieb und lass es frei.«

Der Mann bückte sich. Das Junge kullerte zu Boden und zog sich ein wenig zurück. Seine zarten Rückenhaare waren gesträubt. Aus seiner Kehle drang ein Geräusch, das an Knurren erinnerte. Dann drehte es sich um, wandte sich trippelnd zur Flucht und schlüpfte so schnell, wie es ging, in das Felsloch.

Am Abend bekam Miina Fieber. Nachts wachte sie kein einziges Mal auf. Sie wanderte im Dunst unter den Bäumen eines Fichtenwalds entlang. Sie ging von Schatten zu Schatten, irrte umher, indem sie mal sich selbst folgte, mal ein großes dunkles Tier neben sich hatte.

Auch bei Tagesanbruch stand sie nicht auf. Sie hörte nicht, wie das Fischerboot sich näherte und wie die Männer einander etwas zuriefen. Von der Fahrt zum Festland blieb ihr nur der Duft des Tabaks und der Geschmack von Kaffee, der mit Schnaps angereichert war, in Erinnerung.

Aber ein Bild hatte sich ihr deutlich eingeprägt.

Der Mann steht am Felshang, eine große, keuchende Gestalt in einem verschossenen Mantel gegen die dunkelgrünen Kiefern und den blauen Himmel. Seine Wangen sind eingefallen, das ungewaschene Haar hängt ihm in die Stirn, im Griff seiner großen Fäuste zappelt etwas Zartes und Hilfloses. Zum ersten Mal sieht Miina seine Einsamkeit und seine Angst, zugleich aber auch seine Güte. Eine ausdauernde, tiefe Güte, die die Schmach und das Elend, alles Falsche, Lächerliche und Unnötige zwischen ihnen beiseite wischt.

Miina sagt etwas. Bittet um etwas. Auf die Worte kommt es nicht an, die Worte führen die Menschen meistens voneinander fort und in die Irre. Eine Berührung sagt mehr. All das, was da ist, so wie es sein soll:

Der Eiswind ist verstummt. Der einsame Reisende hat die Peitsche gesenkt. Und eine kleine, weiße Blume liegt auf der Hand des Schneemenschen.

»Den Wolf kann man nicht zur Falle leiten so wie andere Raubtiere. Zu Aas kommt er selten und folgt seinen eigenen Spuren nur zufällig. Das wirksamste Mittel zur Erleichterung der Jagd ist es, den Wolf auszuhungern. Es ist jedoch fraglich, ob man den Wolf aushungern kann. Die meisten erbeuteten Wölfe waren zweifellos aus irgendeinem Grunde ausgehungerte, auf Irrwege geratene Individuen, die im Grunde ziemlich weit entfernt sind von dem wilden Wolf, der ungezügelt und wohlgenährt in freier Wildbahn wandert, alle Sinne geschärft und bereit, bei Gefahr wie ein Schatten zu verschwinden.«

Emil verharrt unbeweglich vor dem Kamin, die Augen geschlossen. Wenn er nicht aufrecht dasäße, würde Aaro vermuten, er sei eingeschlafen. Noch dazu scheint es, als habe die aufgehende Sonne innegehalten, um den Beschluss des Richters über die Fortdauer oder das Ende des Lebens abzuwarten.

Schließlich steht er mit Aaros Hilfe schwerfällig auf.

»Ich muss die Wahrheit erfahren«, sagt er. »Eine Mörderin kann ich nicht freilassen. Nicht einmal um deinetwillen, Junge. Verstehst du?«

»Ich verstehe.«

»Ich werde nicht mehr trinken«, sagt Emil. »Diesen Beschluss kann man nicht fassen, wenn man betrunken ist.«

»Das stimmt.«

»Wir müssen zu ihr gehen. Zusammen.«

»Gut.«

Emil lässt Aaro die Gerichtsakte und das Schreibzeug tragen.

Das Leben ist voller Missverständnisse, denkt er. Ich und dieser junge Mann und die ganze Gefangenenkaserne sind voller unendlicher Missverständnisse. Wird der Teufel sie alle richtig stellen? Ist das etwa meine Aufgabe? Oder der beschissene Riesenjob des Gottessohnes am Tag vor dem Weltuntergang? Ich bin verliebt. Ich glaube, ich bin verliebt. Oder ist auch das nur ein Missverständnis?

Immerhin steigt die Sonne weiter über den Horizont. In deren gelbem Schein gehen sie wortlos den betauten Hofweg entlang. Sein letzter Besuch in Miina Malins Zelle kommt Emil in den Sinn, bei dem sie überraschend den Mord an dem Gutsbesitzer Valdemar Henriksson gestanden hat.

»Warum erzählst du das erst jetzt?«, hatte Emil misstrauisch gefragt.

»Ich ertrage es nicht mehr, mit Ihnen zu sprechen«, sagte die Frau. »Sprechen, sprechen, sprechen. Lassen Sie mich in Ruhe. Sie haben bekommen, was Sie brauchen. Einen Grund, mich zu erschießen. Was wollen Sie noch?«

»Du willst also sterben?«

»Ja. Weil ich nicht vorhabe, den Bastard eines Schlächters zur Welt zu bringen.«

Emil pfiff durch die Zähne. Das tat er oft, wenn er überrascht war. Beata mochte diese Angewohnheit nicht. Sie fand das straßenjungenhaft.

»Ich habe mich schon über das plötzliche Geständnis gewundert.«

»Und ich darüber, dass man mich nicht schon längst an die Wand gestellt hat«, sagte Miina. »Unter dem Vorwand eines erfundenen Geständnisses, so wie die anderen.«

»So, so«, warnte Emil sie. Die Beschuldigung verletzte sein Ehrgefühl. »Alle Hingerichteten haben schwere Verbrechen gestanden.«

»Vor Hunger oder nach Misshandlungen«, beharrte die Frau. »Aber ich habe Gutsbesitzer Henriksson getötet – *hingerichtet.* Ich persönlich. Allein. Sie können aufhören, Doktor Carpelan zu spielen. Ihre Verrückte hat jetzt gestanden. Und wissen Sie was? Ich habe das keinen Augenblick bereut. Und bereue es auch jetzt nicht. Ich bin genau so schlimm, wie Sie sich das vorgestellt haben. Genau wie Sie. Oder noch schlimmer. Denn eines Tages werden Sie bereuen.«

Emil musste schon ein wenig lächeln.

»Die Wahrheit, mein Mädchen, die Wahrheit. Wer hat sonst noch an dieser Operation teilgenommen?«

»Niemand sonst.«

Die Frau war wirklich rührend. Emil setzte sich an den Rand ihres Betts und legte ihr die Hand auf die Schulter.

»Miina, Miina … verspotte mich nicht. Valdemar Henriksson war voller Kugeln. Aus mindestens zwei verschiedenen Waffen. Hast du gedacht, ich würde dir auch nur ein Wort glauben? Schämst du dich nicht?«

»Nein. Aber ich ärgere mich.«

»Worüber?«

»Über vieles. Aber ganz besonders darüber, dass ich bald sterbe und kein einziger der Männer, mit denen ich in meinem Leben geschlafen habe, derjenige ist, den ich wirklich begehrt habe.«

Emil hob die Brauen. Begann sich so das Geheimnis zu enthüllen, das verfluchte Geheimnis, das ihn einen Schiffbruch nach dem anderen hatte erleiden lassen?

»Harjula?«

Hielt Miina Malin den Atem eine Spur zu lange an, um sich für eine kurze, unehrliche Antwort zu sammeln, oder bildete er sich das nur ein?

»Nein.«

Emil lachte ungläubig.

»Von wem sprechen wir dann? Kenne ich ihn? Bist du in einen Wachmann verknallt?«

»Sie kennen ihn«, sagte Miina. »Und ich bin nicht verknallt. Ich lodere in einem Feuerbrand. Aber was hat das noch für eine Bedeutung? Ich habe gestanden, dass ich getötet habe, und das war's.«

Emil hoffte, Miina möge nicht das gemeint haben, wonach es klang.

»Warum denkst du dir diese Geschichten aus?«, fragte er

so ruhig, wie er nur konnte. »Und wer weiß, ob es stimmt, dass du … in anderen Umständen bist?«

Miina öffnete die Knöpfe ihrer Bluse.

»Sehen die nicht aus wie die Zitzen einer trächtigen Hündin? Fassen Sie ruhig mal an.«

Der Zorn verschlug Emil die Sprache.

»Mach deine Bluse zu«, flüsterte er und schämte sich für sie beide.

Aber die Frau war nicht mehr zu bremsen.

»Wenn die Sterbende einen letzten Wunsch äußern darf«, sagte sie, »dann ist es der, die Soldaten mögen auf die Gebärmutter zielen.«

Von Röte übergossen sprang Emil auf.

»Wir werden das jetzt nicht dramatisieren«, sagte er zornig. »Knöpf dir die Bluse zu.«

Miina stellte sich vor ihn hin.

»Warum verschwenden Sie Ihre Zeit hier mit mir? Während Ihre schöne Gattin sich nach Ihnen sehnt, um etwas viel Angenehmeres mit Ihnen zu tun?«

Die Situation gleitet völlig ins Lächerliche ab. Abgesehen davon, dass niemandem im Entferntesten zum Lachen zumute ist.

»Das geht dich nichts an.«

»Seltsam, dass Sie niemals Urlaub machen«, fuhr Miina Malin mit der Gnadenlosigkeit eines Raubtiers fort. »Man sollte doch meinen, dass Sie Ihre Eheliebste auch mal woanders treffen möchten als hier unter Soldaten und Gefangenen.«

Emil wich zur Tür zurück.

»Erst die Arbeit, dann das Vergnügen«, wimmerte er.

Miina folgte ihm.

»Ich habe von Ihnen geträumt.«

»Das interessiert mich nicht.«

»Ich möchte, dass Sie mich erschießen. Persönlich. Ist das krankhaft?«

»Ja«, sagte Emil wütend. »Genau das.«

»In meinem Traum hatten Sie einen Revolver«, sagte Miina Malin. Ihre Ausdruckslosigkeit machte Emil Angst. »Sie steckten ihn mir in den Mund. Sie befahlen mir, mich auszuziehen und die Beine zu öffnen –«

»Sei still!«, schnauzte Emil. »Und mach deine verdammte Bluse zu! Auf der Stelle!«

Hör auf, armes Kind! Wie vieler Generationen Verirrungen bedarf es, um ein so absurdes Verhalten zu entwickeln?

»Erst einige Monate verheiratet, aber der Mann tut so, als wüsste er nichts von seiner jungen Frau«, fuhr Miina, besessen von ihren Dämonen, fort. »Ziemlich merkwürdig, um es direkt zu sagen. Sie sind wohl enttäuscht? Oder ist Ihre kleine Frau enttäuscht? Wie wäre es, wenn Sie mir Ihren Revolver gäben und ich Ihnen die Mühe ersparte, sich selbst zu töten? Denn so werden Sie zuletzt doch enden, oder? Geben Sie mir den Revolver. Ich verspreche Ihnen, dass Sie es nicht bereuen werden –«

Emil schlug sie.

Miina wankte, fand aber ihr Gleichgewicht rasch wieder.

»Ich habe mich also geirrt«, sagte sie.

Ihr Tonfall war jetzt demütig wie der eines bestraften Kindes. Endlich fing sie an, sich die Bluse zuzuknöpfen.

»Und mich selbst mit Schimpf und Schande bedeckt.«

»Frauen darf man nicht schlagen«, sagte Emil. »Das ist ehrlos. Gemein. Ich bitte um Verzeihung.«

»Macht nichts. Ich habe es verdient.«

Vielleicht in den Kreisen, aus denen du kommst. Aber nicht in meiner Welt.

Emil warf einen sehnsüchtigen Blick durchs Fenster hinaus. Aber nein, er durfte nicht nachgeben. Die beiderseitige Demütigung hatte für das Aussprechen der Wahrheit den Boden besser bereitet als jemals zuvor. Er nahm seine Pfeife aus der Tasche. Seine Hand zitterte ein wenig.

»Erzähl mir von der Insel«, sagte er so ruhig, wie er konnte. »Erzähl mir, was dort wirklich geschehen ist.«

Was für ein trauriger Zwischenfall, denkt Emil, während er durch das Tor zur Gefangenenkaserne schlurft. Die Liebe sollte man nicht als Handelsware benutzen. Das mindert das Begehren, macht es zu alltäglich, zu grausam. Er betrachtet Aaro Harjulas Profil mit dem stoppeligen Kinn. In der goldglänzenden und kühlen, von Möwen zerhackten Morgenlandschaft hat er etwas beängstigend Fremdes, etwas Abstoßendes und Aufreizendes. Allerdings kann der Eindruck auch an seiner allmählichen Ernüchterung liegen, gesteht Emil sich widerwillig ein, aber zum Kuckuck, noch einen Augenblick zuvor hatte Jäger Harjula im barmherzigen Schein des Feuers die ungewöhnlich bezaubernde Glut eines jungen Prinzen. Wenn der Jäger sich so zeigte, störten Emil auch nicht sein mangelnder Sinn für Ironie, die unelegante Verschlossenheit, gepaart mit taktloser Direktheit, seine riesigen Hände und Füße, sein allzu sentimentales Verhältnis zu seinem Vater, seine Unfähigkeit, einen Qualitätswein zu würdigen, und seine Tischsitten, die eine Menge zu wünschen übrig ließen.

Sie gehen schweigend hinter dem Wachmann her zur Tür von Miina Malin. Der Wachmann steckt den Schlüssel ins Schloss, aber Emil legt ihm die Hand auf die Hand. Er klopft an die Tür und wartet geduldig ab, bis die Einladung zum Eintreten ertönt, wie es sich gehört.

»Jäger Harjula hier ist der Meinung, du müsstest freigelassen werden«, erklärt der Richter, während er etwas unglückliche Versuche unternimmt, die Brille aufzusetzen. Er stinkt nach altem Wein und zu reichlich verspritztem Rasierwasser. Der Jäger steht im Hintergrund, ist irgendwie aufgebracht oder auch einfach nur unruhig.

Trotz der ermutigenden Worte des Richters findet Miina den Zeitpunkt des Erscheinens der Männer beunruhigend. Ein Besuch im Morgengrauen ist oftmals der letzte.

»Aber dafür brauche ich deinen richtigen Namen«, sagt Hallenberg und bemüht sich um Sachlichkeit.

Miina kämmt sich die Haare und spiegelt sich in einem Silberlöffel, den sie während eines Verhörs im Haus gestohlen hat. Keinen der beiden Männer scheint es zu interessieren, was sie in der Hand verbirgt.

»Miina Malin.«

»Dein offizieller Name?«, seufzt der Richter. »Der in den Kirchenbüchern steht oder in irgendeinem verdammten Papier. Ich kann doch keine Person freilassen, die gar nicht existiert, zum Teufel!«

Miina denkt an das Meer hinter dem Haus. Seine Uferlosigkeit, die durch das Fenster hereindrängt, seine stille, am Ärmel zupfende Gegenwart.

Die letzte Chance. Sei's drum. Egal.

»Miina Lehto«, sagt sie. »Geborene Puronen.«

Die Männer sehen sich an. Emil Hallenbergs vom Durst klebrige Lippen versuchen vergebens, ein Pfeifen zustande zu bringen.

»Was sollte dann das Gekasper mit dem Namen?«

Was soll man darauf antworten?, denkt Miina. Dass der Mensch nicht notwendigerweise bis zum Ende seines Lebens der zu sein braucht, als der er geboren wurde. Sondern der, der er werden möchte, wie Kapitän Broman an einem warmen Spätsommerabend vor vielen Jahren einmal sagte. Der Käpt'n hatte lange ihre neuesten Fotoserien betrachtet und ihr schließlich gesagt, von nun an dürfe sie ihre Fotos selbst signieren.

Lehto oder Puronen?

Sie hatte sich in beiden Namen nicht heimisch gefühlt.

Miina Puronen war ein misshandeltes, elendes Wesen, das den Vater fürchtete und hasste, Miina Lehto die zumeist schlechte Darstellerin einer Ehefrau.

Wer bin ich, wer will ich sein?

So entstand Miina Malin. Die mutige, geschickte und unbeugsame Miina Malin, die von niemandem und nichts zu bezwingen war. Miina Malin würde ein natürliches Verständnis vom Goldenen Schnitt haben. Sie würde die von Genies entdeckten Gesetze der Naturwissenschaft mit Namen kennen und wissen, wie man sich in vornehmer Gesellschaft benimmt. Sie würde am festlich gedeckten Tisch das Besteck in der richtigen Reihenfolge zur Hand nehmen und genau wissen, wozu die Serviette da ist. Sie würde die Namen unzähliger Ministerpräsidenten, heldenhafter Forschungsreisender, historischer Helden und heidnischer Götter parat haben. Miina Malin würde wissen, dass die Redewendung »ein Königreich für ein Pferd« ein Zitat aus William Shakespeares Drama Richard III. ist, dass Sorbet ein Halbgefrorenes aus Beeren und dass »Et tu

Brute« die berühmten letzten Worte von Caesar waren und auf den tödlichen Verrat eines lieben Freundes anspielten. Eigene Kinder würde Miina Malin nicht bekommen, aber sie würde trotzdem ein edler Mensch sein, der keine Mühe scheuen und bedauernswerten, wehrlosen Menschen helfen würde, die schlecht behandelt worden waren. Die meisten Menschen, und ganz besonders ranke und schlanke Männer, die sich zu benehmen wussten, würden Miina Malin für eine ausnehmend sympathische und charmante Frau halten, deren man sich nicht zu schämen brauchte und mit der die Zeit niemals lang werden würde. Ganz zu schweigen von der speziellen Person, die die Ehre haben würde, sie wirklich kennen zu lernen …

Verletzlichere Träume als die einer Zwanzigjährigen gibt es gar nicht. Aber die sollte man diesen Männern nicht enthüllen.

Miinas Blick begegnet den fragenden Augen des Richters. Seine Finger trommeln ungeduldig auf den Tisch.

»Ich hatte Hunger«, sagte Miina traurig und unverblümt. »Irgendeinen Namen musste ich nennen.«

»Du hast also bewusst und absichtlich deinen wahren Namen verschwiegen?«

Miina gähnt.

»So ungefähr.«

Der Richter spielt mit seinem Füllhalter.

»Wann hast du etwas getan, von dem du befürchten musstest, dass es bekannt wird?«

»Es war keine Angst.«

»Was dann?«

»Ich wollte niemanden mit hineinziehen«, sagt sie und hält es für nötig hinzuzufügen: »Ich rede jetzt nicht von anderen Roten. Sondern von angesehenen Gönnern, deren guten Namen ich schonen wollte.«

In Emils Lächeln zeigt sich feiner, aber wahrnehmbarer Spott.

»Wer ist das im Einzelnen?«

Miina verspürt einen Stich von Ärger. Sie hatte ihre beiden Namen preisgegeben. Als Gegenleistung hatte sie wohl ein wenig Respekt verdient.

»Darüber möchte ich nicht sprechen, wenn es recht ist.«

»Und über Gutsbesitzer Henriksson?«

»Auch über ihn nicht.«

»Verstehe ich es jetzt richtig«, sagt der Richter, »dass du auch nicht mehr unbedingt sterben willst?«

»Ja.«

»Darf ich fragen, was deinen Sinneswandel bewirkt hat?«

Na gut. Emil Hallenberg will also den Krieg. Dann soll er ihn auch haben. Ich werde ihm zeigen, wie man bei uns den Fehdehandschuh wirft.

»Ich muss einem Freund helfen.«

»Wie?«

»Beim Organisieren einer Fotoausstellung. Damit kenne ich mich ganz gut aus.«

»Einer Fotoausstellung?«

»Ich habe auf diesem Gebiet viele Jahre gearbeitet. Allerdings werden in diesem Fall die künstlerischen Verdienste nicht unbedingt im Vordergrund stehen«, sagt Miina. »Sondern eher das Thema.«

»Und zwar?«

»Gespenster.«

Der Richter wirft den Stift auf den Tisch und steht auf.

»Natürlich. Und vermutlich noch dazu Konstas Gespenster. Es kommt dir also nur darauf an, mich zu verspotten.«

Er wendet sich Aaro zu und breitet die Hände aus: »Siehst du es jetzt? Und für die Freilassung einer solchen Person hast du dich so leidenschaftlich eingesetzt.«

Miina kommt für einen Augenblick aus dem Konzept.

Wovon redet der Mann? Du solltest doch nichts tun. Be-

greifst du nicht, dass du der Durchtriebenheit von Emil Hallenberg, seinem Hunger, seiner Verzweiflung nichts entgegenzusetzen hast?

Aber Aaro wendet sich ab, er will Miinas wortloser Frage nicht begegnen.

»Ich meine es ernst«, sagt Miina, nunmehr in neuer Weise auf der Hut. »Ich habe Herrn Martikainen schon seit längerem ermutigt, seinen Traum zu verwirklichen. Da ich nun einmal zufällig das eine und andere von Fotos verstehe. Und Sie haben ihm ja erlaubt, zu gehen und die Ausstellung zu organisieren, sodass es für mich ganz natürlich war, meine Beziehungen zu nutzen, damit die Ausstellung die Aufmerksamkeit bekommt, die sie verdient.«

Hallenberg lacht schaurig.

»Von was für Fotos sprichst du eigentlich, zum Teufel? Der arme Tropf hatte doch nicht mal einen Film in seinem verdammten Kasten!«

Miina lacht auch. Überraschende, nie gehörte Töne in diesem trostlosen Raum.

»Man merkt, dass Sie Kameras nicht kennen«, sagt sie. »Wozu braucht er einen Film? In einer englischen Balgkamera vom Typ Eclipse Appratus verwendet man Platten. Format neun mal zwölf. Sehr praktisch. Konsta hat ihnen bestimmt von deren Gebrauchseigenschaften erzählt, während er Soldaten und Gefangene und Hinrichtungen verewigte … Aber wozu erzähle ich Ihnen das. Es ist ja alles unter Ihrer Aufsicht geschehen.«

Die Stirn des Richters hat sich in Falten gelegt, aber seine Miene ist immer noch spöttisch.

»Das nehme ich dir nicht ab«, sagt er. »Du willst mich zum Narren halten.«

Auch Aaros Neugier ist erwacht, er dreht sich um und betrachtet beide mit besorgten Blicken.

»Ich mache Ihnen nichts vor«, sagt Miina. »Natürlich sind

die Bilder noch nicht entwickelt, weil es hier keine Dunkelkammer mehr gibt so wie zu Anstaltszeiten. Doktor Carpelan hat, soweit ich weiß, jeden Patienten ermutigt, als Teil der Behandlung seinem Hobby nachzugehen.«

Sie schiebt ihre Hand unter die Matratze und zieht ein Foto von einer Leiche hervor, die an einem Baumast hängt.

»Der Doktor selbst, nicht wahr?«

Hallenberg steht auf und reißt ihr das Foto aus der Hand und betrachtet es lange stumm. Dann reißt er es mitten durch und wirft es aufs Bett.

»Das beweist überhaupt nichts«, sagt er. »Das kann sonst wer geknipst haben.«

»Herr Martikainen hatte einen großen Stapel Fotos von weiteren Gespenstern«, fährt Miina mit der Gnadenlosigkeit eines Peinigers, der seine Sache versteht, fort. »Von seinen Mitpatienten, die dem Krieg weichen mussten. Besonders russische. Die Ärmsten wurden erschlagen wie Küchenschaben. Sie wurden durch Hunger und Durst oder durch eine Überdosis von Medikamenten umgebracht. Der Doktor hatte ja auch mittellose Patienten. Solche, die er seiner Philosophie gemäß aus reiner Mildtätigkeit behandelte. Deren Angehörige hatten nicht die Möglichkeit, für sie einen neuen Pflegeplatz zu finden. Jetzt musste man sie alle schnell loswerden. Man brauchte den Platz für weiße Verwundete.«

»Wer behauptet so etwas?«

»Herr Martikainen.«

»Konsta«, knurrt Emil. »Wer nimmt denn die Geschichten eines Verrückten für bare Münze?«

»Ich«, sagt Miina. »Denn ich habe ja auch die Bilder gesehen. Wie von dem durstigen Gespenst, das ans Bett gefesselt war und vergebens flehte: Wasserwodawasserwodawasserwoda –«

»Hör auf«, befiehlt der Richter, stößt mit einem Tritt den Stuhl um und geht mit heftigen Schritten durch den Raum.

»An diesen Reden ist nichts dran. Kein Schimmer von Vernunft, zum Teufel!«

»Doch, das geht aus irgendwelchen Papieren hervor«, versichert Miina. »Dass dieses Haus ein Lazarett werden sollte. Deswegen hat sich wohl Doktor Carpelan auch umgebracht. Weil er sich auf eine solche Aktion eingelassen hat.«

»Du bist verrückt!«

Der Richter packt Aaro mit beiden Händen. »Die ist doch total verrückt? Sie hat sich mit der Krankheit angesteckt. So wie auch der Doktor. Nicht wahr?«

Aaro schweigt, sieht am Richter vorbei Miina an und schüttelt warnend den Kopf.

Miina ist es egal, sie will nicht zurückblicken. Sie sagt, was sie zu sagen hat. Wenn auch der Mensch seinen eigenen Schmerzen gegenüber abstumpft, kann er doch Reflexe der Qualen eines anderen spüren, aber auch gegen die muss er sich verhärten.

»Stellen Sie sich vor«, flüstert sie lächelnd, »die Kriegshelden wurden dann gar nicht hierher gebracht. Nur rote Bestien. Das ist erst mal komisch, was?«

Hallenberg drückt seinen Kopf gegen die Schulter des Jägers. In seinen Adern kreist immer noch Schnaps, genug, um vernünftige Überlegungen zu blockieren.

»Das ist nicht wahr. Nein. Sie lügt. Du glaubst ihr doch nicht, Aaro? Diese Frau ist zu allem fähig. Das hat sie selbst gesagt. Ein wildes Tier. Das sind sie alle. Weißt du, was Leutnant Manner mir erzählt hat? Dass diese Frauen keineswegs vergewaltigt wurden. Dass sie das selbst wollten. Sie haben die Männer richtig dazu angestachelt. Genau darin besteht die Idee der Soldatin. Geradezu ihre Aufgabe. Ihre stärkste Waffe einzusetzen. In der Hoffnung auf Freilassung den Gegner an einer schwachen Stelle zu treffen. Bei den Weißen wäre eine Soldatin absolut undenkbar. Die Seelenstruktur und die häusliche Erziehung unserer Frauen haben ihnen diese Waffe genommen. Und das ist gut so. Wie könnten wir sie achten, heiraten, mit ihnen Kinder bekommen, wenn es nicht so wäre. Nicht wahr, Aaro?«

Der Jäger löst sich aus Emil Hallenbergs Umarmung.

»Du musst doch begreifen«, fährt der Richter fort und lässt verloren die Arme herabhängen, »dass in den unteren Gesellschaftsklassen die Nähe zwischen Mann und Frau nur und ausschließlich tierische Paarung bedeutet. Eine andere Nähe kennt man da nicht. Eine Nähe, die nicht auf gemeinsamen Genüssen, sondern auf einer wortlosen Abmachung über gemeinsame Regeln beruht. Das ist die schönste Nähe von der Welt. Wenn beide ihre Grenzen und Aufgaben kennen. Und sie akzeptieren. Vielleicht macht dies das Leben nicht so fürchterlich aufregend – Abenteuer kommen und gehen und verursachen meistens Leid –, aber im Lauf der Zeit ist das die einzige Art, es erträglich zu gestalten. Du verstehst mich doch: Es muss auch Abenteuer geben, aber denen gibt man sich nicht hin!«

»Vielleicht sollten wir für heute Morgen Schluss machen«, sagt Aaro.

»Nein, Aaro, verstehst du noch immer nicht? Wenn diese Frau die Wahrheit sagt, ist alles verloren.«

»Das ist bedauerlich, aber –«

Hallenberg packt den Stuhl und zerschmettert ihn an der Wand.

»Das ist nicht bedauerlich«, schreit er. »Bedauerlich ist, wenn man blau ist und sich in die Hosen pinkelt. Dies hier ist der Weltuntergang. Ade Unternehmen Vaterland. Ade Investitionen und Kredite und Erträge. Wenn der verrückte Konsta richtige Bilder hat, dann sind wir Gespenster, wir beide. Da können wir gleich die Gespensterpolka anstimmen. Möchtest du mit einem Gespenst tanzen, Aaro?«

»Nein, danke.«

»Nein, danke«, lächelt der Richter. »Wie ich doch einen

Mann schätze, der bis zuletzt an den Umgangsformen eines Gentleman festhält. Dort, wo die Liebe endet, beginnt das gute Benehmen. Eine goldene Sentenz meiner Mutter. Den Wert einer guten Kinderstube sollte man niemals gering schätzen. Und ich will dir, Aaro, hier vor einer Zeugin sagen, dass ich dich sehr, sehr hoch schätze in meiner Wertekategorie. *Premiers crus.* So ist es, ich ordne dich ohne Zögern in die beste Klasse ein.«

»Das ist gut zu wissen.«

Der Richter dreht sich um.

»Sag, dass du gelogen hast«, bittet er leise. »Carpelan hätte seinen Patienten niemals ein Leid getan. Er war ein guter Mann. Ein Heiliger. Das musst du doch auch verstehen. Die armen Wesen waren doch, zum Donnerwetter, so wie jeder von uns, nur zerbrochen. So wie meine eigene kleine Mutter. Begreifst du das?«

Miina schweigt.

»Wo ist Konsta?«, fragt Hallenberg. »Zu wem hast du ihn geschickt?«

»Ich möchte keine Namen nennen.«

»Man bringt, was verborgen ist, ans Licht, man macht der Finsternis ein Ende, und bis ins Letzte erforscht man das Gestein, das im Dunkel tief verborgen liegt … Weißt du die richtige Antwort auf Konstas Rätsel?«, fleht der Richter. »Woher kommt die Weisheit, und wo ist die Stätte der Einsicht?«

»Die Kinder meines Vaters kannten ihre Bibel«, sagt Miina und versucht, von dem Pfad fortzukommen, dem Hallenberg ihrem Eindruck nach zustrebte. »Dafür hat er penibel gesorgt.«

»Wo also ist Konsta jetzt, was macht er?«

»Er hütet sich vor dem Bösen.«

In einer langen Qual gibt es immer Augenblicke, wo ein Mann aufhört, sich härter zu stellen als er ist. Das Schlimmste von allem ist, Angst zu haben vor etwas, das man nicht begreifen kann.

»Soso«, sagt Hallenberg und setzt sich schwer auf das Bett. Ihm laufen Tränen aus den Augen. »Was schlägst du also vor?«

Miina wirft ihm einen mitleidigen Blick zu. Anders kann man einen gequälten Menschen nicht ansehen.

»Wenn ich dich jetzt laufen lasse und dich von allen Beschuldigungen freispreche, dann suchst du Konsta auf und verhinderst, dass das Verborgene ans Licht des Tages tröpfelt«, stellt der Richter eher fest, als dass er fragt.

»Ja.«

»Warum sollte ich dir vertrauen?«

»Ich erzähle, wie Valdemar Henriksson zu Tode kam. Was da damals alles war, in der Villa und im Garten, wo es geschah.«

»Trotzdem glaube ich nicht, dass du es getan hast.«

»Ich habe die Männer dorthin geführt«, sagt Miina ruhig, als erklärte sie einem Kind die Morallehre. »Sodass ich ihn umgebracht habe. Wenn sie nicht schneller gewesen wären als ich, hätte ich ihn selbst erschossen.«

»Ganz recht«, stimmt Emil Hallenberg zu und wischt sich die Wangen. »Das hättest du. Du bist eine Totschlägerin. Ich gebe zu, dass du das bist.«

»Gut«, sagt Miina. »Weitere Namen brauchen Sie nicht.«

»Stimmt.«

Hallenberg sieht den Jäger an, sucht Unterstützung. Der Mangel an Liebe ist ein hungriges Tier, das sich nicht mehr selbst schützen kann.

»Was machen wir jetzt, Aaro? Weißt du, wo die Stätte der Einsicht ist?«

Jäger Harjula seufzt tief auf.

»Ich habe meine Meinung nicht geändert.«

»Nein?«

»Nein.«

»Du bist ein anständiger Mann, Aaro. Du hältst dein Wort. Und ein guter Soldat. In meinen Gespensteraugen. Sollen die anderen doch Anspielungen machen, wie sie wollen.«

Miina fühlt sich plötzlich entsetzlich müde. Am liebsten hätte sie sich im Bett vergraben und die Decke über den Kopf gezogen. Hätte in die Stadt eines fernen Landes flüchten wollen, wo es südliche Delikatessen in Hülle und Fülle gibt, über deren Märkte schlendern, am Strand liegen, Arme und Beine in den warmen Sand drücken mögen.

Emil Hallenberg steht auf und entfernt sich von dem Bett, so als hätte er ihre Gedanken gelesen.

»Erzähl mir doch noch eines«, sagt er. »Ich glaube nicht, dass du das nur getan hast, um dein Leben zu retten. Nenn mir den wirklichen Grund.«

Miina setzt sich. Wenn sie sich nur anvertrauen könnte. Aber ein Soldat verrät dem anderen nicht seine Ängste. Man muss sich behaupten, wenn man überleben will. »Es gibt keinen anderen Grund.«

»Ich glaube, du willst mich unbedingt demütigen, weil ich dich abgewiesen habe. Habe ich Recht?«

Miina zögert einen Moment. Wenn sie es im Nachhinein bedachte, war die Gier, mit der sie den Schwachpunkt dieses Mannes gesucht hatte, verwandt mit der Leidenschaft, einer morbiden Verliebtheit. Was sucht man denn in der Liebe anderes als sich selbst, einen Menschen, der einem ebenbürtig und ähnlich ist, im Guten, aber besonders im Bösen?

»Das weiß ich nicht«, antwortet sie wahrheitsgemäß.

»Was glaubst du, Aaro?«

»Nichts.«

»Kennst du nicht die Gedankengänge der Frauen?«

»Nein.«

»Mir scheint, eine Frau wie Miina kann es viel besser ertragen, wenn man ihr Schande antut, als wenn sie sich selbst Schande antut.«

Aaro lächelt.

»Ist es nicht Zeit zu gehen?«, fragt er.

»Findest du?«

»Ja«, erwidert Aaro.

Der Richter nimmt ein Taschentuch aus der Tasche, legt den Kopf schräg nach hinten und bedeckt das Gesicht mit dem Tuch. Schweigend steht er da, ohne sich zu rühren, bis das Tuch von selbst hinabgleitet und zu Boden schwebt wie die stumme Einladung einer adeligen Dame an den Mann, der ihr folgt.

»Na gut«, sagt der Richter, ohne das Tuch aufzuheben. »Vorher aber noch eine Sache.«

Er tritt vor den Jäger hin und öffnet die Revolvertasche.

»Miina, sei so gut und steh auf.«

Hallenberg beugt sich hinunter, um seinen Namen auf ein Papier zu schreiben und stellt sich dann vor Miina hin.

»Die Rotgardistin Miina Lehto, geborene Puronen, hat den Mord an Gutsbesitzer Valdemar Henriksson gestanden. Als Richter dieses Standgerichts und im Beisein eines Zeugen verurteile ich Lehto zum Tode. Das Urteil wird sofort vollstreckt. Hiermit befehle ich Jäger Aaro Harjula, das Urteil zu vollstrecken. Ist das klar?«

Aaro steht einen Augenblick stumm da und wägt die Möglichkeiten ab.

»Ja.«

»Gut«, sagt Emil Hallenberg und geht zur Tür. »Ihr könnt euch schnell voneinander verabschieden. Schließlich seid ihr Reisegefährten, und ich bin kein fühlloses Monster. Und wenn du deine Pflicht erfüllt hast, Aaro, bist du herzlich eingeladen, mit mir zu frühstücken. Ich glaube, Frau Karppinen wird bald auf den Beinen sein. Sie wird dafür sorgen, dass das Brot warm und der Kaffee stark genug ist.«

Bevor er geht, wendet Hallenberg sich noch einmal an Miina.

»Es tut mir Leid, dass es nun so gelaufen ist«, sagt er. »Aber du wirst verstehen, dass ich als dein Richter nicht anders konnte. Auch ich habe meine Ehre.«

»Ich verstehe«, sagt Miina.

Was auch der Fall ist.

Emil Hallenberg streicht sich das Stirnhaar nach hinten, nimmt Haltung an.

»Wir scheiden doch nicht im Zorn?«

»Nein«, entgegnet Miina.

»In den einzelnen Gemeinden wurden sehr unterschiedliche Abschussprämien gezahlt. Während zum Beispiel in der Gemeinde Tammisaari in den Jahren 1881–1882 für ein Wolfsjunges 15 Mark gezahlt wurden, bekam man in der Gemeinde Askola für ein Muttertier 300 Mark. Der Finnische Jagdverband wiederum wollte die Bevölkerung zur Hatz auf die Bestien anspornen, indem er kleine Handbücher herausgab, zusätzliche Prämien und Ehrenzeichen verteilte und wirksamere Fangvorrichtungen entwickelte. Die üblichsten Mittel zur Vernichtung der Wölfe waren Fangzaun, Wolfsgrube, Eisen, Gift sowie das Aufspüren und Töten der Jungen im Nest. Mit hohen Fangprämien und wirksamer Aufklärungsarbeit überzeugte man das Volk allmählich von der Notwendigkeit, die Raubtiere zu vernichten. Ihre Anzahl geht allmählich zurück, obwohl sie noch lange Zeit erschreckend groß bleiben wird.«

Aaro setzt sich zu Miina aufs Bett, ergreift ihre Hand und öffnet sie. Das andere Ende des Silberlöffels ist messerscharf geschliffen.

»Das ist in die Hose gegangen, weil gepfiffen wurde, aber das wäre auch ohne Pfeifen passiert«, lächelt Miina. »Der Wachmann hat erzählt, dass diesen Ausspruch ein junger Mann tat, als man ihn zum Erschießen holte.«

»Traurig.«

Aaro tippt mit dem Löffel gegen sein Knie.

»So ist es«, sagt Miina. »Glaubst du, wir werden beobachtet?«

»Jedenfalls nicht von Hallenberg«, versetzt Aaro. »Der ist ein geschlagener Mann. Und ausgebrannt.«

»Er tut dir Leid.«

»So ist es.«

»Und ich tue dir auch Leid.«

»Nein, du nicht.«

»Tust du dir selbst Leid?«

Aaro lacht.

»Aber nein.«

»Was findest du hier so lustig?«

»Nichts.«

»Ich habe ihn falsch eingeschätzt.«

»Das kann passieren.«

»Mir nicht.«

»So was passiert jedem mal«, sagt Aaro. »Das ist nicht so schlimm.«

»Nein?«

»Nein«, sagt Aaro und bricht den Löffel entzwei. Flüchtig streicht er Miina über die Wange und steht auf. »Zieh dir die Schuhe an. Wir müssen los.«

Miina zieht sich an, nimmt die Bildhälften vom Bett und steckt sie in die Tasche.

Aaro klopft an die Tür. Der junge Wachmann kommt öffnen, er vermeidet es, Miina anzusehen. An den Seufzern merkt man, dass die Situation ihm nicht behagt.

»Leb wohl, Ville«, sagt Miina.

»Leb wohl.«

Der Wachmann folgt ihnen bis zum Tor, öffnet und schließt es hinter ihnen, ohne noch ein Wort zu sagen.

Sie gehen nebeneinander an der Friedhofsmauer entlang. Im Gras funkeln Tautropfen. Der Morgen verspricht einen sonnigen Tag.

»Hast du an den Jungen gedacht?«, fragt Aaro. »An Eino.«

»Ein bisschen.«

»Kann sein, dass sie ihn schon in die Anstalt gebracht haben.«

»In die Umerziehungsanstalt.«

»Ja.«

Aaro sieht sich um, biegt zum Meer ab.

»Die die einsamsten Kinder von der Welt produziert.«

Aaro nickt. Sie kommen am Bootsschuppen vorbei.

»Die Seeluft tut gut«, sagt Miina. »Sie ist gesund.«

Aaro nickt und lächelt.

»Sehr weit kann ich dich nicht begleiten«, sagt er, um Verzeihung bittend. »Zieh die Schuhe aus.«

»Jetzt gleich schon? Hier?«

»Du musst ein Stückchen durchs Wasser waten«, erklärt Aaro. »Zum Glück ist das Wasser schon erträglich.«

Miina bückt sich und beginnt die Schnürsenkel zu lösen.

»Ich gehe nicht, wenn du nicht mitkommst.«

»Ich kann nicht weg.«

»Du kommst vors Kriegsgericht.«

»Nein.«

Aaro versucht verzweifelt, eine Redensart zu finden, die der Stimmung angemessen wäre. *Die Goldenen Regeln für junge Geschäftsleute* sind in einer Situation wie dieser wenig hilfreich.

(Ein erfolgreicher Geschäftsmann ist unternehmungslustig und kein Sklave seiner Gewohnheiten.

Er fürchtet nicht, dass die Brücken einstürzen, das heißt er weicht nicht zurück.

Er wartet nicht auf gute Gelegenheiten, er schafft sie selbst.

Er ist immer gleich ausdauernd, ob es nun bergauf oder bergab geht.

Wenn er auf eine Schwierigkeit trifft, wird er sie entweder umgehen oder sich durchbeißen, aber nicht stehen bleiben.

Er begnügt sich nicht mit einem kleinen Erfolg, er verlangt größere.

Er ist wie eine Leitung, die immer unter Strom steht.

Wenn er fällt, dann fällt er auf die Beine.

Er ist kühn, und wo andere zurückweichen, geht er vorwärts.

Er zeigt der Welt immer seine guten Seiten.

Er zaudert nicht und schiebt nichts auf die lange Bank.

Er lässt sich durch nichts entmutigen oder aufhalten, unbeirrbar verfolgt er das, was er einmal begonnen hat, wie ein Bluthund seine Beute, er lacht über Hindernisse und bezieht daraus nur noch mehr Kraft.

Wenn er eine bittere Medizin schlucken muss, dann tut er

das schnell und führt den Löffel nicht zehnmal am Mund vorbei.

Er ist in seinem Beruf ein Künstler, kein Handwerker.

Er weiß, was man mit Höflichkeit gewinnt.

Er wartet nicht auf Wunder, sondern segelt auch bei Gegenwind.

Er knausert nicht beim Bezahlen, und wenn es sich um einen noch so hohen Preis für eine Ware handelt, wenn sie diesen Preis seiner Ansicht nach wert ist. Auf dem Siegel, mit dem er alle Arbeiten seiner Hände kennzeichnet, steht nur ein einziges Wort: »Perfekt«.)

»Warum kannst du nicht weg?«, drängt Miina, die Schuhe in der Hand. »Was hast du zu verlieren?«

»Ich habe ihm mein Wort gegeben.«

»Du verweigerst doch auch seinen Befehl.«

»Das ist was anderes.«

Miina wühlt mit den nackten Füßen im Sand.

»Ich sehe da keinen Unterschied«, sagt sie.

»Du bist eine Frau.«

»Und du bist doof.«

»Im Gegenteil.«

»Du willst mir einen Vorsprung geben. Geht es darum? Um ein lächerliches, heldenhaftes Sichopfern?«

»Zusammen würden wir sofort gefasst werden«, sagt Aaro. »Ich werde ihm sagen, dass ich dich erschossen habe.«

Miina schüttelt den Kopf. Anscheinend brennen ihr die Augen.

»Er wird verlangen, die Leiche zu sehen. Er ist nicht ebenso leicht an der Nase herumzuführen wie du.«

Aaro lacht und begnügt sich damit, ohne Widerspruch die Hände auszubreiten.

»Er ist verliebt«, sagt Miina. »Ich habe ihn in die Falle gelockt. Ich habe ihm zu verstehen gegeben, dass es möglich ist.«

»Ich weiß.«

»Ich habe dich als Köder verwendet, um mich selbst zu retten.«

Aaro lächelt.

»Doch wohl eher, um mich zu schützen. Um mich von jedem Verdacht reinzuwaschen.«

»Du hast ihn selbst ermutigt. Das sieht man doch an allem«, sagt Miina anklagend. »Weshalb?«

Aaro zuckt die Achseln.

»Deshalb will er sehen, ob du Manns genug bist, mich zu erschießen. Er stellt dich auf die Probe.«

»Keineswegs«, sagt Aaro, überrascht von der bösartigen Deutung. »Das würde doch erst recht alles verderben. Wenn da etwas wäre.«

»Was würde es verderben?«

»Na, also, wenn er wirklich glaubt, mich zu … lieben, dann würde er mich wohl nicht zwingen, so etwas zu tun. Einen geliebten Menschen will man schützen. Vor allem Übel.«

Aaro wird rot. Es ist eigentümlich, dieses Wort zu verwenden. Eigentümlich und wunderbar zugleich.

Geliebte. Meine Geliebte. Miina. Meine Miina.

»Ich verstehe ihn«, sagt Aaro. »Ich verstehe, wie er sich fühlt.«

»Aber du kannst doch seine Gefühle nicht erwidern!«

Miinas Stimme ist nervös. Fragend.

Sogar eifersüchtig?

Aaro lacht verlegen. So etwas hat er noch nie erlebt. Dass jemand auf ihn eifersüchtig ist.

»Natürlich nicht«, sagt er und streift mit dem Handrücken Miinas Wange. »Aber deshalb brauche ich doch nicht gemein zu ihm zu sein. Und schon gar nicht mein Wort zu brechen.«

Miina hebt instinktiv die Hand an die Wange, bereut das aber sofort und knufft stattdessen den Mann gegen die Brust.

»Was für ein Wort?«

»Mach du dir deswegen keine Sorgen. Ich komme immer zurecht.«

»Begreifst du nicht, dass du für ein falsches Spiel nicht geschaffen bist? Du bist ihm überhaupt nicht gewachsen.«

Miina verschränkt die Arme über der Brust wie ein beleidigtes Kind.

Wenn ich sie jetzt in die Arme schließen würde, schießt es Aaro durch den Kopf. Sie festhielte und nicht fortließe?

(Ein erfolgreicher Mann weicht nicht zurück. Er zögert nicht, auch einen sehr hohen Preis für etwas zu bezahlen, das diesen Preis seiner Ansicht nach wert ist. Auf dem Siegel, mit dem er alle Arbeiten seiner Hände kennzeichnet, steht nur ein einziges Wort: »Perfekt«.)

Aaro streicht Miina linkisch über den Rücken.

»Du musst los«, sagt er. »Bevor die anderen aufwachen. Ich glaube, er wollte genau das. Und deshalb hat er mich ausgewählt. Weil er dich wegen der Sache mit Henriksson nicht gehen lassen konnte.«

»Und deine eigenen Gewissensbisse?«

»Ich bin kein Richter«, sagt Aaro. »Im Krieg sterben Menschen.«

»Tötet man Menschen. Aber nicht aus persönlichen Gründen so wie ich.«

»Das Endergebnis ist trotzdem dasselbe. Glaub mir. Hallenberg ist kein schlechter Mensch. Nur ziemlich auf Irrwege geraten.«

»Sind das nicht alle?«

»Aber er ist auch entsetzlich einsam.«

Die Sonne funkelt auf dem Wasser, der Wind kräuselt die Oberfläche. Die Kette der Inseln leuchtet tief grün.

Miina sieht ihn unter den Brauen hervor an.

»Und wir wären das nicht?«

»Nein«, sagt Aaro und zieht seinen Mantel aus. »Nicht mehr.«

Er hilft Miina, die unbeweglich dasteht, in den Mantel, steckt ihr erst den einen, dann den anderen Arm in die Ärmel und schließt dann die Knöpfe bis unten, als kleidete er ein hilfloses Kind an. Aus der Tasche nimmt er eine weiße Armbinde.

»Streif dir die über den Ärmel.«

»Ich werde den Teufel tun, mir eine weiße Armbinde überzuziehen«, sagt Miina. Aaro betrachtet sie prüfend. Die unter dem Mantel hervorsehenden nackten Füße rühren ihn fast zu Tränen.

»Nimm sie immerhin mit. Sie kann dir noch nützlich sein. Und nun geh.«

Aber die Frau lehnt gegen das an Land gezogene, halb vermoderte Ruderboot und stößt mit dem Fuß gegen den Sand.

»Komm doch mit.«

»Ich komm doch«, sagt Aaro, macht sich ungeschickt an ihrem Mantelkragen zu schaffen und stellt ihn senkrecht, damit er Miina das Gesicht schützt. »Aber jetzt noch nicht. Wir sehen uns, wenn die Welt sich ein bisschen beruhigt hat.«

Er lächelt. Geborene und ungeborene Träume gehen ihm durch den Sinn. Der Krieg ist vorbei, der Sommer beginnt. Untergegangene Boote und Schiffe werden gehoben, kaputte repariert. Alles ist möglich. Alles.

»Wir treffen uns in Konstas Ausstellung«, schlägt Aaro vor, übermütig von seiner Tollkühnheit.

Miina antwortet nicht, klopft nur gegen das Boot, von dem die Farbe abschilfert.

»Oder war das nur Bluff?«, fragt Aaro.

Die aufgehende Sonne zwingt ihn, die Augen zusammenzukneifen. Der Tag wird wohl klar und schön werden.

»Doch, er hatte Platten«, sagt Miina und seufzt tief auf.

»Aber seine Entwicklungsmethode war ziemlich seltsam. Schwer zu sagen. Ich habe ihn zu einem Mann geschickt, der die Bilder rettet, wenn sie überhaupt zu retten sind. Eine andere Sache ist es, was man damit macht. Niemand in diesem Land würde sie ausstellen. Und auch auf Konsta kann man sich nicht verlassen. Ich würde mich nicht wundern, wenn der arme Irre hier noch hinter irgendeiner Scheune hockt.«

»Ich werde dich finden«, sagt Aaro. »Bilde dir nur nichts anderes ein.«

»Ist doch egal.«

»Ist es nicht.«

Schweigend stehen sie da. Man hört nur das Summen der Fliegen, die um einen leeren Fischkasten herumschwirren.

»Gute Fahrt«, sagt Aaro.

Miina dreht sich ohne ein Wort zu erwidern um und geht davon, als einzigen Abschiedsgruß im ausgestreckten Arm die Schuhe schwenkend.

Wie klein sie doch in dem Mantel wirkt, denkt Aaro. Darin wird es ihr bald zu warm werden, denn dies wird ein herrlicher Tag. Daran besteht kein Zweifel.

Schon ziemlich weit entfernt bleibt Miina plötzlich stehen und kommt zurückgelaufen.

»Noch etwas«, sagt sie leicht außer Atem. »Ich habe mir die Sache mit deinem Vater überlegt. Ich glaube nicht, dass er sich wegen irgendwelcher Finanzsachen umgebracht hat. Ich glaube nicht, dass irgendetwas, was du getan oder unterlassen hast, das irgendwie beeinflusst hat. Er war doch ein großer Abenteurer. Solche Männer ertragen die Einschränkungen des Alters nicht.«

»Meinst du?«

»Da bin ich mir sicher. Die sind auf diese Weise egoistisch.«

Vom Hügel ertönt Hundegebell. Sie drehen sich um und sehen, dass ein Wachmann eilig in ihre Richtung kommt.

»Wer da?«, ruft er.

Aaro winkt ihm zu.

»Alles in Ordnung«, ruft er zurück. »Ich begleite nur eine Freundin. Sie hat ihr Boot dort in der Bucht.«

Miina entfernt sich rasch am Wasser entlang.

»Halt!«, schreit der Wachmann. »Ich will die Papiere sehen!«

Aaro stapft in dem nachgebenden Sand dem Wachmann mit großen Schritten entgegen. Der Hund bellt wütend.

»Nun sei doch nicht so kleinlich«, sagt Aaro. »Ich weiß ja, dass man hier keinen Damenbesuch haben darf, aber es ist nun mal, wie es ist.«

Der Hund zerrt an der Leine, seine Rückenhaare sind gesträubt und vibrieren.

»Halt!«, ruft der Mann. »Zurück hierher. Auf der Stelle!«

Miina fängt an zu laufen. Der Wachmann bückt sich und lässt den Hund frei. Aaro überlegt nicht lange. Im Nu hat er den Revolver in der Hand und zielt auf den laufenden Hund. Der ist schon etwa dreißig Meter entfernt, als die Kugel ihn trifft. Mit lautem Geheul bricht er zusammen.

Der Wachmann starrt ungläubig auf das tote Tier und den sich rot färbenden Sand. Er macht ein paar Schritte in Richtung Hund, überlegt es sich dann aber und wendet sich Aaro zu. Ihm rollen Tränen aus den Augen.

»Was hast du getan!«

Ein kurzer Kampf um die Waffe, bis sich ein Schuss löst.

Die Kugel dringt Aaro Harjula in die Brust und hinterlässt nur ein kleines Loch.

Als Emil Hallenberg hört, was geschehen ist, befiehlt er, einen Arzt zu holen. Der Wachmann sagt, es sei zu spät, und erinnert seinen Vorgesetzten daran, dass es im Dorf keinen Arzt gibt. In dem Fall muss ein Pfarrer geholt werden.

Der Wachmann findet auch das unnötig, entfernt sich aber, um den Befehl auszuführen.

Emil geht in sein Arbeitszimmer, öffnet eine Flasche Rotwein und trinkt ein Glas. Dann steht er auf und drückt sich die Mündung von Aaro Harjulas Revolver in den Mund.

»Oft gestaltet sich eine Wolfsjagd lang und spannend. Jedenfalls in den großen Wäldern, wo oftmals der wilde Herr der Wälder gejagt wird und nicht ein ausgehungerter, gequälter Bettler, der sich in bewohnten Gegenden verbirgt. Manchmal wurde ein einziger Wolf jahrelang verfolgt, und an der Treibjagd waren mehrere Dutzend Männer beteiligt. Wenn einige Verfolger müde wurden – es ist auch nicht ausgeschlossen, dass ein Verfolger in seinem fanatischen Eifer an einem Blutsturz stirbt –, traten andere an seine Stelle, der Wolf aber huschte einfach in den Wald, trabte von einer Gemeinde in die nächste, tötete nebenher Rentiere und führte die Verfolger im tiefen Schnee der Fjällgipfel oder im Schneesturm in die Irre. Die Abschussprämien wurden erhöht, die Männer ausgewechselt, berühmte Jäger gebeten, sich an dem Spiel zu beteiligen, und dennoch ging der Wolf immer als Sieger daraus hervor. Meistens ist so ein Wolf, der schon mehrmals mit so viel Aufwand gejagt wurde, ein Elitetier seiner Art, ein Held oder eine Heldin der großen Wälder, und selbst seine Missetaten haben etwas von der Größe der einsamen Wildnis, in der er lebt, und eine gehörige Portion der urtümlichen Kraft, die dem Menschen selbst im Zorn Respekt abnötigt. Der Wolf bringt in die Jagd etwas allzu Widersprüchliches, Zerstörerisches und auch Blutiges und gelangt zu keiner

Harmonie mit dem Jäger, der, wenn er ein richtiger Jäger ist, immer um ein ›gutes Verhältnis‹ zum Gegenstand seiner Jagd bemüht ist und die Entwicklung und das Gleichgewicht der Natur nicht zerstören, diese vielmehr hegen und schützen will. Dennoch ist klar, dass der Kampf gegen den Wolf heftiger wird und neue Formen annimmt. In letzter Zeit hat man sogar Flugzeuge und Maschinengewehre zu Hilfe genommen, um den Wolf zu jagen, und diese Art der Jagd hat offenkundig etwas von Krieg. Trotzdem kann sich der Zweikampf mit dem Graupelz auf den Schneefeldern des Nordlands immer noch zu einem ergreifenden Wildmarkerlebnis gestalten, zumal wenn er gegen so einen wilden, aber vorsichtigen Landstreicher geführt wird, den man genau so schwer erwischt wie einen Schatten oder den in den Bäumen sausenden Wind. Dieses Kräftemessen ist wahrer Sport in der besten Bedeutung des Wortes, und Farbe und Leben gibt ihm die generöse Natur der Wildmark mit dem eindrucksvollen Funkeln des bereiften Waldes und des Winterhimmels.«

Opa wurde acht, als der Bürgerkrieg im Jahr 1918 zu Ende ging. Weil seine beiden Eltern Rotgardisten gewesen waren – der Vater war gefallen und die Mutter wurde für verschollen erklärt –, kam er in das Erziehungsheim für rote Waisenkinder, das in Turku gegründet worden war.

Gleich am Ankunftstag schleiften ihn die größeren Jungen hinter den Abtritt. Einer von ihnen hatte ein auf dem Herd erhitztes Bügeleisen mit. Zwei hielten Eino fest, der dritte zog ihm die Hosen runter, und der vierte, ein Fettkloß, fuchtelte mit dem Eisen vor seinem Pimmel herum. Der Dicke teilte mit, dass Herrn Rapolas Familienerbstück zu einem schwarzen Stummel zusammenschmoren würde, wenn er nicht im Guten ihr Sklave sein und ohne zu murren all das tun würde, was man ihm befehlen würde.

Zum ersten Mal in seinem Leben wusste Eino Einfallsreichtum und Vielseitigkeit der Willkommenszeremonien der rapolaschen Jungen, damals, vor langer Zeit, zu schätzen. Ihnen hatte er es zu verdanken, dass er weder in Tränen ausbrach noch sich erniedrigte oder sich vor Angst in die Hosen machte. Vergleichsweise ruhig teilte er mit, er werde, sollten die Wahlmöglichkeiten sich auf diese beiden beschränken, ohne Zögern die zweite wählen, obwohl auch die ihn nicht sonderlich faszinierte. Diese Antwort verschaffte ihm sofort einen gewissen Respekt und bewahrte ihn davor, zum Objekt fortgesetzter Misshandlungen zu werden, doch blieb sein Hochmut natürlich nicht ungestraft. Die Jungen warfen Eino zu Boden, zerrten ihm die Hosen bis zu den Knien herunter, und der Fettklops brannte ihm eine kleine Mondsichel ins Bein als Erinnerung daran, wer hier das alleinige Recht zu spotten hatte. Eino schrie nicht, er strampelte nur und schlotterte mit zusammengebissenen Zähnen, und das alles wurde ihm zur Ehre angerechnet. Wie auch die Tatsache, dass er das Vorgefallene nicht petzte.

Wie erwartet war das Los des Sklaven nicht sehr angenehm. Meistens wurde ihm befohlen, etwas Essbares zu stehlen oder kleine, riskante Racheaktionen gegen das Personal auszuführen. Einmal wurde er auf frischer Tat ertappt, als er sich mit Rosinen in der Tasche aus der Küche verdrückte, ein andermal bekannte er – damit nicht alle Kinder stundenlang ohne Essen dastehen mussten –, eine tote Ratte in die Kanne getan zu haben, in der der leitenden Lehrerin jeden Morgen frisch gemolkene Milch gebracht wurde. Ganz aus eigenem Antrieb geriet er in eine Prügelei: Ein Klassenkamerad weigerte sich zu glauben, dass Einos Mutter noch lebte und ihn eines Tages so elegant gekleidet abholen kommen würde, dass alle Mann vor Neid auf den Arsch plumpsen würden. All diese Vergehen wurden mit einer ordentlichen Tracht Prügel geahndet und brachten ihm den Ruf eines hoffnungslosen Rabauken ein.

Im Übrigen wurde Eino in Ruhe gelassen. Er genoss den Schutz der großen Jungen, und niemand krümmte ihm ein Haar, weder tagsüber noch in der Nacht.

Dennoch konnte er nicht schlafen.

Manchmal kletterte er durch das Fenster des Schlafsaals und setzte sich auf die Feuerleiter. Dort hockte er mitunter viele Stunden lang, horchte auf die Geräusche der Sommernacht, beobachtete, wie die Nachtfalter die erleuchteten

Fenster des Erdgeschosses umschwärmten, und stellte sich vor, wie es wäre, wenn er losließe, die Arme ausbreitete und in die Freiheit davonschwebte.

Er sehnte sich zurück ins Haus der Rapolas. Am meisten vermisste er die Mutti und Samuel und die kleine Vieno, Vilho und Risto nicht so sonderlich, aber sehr auch den alten Frans, wenn er, das von-Mann-zu-Mann-Grinsen auf dem sonnenverbrannten Gesicht, Fische aus dem Netz nahm oder wenn Einari Koskis Trost sicher bei ihm angekommen war. Nach seiner Mutter, an die er keine andere Erinnerung mehr hatte als den Duft und die weißen Spitzenhandschuhe, sehnte er sich auf eine entrückte, unbestimmte Art, so wie man sich im Märchen nach einer überirdischen Jungfrau sehnt, die von einem Zauberer gefangen gehalten wird.

Der Junge, mit dem er sich geprügelt hatte, behauptete, dass Einos Mutter bestenfalls im Gefangenenlager verfaulte so wie die noch lebenden Eltern der anderen Kinder.

Ihnen allen war klar gemacht worden, dass sie Kinder von Volksfeinden waren. Deshalb waren sie in diesem Haus. Ihre abgefeimten oder wegen ihrer unglaublichen Dummheit irregeleiteten Väter und Mütter waren bereit gewesen, ihre eigenen Brüder und Schwestern zu töten, nur um das teure Vaterland einer fremden Macht als Fußabtreter ausliefern zu können.

Eino hätte gern widersprochen und gesagt, dass sein Vater keineswegs seine Schwestern und Brüder getötet und auch nicht gewollt hatte, dass Finnland irgendeines Landes Fußabtreter wurde, sondern einzig und allein wegen der Fotze, von der alle männlichen Irrtümer herrührten. Und dass seine Mutter Sozialistin geworden war, weil sie schön und ihr Interesse an den Männern so umfassend gewesen war.

Wie Eino da so auf der Feuerleiter saß und in die Sommernacht hinausspähte, meinte er einmal die große gebeugte Gestalt des alten Frans den Hofweg entlang zur Haupttür trotten zu sehen. Eine unbändige Hoffnung erwachte in ihm. Aber es war einer der Mitarbeiter, und für Eino blieb nur ein mattes Zirpen, mit dem die Erde ihn rief und ihn anstachelte, die Feuerleiter loszulassen.

Dann, an einem sonnigen Dienstag, als Eino in der Essensschlange stand, wurde er überraschend in das Büro der leitenden Lehrerin gerufen. Er zuckte zusammen, schaffte es jedoch, das Gesicht zu wahren und seine Panik mit der Gangart eines Kutschers, die er von Samuel gelernt hatte, zu kaschieren.

An diesen Tag sollte er sich noch mehr als achtzig Jahre später in allen Einzelheiten erinnern. An den blank gewaschenen blauen Himmel, an den Ausflug der Bienen in den vor dem Büro wuchernden Rosenbusch und an die ihn erwartende Frau im grauen Kostüm.

Die Frau hatte ein vom Standgericht Ruukkijoki gesiegeltes Papier, das Anweisung gab, Eino ihr zu übergeben. Der Junge wurde als Zeuge bei der Ermittlung in Sachen seiner Mutter gebraucht.

»Schrecklich, diese Tragödie mit Hallenberg«, sagte die leitende Lehrerin. »Kannten Sie ihn?«

»Sehr gut«, antwortete die Frau.

Die leitende Lehrerin schenkte ihrem Besuch Kaffee ein.

»Was war er für ein Mann?«

»Er war klug und gewissenhaft.«

»Das habe ich vermutet. Man merkt es an seinen Büchern. Aber diese Arbeit muss furchtbar hart gewesen sein.«

»Das war sie.«

»Besonders für so eine sensible Künstlernatur wie er.«

»Hart war sie für uns alle.«

»Das ist klar«, sagte die leitende Lehrerin und tätschelte mitfühlend die Hand ihres Gastes. »Aber die Witwe tut einem am meisten Leid. Sie waren kaum ein Jahr verheiratet.«

Sie warf dem an der Tür stehenden Eino einen Blick zu und senkte die Stimme.

»Eine Bekannte, die die Familie gut kennt, hat mir erzählt, dass die arme Frau in anderen Umständen ist. Noch ganz am Anfang. Stellen Sie sich das vor. Der Mann hat das wahrscheinlich nicht mal gewusst. Wenn es ihm bekannt gewesen wäre, hätte das vielleicht alles geändert. Wenn der Mensch für die nachfolgende Generation verantwortlich ist, dann überlegt er es sich doch zweimal, oder? Die Zeitungen nannten die Sache einen Unfall, aber wir beide wissen, wie es sich tatsächlich verhält.«

»Ja, das wissen wir.«

»Traurig«, seufzte die Lehrerin. »Bodenlos traurig. Aber das macht der Krieg.«

»So ist es.«

»Hat er wirklich keine Botschaft hinterlassen? Keine Erklärung?«

»Ich fürchte, nein.«

Eine Stunde später gingen die Frau und Eino den Hofweg hinunter, begleitet von den Blicken der traurigen, neidischen Kinder. Die Frau hatte Eino sein kleines Bündel abgenommen und ihm die Hand hingehalten. Als er sie ergriff, spürte er einen vielsagenden Händedruck. Ein rascher Blick bestätigte ihm, dass er sich nicht geirrt hatte. Die Frau hatte die Lippen zu einem verschwörerischen, heimlichen Lächeln verzogen.

Als sie durchs Tor hinaustraten, beugte sich die Frau zu ihm herab, so als wollte sie vom Kragen des Jungen etwas ab wischen, und flüsterte:

»Die haben wir aber reingelegt!«

Eino nickte ergriffen und stumm vor Bewunderung.

Auch später am Nachmittag, als sie in dem mit allerlei Traglasten voll beladenen Boot saßen, konnte Eino keinen vernünftigen Satz herausbringen. Die Frau plauderte über dies und das, ließ ihn die Namen der Wasservögel raten, und erzählte, wie ein Freund von ihr seinem Cousin das Schwimmen beigebracht hatte, indem er ihn an einer Leine hinter dem Boot herzog.

Die Frau lachte über ihre eigene Erzählung. Eino bewahrte dieses Lachen in sich auf. Und die glitzernden Wellen der Bucht. Das gelegentliche Platschen der Ruder. (Die Frau konnte nicht besonders gut rudern.) Die majestätischen Kreise der Möwen über ihren Köpfen. Eino hatte Lust, sich zum Rudern anzubieten, aber er traute sich nicht.

»Es wird das Beste sein, wenn wir jetzt eine Weile zurückgezogen leben«, sagte die Frau. »Bis die Welt sich etwas beruhigt hat. Das ist dir doch recht?«

Ein Nicken.

»Frierst du?«

»Nein.«

Die Frau lächelte zufrieden und blinzelte ein wenig.

»Du hast doch wohl keine Angst vor mir?«

»Nein.«

»Gut. Denn vor mir braucht man keine Angst zu haben. Jedenfalls nicht du.«

Sie unterbrach das Rudern und streifte die weiße Armbinde ab.

»Die heben wir auf. Die Armbinde eines Helden«, sagte sie. »Die ist nur geliehen.«

Erst jetzt traute Eino sich, die Frage zu stellen, die in ihm von dem Moment an Funken geschlagen hatte, wo ihre Hände sich getroffen hatten.

»Sind Sie meine Mutter?«

Die Frau steckte die Armbinde in die Tasche und sah ihn zögernd, mit schräg gelegtem Kopf, an. Hinter ihr erstreckte sich gleißend, hier und dort von Schaumköpfen getüpfelt, das Meer.

»Verflixt, das bin ich wohl«, sagte sie, gleichsam überraschend auch für sich selbst. »Wenn es dir recht ist?«

Eino nickte.

»Ja-a.«

Die Frau reckte sich vor und hielt ihm die Hand hin.

»Also abgemacht. Aber du kannst mich auch Miina nennen. Wie du gern möchtest.«

Auch Eino streckte die Hand aus. Die Fingerspitzen berührten sich gerade eben.

»Im Boot darf man nicht stehen«, sagte Eino entschuldigend.

Miina ruderte weiter.

»Das ist klar«, sagte sie. »Du scheinst mir ungewöhnlich gut Bescheid zu wissen«, sagte Miina. »Wo du doch noch so jung bist.«

Eino richtete sich auf.

»Wir werden keine Probleme miteinander haben«, fuhr Miina fort. »Wir verstehen uns doch jetzt schon prächtig.«

»Ja-a.«

»Vielleicht bekommen wir später Gesellschaft. Wir wollen es hoffen. Bis dahin bist du der Mann im Hause.« Eino nickte.

»Hast du Hunger?«, fragte Miina.

»Ein bisschen.«

»Ich auch.«

Miina zog einen Rucksack zu sich heran, der hinter ihr gelegen hatte, und reichte ihn dem Jungen.

»Hol du mal den Proviant raus.«

Eino hob sich den Rucksack auf den Schoß und öffnete ihn. Als er Miina ein Butterbrot reichte, räusperte er sich, nach Kutscherart laut genug.

»Ich könnte weiterrudern«, sagte er. »Wenn wir gegessen haben.«

»Prima«, versetzte Miina. »Ich bin auch allmählich müde.« Sie legte sich die Hand auf den Bauch, streichelte ihn.

Eino fiel ein, wie der alte Frans ihn manchmal aufgefordert hatte, den Arm zu beugen, und dann anerkennend seinen Bizeps befühlt hatte.

»Ich werde nicht so schnell müde«, sagte er.

»Bestimmt nicht«, versetzte Miina lächelnd. »Das sieht man an allem.«

Nachwort der Autorin

Am 2.5.1918 schrieb der Kriegsrichter von Västankvarn im Kirchspiel Inkoo an seine Frau unter anderem Folgendes: »Meine Tage sind also bisher mit den Verhören der Gefangenen vergangen, die die örtlichen Schutzkorps täglich schicken und die unser Trupp festnimmt. Generell sind die Gefangenen in den Verhören verdammt ängstlich und versichern natürlich als Erstes, dass sie weiß sind wie Schnee. Wenn ich das Verhör in jovialem Ton führe, lache und scherze, dann geben sie das eine und andere preis. – Es ist interessant zu sehen, wie unterschiedlich sie sich am Hinrichtungsort verhalten. Heute waren nur zwei kaltblütig, der eine davon lachte sogar spöttisch, obwohl ich zuerst vor seinen Augen seine drei Kameraden erschießen ließ. Drei flehten noch angesichts der Gewehrläufe auf Knien um Gnade. Von den Schurken aus Vihti waren zwei so feige, dass sie zu Gott beteten. Und das verrät eine Menge über solche Männer.

Wenn die Salve gekracht hat, schießt der Leiter des Exekutionstrupps den am Boden Liegenden zur Sicherheit noch mit dem Revolver in den Kopf. Bei den ersten Hinrichtungen, als die Mannschaft noch unerfahren war, habe ich das selbst gemacht. Ja, außer diesen sieben wurde gestern auch einer ohne Verhör erschossen, weil er versucht hatte zu fliehen! –

Die Mannschaft, die jetzt hier ist, macht Fortschritte. Sie haben schon viel gelernt. Und es herrscht der rechte Geist. Davon zeugt, dass sie miteinander wetteifern, wer die Hinrichtungen ausführen darf, sodass ich sie zwischen den einzelnen Kompanien aufteilen muss, damit keine leer ausgeht ...«

Der Brief (eine Übersetzung aus dem Schwedischen) ist abgedruckt in einer Abhandlung von Tauno Tukkinen mit dem Titel Telottajien edessä (Vor den Exekutoren), Karjalohja 1999, die sich mit dem Bürgerkrieg beschäftigt. In schwedischer Sprache ist er in der von Gunnar Mårtenson herausgegebenen Briefesammlung Med gåspennen och skrivmaskin, brev åren 1808–1941 (Tammerfors 1943). Der Brief ist das einzige erhaltene Beweisstück für die in Västankvarn geführten Prozesse. Man war bemüht, die Akten der Standgerichte später zu vernichten, wahrscheinlich auf Befehl von höherer Stelle.

Der Kriegsrichter von Inkoo hat mich ganz besonders deshalb interessiert, weil er von Beruf Schriftsteller und Redakteur war. Er erschoss sich im Jahr 1919. Der Richter des Romans, Emil Hallenberg, ist eine fiktive Person. Ich habe ihm Eigenschaften und Taten zugeschrieben, die in keiner Weise mit dem ursprünglichen Vorbild zu tun haben.

Wesentlich ist, dass die literarische Elite während des finnischen Bürgerkriegs nicht untätig war. Manche Schriftsteller nahmen auch selbst an den Kämpfen teil. Viele dachten so wie Ilmari Kianto: Wenn man zum Gewehr greift, kann es einem gelingen, vielleicht sogar sieben Russen zu erschießen, aber dabei besteht die Gefahr, dass man auch selbst erschossen wird, während »ich dadurch, dass ich die Feder über das Papier gleiten lasse, meine Kameraden dazu bringen kann, siebentausend Feinde zu erschießen«. Mit diesen Schriften wurde der Boden dafür bereitet, wie nach dem Krieg die Verlierer behandelt wurden.

In den eigentlichen Kämpfen fielen etwa gleich viel Rote und Weiße, insgesamt 7000 Personen. Die Anzahl der Vermissten, Hingerichteten und in den Lagern Umgekommenen wird auf fast 30000 geschätzt. Eine Besonderheit bildeten im finnischen Bürgerkrieg die weiblichen Soldaten. Ilmari Kianto war nicht der einzige Schriftsteller, der sie als sittenlose Huren abstempelte, aber er besaß besondere Autorität. Zuletzt ging er so weit, dass auch der Verleger Eino Railo ungehalten wurde: »Außerdem kann ich nicht umhin, dich wegen der widerlichen Art und Weise zu tadeln, in der du deinen Wunsch zu erkennen gibst, nackte Frauenleichen zu sehen, und dann alle Genitalien registrierst, beschreibst und aufzählst, die dein gieriges Auge auf dem Feld des Todes entdeckt hat.«

Entferntes Vorbild für Doktor Carpelan war der Arzt E. W. Lybeck, der die Behandlung von Geisteskranken in Finnland im tolstoianischen Geist reformiert hat. Seine private Heilanstalt lag in Vilppula, Bezirk Häme. Während des Ersten Weltkriegs wurde es finanziell zunehmend schwierig, sie weiter zu unterhalten. Die Schwierigkeiten ruinierten Doktor Lybecks mentale Gesundheit. Soweit man weiß, haben seine Patienten in der Zeit großer Lebensmittelknappheit nicht mehr gehungert als die anderen Leute. Lybeck suchte die Gesellschaft der weißen Aktivisten, Schriftsteller und Künstler und nahm an ihren gemeinsamen Festen teil, aber geistig stand er schon kurz vor dem Zusammenbruch. Er beging im Jahr 1919 Selbstmord.

Das Jungenerziehungsheim Lauste bei Turku, wo ich meine frühe Kindheit verbracht habe, wurde seinerzeit als Erziehungsanstalt für rote Waisenkinder gebaut.

Die Wolfzitate stammen aus den Büchern Eläinten maailma I (Welt der Tiere), herausgegeben von Hannes Salovaara, und Suomen Metsästys (Jagd in Finnland), herausgegeben von Yrjö Ylänne.

Viele Menschen haben mir mündlich, durch Erzählungen und Quellenhinweise, geholfen. Dafür sage ich ihnen meinen Dank.